Hermann Bahr

O Mensch

CLASSIC PAGES

Bahr, Hermann

O Mensch

Reihe: *classic pages*

ISBN: 978-3-86741-564-4

Auflage: 1
Erscheinungsjahr: 2010
Erscheinungsort: Bremen, Deutschland

Bei diesem Titel handelt es sich um den Nachdruck eines historischen, lange vergriffenen Buches aus dem Fischer Verlag, Berlin (1916). Da elektronische Druckvorlagen für diese Titel nicht existieren, musste auf alte Vorlagen zurückgegriffen werden. Hieraus zwangsläufig resultierende Qualitätsverluste bitten wir zu entschuldigen.

O Mensch

O Mensch!

Roman

von

Hermann Bahr

———

1916

S. Fischer · Verlag
Berlin

Erstes Kapitel

O Mensch!" sagte Fräulein Annalis, dem Diener zur Antwort. Aber dann besann sie sich auf die Vorschrift des Magiers, trat ans Fenster, kehrte sich der Sonne zu, gab sich ihr mit offenen Armen völlig hin, und als sie ganz eingesonnt war, wiederholte sie, mit einem scheinheilig feierlichen Gesicht, langsam: „O Mensch!" Der Diener stand unbeweglich an der Tür, bis sie ihm sagte: „Also dann gehns hinauf und richtens dem Herrn Kammersänger aus, daß ich schon wieder ‚o Mensch‘ hab sagen müssen, und wenn er jetzt nicht gleich kommt, fang ich allein zu essen an, es ist dreiviertel zwei!"

Sie sah dem Diener nach und mußte lachen. Vor fünf Jahren war der noch Brauknecht in Henndorf. Das verstand ihr Bruder wirklich, Menschen herzurichten! Nur sich selber nicht. Er hätte so gern dem König Eduard ähnlich gesehen. Es gelang ihm aber nur bei den Dienern.

Sie sah durchs Zimmer, ordnete die Körbe mit den Blumen und trat an den gedeckten Tisch. Wenn der Herr Kammersänger Ignaz Fiechl von den Ferien kam, war er noch strenger. Er zog mit der Ledernen seinen ganzen Übermut aus und mit den weißen Handschuhen alle seine Launen wieder an.

Dann aber setzte sie sich, wie plötzlich von aller Kraft verlassen, in den schweren weiten Stuhl, die Hände hingen über die Lehnen, und ihre großen grauen Augen waren fort, irgendwo draußen in der ruhig reifenden, heimlich

herbstelnden Landschaft, die vor dem großen Fenster über
Gärten und Wiesen, waldig umschlossen, mit hellen kleinen Häusern allmählich in den Dunst der Stadt sank.
Wenn sie so saß, nach raschem Handeln oder auch mitten
im Gespräch zuweilen plötzlich gleichsam entfernt und als
wäre sie von ihrem Leib erlöst, sagte der Maler Höfelind
immer, sie sei eine merkwürdige Kreuzung von Defregger
und Feuerbach; das kommt davon, wenn eine Römerin
in Henndorf geboren wird. Dies verdroß stets den Kammersänger sehr, der auf reine deutsche Rasse hielt, Römlinge
verachtete, seine Schwester nicht verdächtigen ließ und in
ihr ein wahres Urbild der Thusnelda fand, worauf der
Maler immer vor Zorn einen noch röteren Kopf bekam und
stampfend fortlief, in einem Atem Luther und Bismarck
und Richard Wagner verfluchend. Am nächsten Tag ver-
söhnten sich dann die beiden Nachbarn wieder, und am
nächsten Abend entzweiten sie sich wieder. Der Kammersänger fand, daß den Deutschen einst der Erdkreis unter-
tan sein wird, der Maler fand, daß der Künstler überhaupt
keiner Nation angehört, und dem Fräulein Annalis war
es nicht leicht, ihnen darzutun, daß dies alles für den
Hausgebrauch ganz gleichgültig sei.

Sie schrak auf, als der Diener wiederkam, um zu
melden: „Der Herr Kammersänger läßt dem gnädigen
Fräulein sagen, es dauert nur noch eine Minute und,
und —“ Er zögerte. Fräulein Annalis fragte: „Und?“
Ohne das Gesicht zu verziehen, schloß der Diener seine
Meldung ab: „Und das gnädige Fräulein soll den Herrn

Kammersänger mit ihren blöden Faxen auslassen, weil der magische Nußmensch doch ein Esel ist."

Fräulein Annalis sah den Diener aus ihren großen grauen Augen an, aber in seiner glatten Maske regte sich nichts. Dann sagte sie: „Es ist gut." Der Diener ging. Sie war wieder in dem großen Zimmer allein. Die Sonne sprang durchs weite Fenster auf den weißen Tisch, in die Teller und Gläser, über die Rosen in den Körben und den dunklen Lorbeer der rot und golden bebänderten Kränze, an die hell in Zirbel getäfelte Wand. Da schüttelte Fräulein Annalis ihre schweren Schultern und warf die Gedanken ab. Wie sie jetzt zur kleinen Türe schritt, um dort das Fenster nach der Küche aufzuschieben und anrichten zu lassen, war sie wieder die handfeste, noch halb bäurische, derb auftretende Frau, die morgens mit dem Korb am Arm einkaufen ging, von allen Handwerkern als gute Rechnerin gefürchtet war und die Mägde den ganzen Tag in Atem hielt.

Sie blieb am Fenster zur Küche, bis sie des Kammersängers feierlichen Schritt auf der Stiege knarren hörte. Dann trug sie die Suppe mit den dampfenden Tiroler Knödeln auf. Der Kammersänger trat ein, frisch rasiert, die Busennadel mit dem Namenszug des Prinzen Adolar in der kunstvoll geknüpften Krawatte, mit der schönsten seiner berühmten farbigen Westen über dem vordringenden Bauch, und sagte, sich die Nägel putzend, gekränkt und überlegen: „Du bringst ja die Suppe grad erst! Wozu hast du mich dann so gehetzt? So seids ihr Weiber!

Er sah auf den Lorbeer und die Rosen, verzog seinen
breiten Mund und sagte verächtlich: „Gott, das Grün-
zeug! Und so fangt halt alles das jetzt wieder an! Die
Zeit is schnell vergangen. Man hat doch eigentlich immer
genau das Gefühl wie als Bub, wenns wieder in die
Schul gehn hieß. Aber der Haupttreffer ist wieder falsch
gezogen worden, also da hilft schon nichts. In Gottes
Namen!" Er band sich die Serviette um den Hals, obwohl Fräulein Annalis immer behauptete, der König
von England tue dies nicht. Nach den Knödeln wurde er
milder und sagte, in den Garten zeigend, der zum Fenster
herein seine roten und gelben Rosen hielt: „Es is ja hier
auch ganz schön. Wenigstens solange man das Narrenhaus nicht sieht. Das verschandelt die ganze Gegend.
Daß es dagegen kein Gesetz gibt! Aber wo man's nicht
braucht, da gibt's überall Gesetze. Wir leben schon in
einem ganz verkehrten Staat."

„So schau halt nicht hin", sagte Fräulein Annalis.

„Es nutzt mir aber nix, wenn ich nicht hinschau. Ich
weiß es doch. Ich weiß, dort drüben ist das verrückte
Haus. Ich brauch gar nicht hinzuschaun, ich weiß es, und
das genügt, mir den ganzen Vormittag zu verderben."

„Nachmittag ist das Haus ja auch nicht anders", sagte
die Schwester.

„Das Haus nicht, sagte der Kammersänger gereizt,
aber ich. Ich bin nachmittags anders. Das kannst du
nicht verstehen, es ist das Los aller künstlerischen Naturen,
daß sie selbst von ihrer nächsten Umgebung unverstanden

bleiben. Ich habe mich damit längst abgefunden. Aber
wenn ich einmal den Haupttreffer mache, wird das erste
sein, daß ich dem Höfelind sein Haus abkaufe. Dann
wird es einfach eingerissen oder angezündet, bis kein Stein
davon mehr auf dem andern ist. Ich hasse dieses Haus!"
Wenn der Kammersänger Ignaz Fiechl sich ärgerte, ging
sein braunes, offenes, kindliches Gesicht ganz auseinander
und schien sich in einen einzigen ungeheueren Mund zu
verwandeln, die kurze Nase verschwand, die flinken kleinen
Augen sanken ein, der ganze Kopf war nur noch ein weites
schnappendes Maul.

„Auf einmal wieder! sagte Fräulein Annalis, ruhig
essend. Du hast dich schon ganz beruhigt gehabt."

„Ich?" fragte der Kammersänger, im höchsten Erstaunen.

„Du!" sagte Fräulein Annalis, gelassen.

„So?" fragte der Bruder.

„Ja", sagte die Schwester.

„Nie!" sagte der Kammersänger.

„Du weißt es halt nicht mehr", sagte Fräulein Annalis.

„Ich weiß, sagte der Kammersänger, daß ich mich
zuweilen mit einer übermenschlichen Anstrengung be-
herrsche, um es dich nicht merken zu lassen, aus Rücksicht
für dich also. Aber darauf achtet eine Frau ja nie, ich
verlang's ja auch gar nicht. Wenn du aber deshalb nun
so tust, als ob es mir ein Vergnügen wär, täglich in der
Früh ein solches Schandmal einer durchaus ungerma-
nischen Kunstrichtung zu sehen, so muß ich schon sagen,

ich hätt mir einen besseren Dank von dir verdient. Denn
wenn ich still bin und lieber nichts mehr davon sage, so
geschieht das nur aus Rücksicht auf dich!"

„Ja du bringst immer Opfer", sagte Fräulein Annalis.

„Es liegt in der Natur jedes wahrhaften Deutschen,
Opfer zu bringen, erklärte der Kammersänger. Das hängt
mit dem Tiefsten der arischen Weltanschauung zusammen.
Aber dafür könnt ich dann wohl auch verlangen, daß
man mich wenigstens nicht noch reizt, zum mindesten
nicht, wenn ich am Abend zuvor nach zwei Monaten zum
ersten Mal wieder eine so schwere und stimmlich wie see-
lisch anstrengende Partie gesungen hab, wie der Hans
Sachs ist, nämlich mein Hans Sachs. Wenn der Herr
Kollege den Hans Sachs singt, der kann am andern Tag
ruhig Häuser von Olbrich vertragen, aber es is auch danach. Ich nicht, ich kann's nicht, nach meiner Leistung
kann man's nicht. Und daß das nicht einmal die eigene
Schwester weiß, is traurig. Ein klein wenig könntest du
schon auf mich Rücksicht nehmen und dich daran erinnern,
daß ich nach solchen psychischen Erschütterungen Ruh
brauch und verlangen darf, mit neuen Aufregungen verschont zu bleiben. Glaubst du nicht, mein liebes Kind?"

„Ich glaube schon, mein lieber Naz! sagte Fräulein
Annalis. Besonders wenn du wie heut erst um fünf in
der Früh nach Haus gekommen bist."

„Hast du mich denn gehört?" fragte der Kammersänger, kleinlaut.

„Ein Toter hätt dich hören müssen", sagte sie.

„Wir sind halt gestern etwas vergnügt gewesen, sagte er. Aber schließlich will der Mensch auch leben."

Sie sah auf und sah ihn an. Wie jetzt ihr ernster Blick auf dem Bruder lag, der nichts merkte, hatte sie wieder jene seltsame Ruhe. Sie schien größer als sie war, und glich irgendeiner Urfrau, wie eingehüllt in Ewigkeit. Dann lachte Fräulein Annalis still und sagte vergnügt: „Darum kriegst du ja auch heut einen Nierenbraten mit Gurkensalat."

„Bravo, sagte der Kammersänger. Du bist ja halt doch mein Annalisl! Wenn nur aber Gott dem Weibe nicht eine so geschwätzige Natur gegeben hätt! Laßt's mich doch nach meinem Hans Sachs ruhig essen und trinken! Das is so das einzige, was der Mensch hat."

Und sie widmeten sich dem Essen. Der Diener glitt durchs Zimmer, mit weißen Handschuhen servierend. Durchs Fenster floß das Licht über den Tisch und ein Hauch der verblühenden Rosen.

Nach dem Essen trank der Kammersänger sein Glas aus, sah auf die alte Bauernuhr im Winkel und sprach: „Jetzt ist es gleich drei Uhr und du hast mir noch über den gestrigen Hans Sachs kein einziges Wort gesagt. Zweihundert Studenten haben mich am Türl erwartet. Die eigene Schwester aber findet es nicht der Mühe wert, mir auch nur wenigstens die Hand zu drücken."

„Du hast mir ja verboten bei Tisch zu reden", sagte sie.

Er wurde wieder zornig. „Über Sachen, die mich ärgern! Aber zwischen dem verrückten Haus deines

Herrn Höfelind und meinem Hans Sachs wird hoffentlich
vielleicht doch noch ein Unterschied sein. Meinst du nicht?"

„Was soll ich dir denn über deinen Hans Sachs noch
sagen, du dummer Naz?, fragte sie lächelnd. Darauf
kommt's doch wirklich nicht an. Oder glaubst?"

Er hörte den zärtlichen Klang in ihrer tiefen Stimme
nicht und sagte: „Und du warst doch drin!"

Froh sagte sie: „Ich war drin."

Er nickte. „Du warst drin! Hast aber natürlich auch
nichts bemerkt. Sonst könntest du nicht sagen: mein Hans
Sachs! No ja!" Er ging von ihr weg, durchs Zimmer hin.
Und höflich belehrte er sie dann: „Nein, mein liebes
Kind! Das war gestern nicht mein Hans Sachs, das ist
ein Irrtum. Alle Achtung vor meinem Hans Sachs, der
kann sich ja wirklich hören und sehen lassen, ich weiß schon.
Aber das gestern, mein gutes Annalisl, das war doch wohl
noch etwas mehr. Da ist es in mir aufgebrochen wie noch
nie, mit einer unheimlichen Macht, und ein ganzer Mensch
ist dagestanden, mir war selbst fast bang vor mir. Ein
ganzer deutscher Mensch und in ihm das ganze deutsche
Volk, mit allem was es nur vermag. So war's! Alle
Achtung vor meinem Hans Sachs, aber der gestern, das
war mehr. Von dem wissen nur drei Wesen: der liebe
Gott, als er den wirklichen Hans Sachs erschuf, und
Richard Wagner, als er seinen fand, und jetzt ich, seit
gestern. Schade, daß es niemand von euch bemerkt hat!
Aber von einer aus Kelten, Welschen, Juden und Tschechen
vermischten Stadt kann man das ja wirklich nicht ver-

langen." Dann rief er den Diener: „Hies! Wir nehmen im Salon den Kaffee."

Er war gleich versöhnt, als er in den Salon trat. Die Dämmerung in diesem altdeutschen Zimmer mit den schweren alten Vorhängen und den kleinen bunten Scheiben, die großen Formen der reich geschnitzten Kasten und Stühle, der Glanz der Zinnkrüge auf den Borden über dem Kameeltaschensofa, die Stille der dicken Teppiche, die lange Reihe von alten Kränzen an der weißen Wand über den braunen Borden und alle die Truhen, Rüstungen, Waffen, Spindeln, Trinkhörner, Geweihe, Jagdtaschen und Handtuchweibchen um den alten grünen Kachelofen herum, gar aber der eingebaute Erker mit den zwei hohen alten Chorstühlen und den verschossenen Meßgewändern auf dem Klavier, den grünen Scheiben und der roten Ampel, dies nahm ihm immer gleich jede schlechte Laune wieder weg. Von allen guten Geistern des deutschen Volkes schien er sich hier umgeben und fühlte sich, wie er es auszudrücken pflegte, im sicheren Port. Hier hingen alle Bismarcks, die er sich nur verschaffen konnte, Wagner im samtenen Flaus, mitten unter seinen Gestalten, und endlich der Herr Kammersänger Ignaz Fiechl selbst, vielfach: als Student, zwischen zwei Schlägern, in Couleur, schwarz-rot-goldene Bänder und Bierzipfel rings, als Korporal mit den roten Aufschlägen der Rainer, als Bergsteiger in der Ledernen mit nackten Knien, als Wotan, König Heinrich, Marke, Hans Sachs und Landgraf, als Ritter vom Ko-burgischen Falken, das breite gelbe Band um den Hals,

und immer wieder als Weltmann, das dicke Gesicht sehr
ernst gefaltet, im hohen breitgeschweiften Zylinder, die
weiße Nelke im Knopfloch, mit allen erdenklichen Westen.
Und wenn er recht vergnügt war, ließ er alle Vorhänge
schließen und das Licht in der Ampel anstecken. Ein sanfter
roter Schein, von den grünen Scheiben gedämpft, floß
dann über das dunkle Holz des großen deutschen Zimmers,
und er saß im Lutherstuhl, trank noch eins und nannte
das seine Gralsstimmung. Als aber Höfelind, der zynische
Maler, einmal sagte, er trinke lieber Wein ohne Staub,
hatten sie sich so gezankt, daß sie drei Wochen entzweit
geblieben waren. Seitdem ließ er ihn nur noch in die
Bauernstube, des Grals hielt er ihn nicht mehr für
würdig.

„So fangt halt das jetzt alles wieder an!" sagte der
Kammersänger beim Kaffee, sich im Lutherstuhle dehnend. Es war ihm aber nun offenbar gar nicht mehr
unangenehm, daß es wieder anfing.

Dann blieb es in dem deutschen Zimmer lange still,
bis auf einmal der Annalis liebe Stimme aus dem Dunkel kam. „Schau, sagte sie leise, wenn ich dir nur sagen
könnt, was ich dir alles hab sagen wollen, als ich gestern
in der Nacht herausfuhr. Bei Tag kommt's einem dann
aber so dumm vor, und man schämt sich. Doch darfst du
deswegen nicht gleich so von mir denken, weil ich dir nichts
gesagt hab! Du kennst mich noch immer nicht. Und gar
wenn man mit mir brummt, ist es ganz aus, da bleibt
mir alles im Hals stecken. Ich geb ja zu, daß ich heut

ein bißl verwurschtelt bin. Mir geht halt allerhand durch
den Kopf."

Er verstand nicht, daß sie gefragt sein wollte. Er
nickte nur und sagte mahnend: „Mein liebes Kind, du
hast mir aber auch über meinen neuen Anzug noch nichts
gesagt!"

Sie sah ihn an und sagte mit hellem Erstaunen: „Ja!
Es is wahr! Laß dich anschaun!"

Er nickte wieder. „Ja, das bemerkst du gar nicht.
Und davon hab ich ja wirklich nichts, wenn du mir in der
Nacht schöne Sachen sagen willst, während ich nicht da
bin, sondern im Wirtshaus, was mir wahrhaftig kein
Vergnügen macht, aber leider zur künstlerischen Anregung
nun einmal unerläßlich ist." Er stand auf und stellte sich
hin, wie für den Photographen, indem er, sein gutmütiges
Gesicht runzelnd, fragte: „Also wie gefällt er dir?" Er
ging ein paar Schritte, drehte sich langsam um, ging
wieder, blieb stehen, schloß den langen schwarzen Rock
und ließ sich noch einmal ansehen.

„Wunderschön", sagte sie.

Er antwortete gekränkt: „Du hast eben einmal keinen
Sinn für Eleganz."

„Aber wunderschön, wiederholte sie. Was willst denn
noch?"

Der Kammersänger schüttelte den Kopf. „Wenn
eine Frau sagt: wunderschön, das heißt, es interessiert
sie gar nicht. Euch muß man kennen."

Sie sagte lachend: „Mir bist halt in der Ledernen

lieber. Ich bleib schon eine vom Land. Das wird sich nicht mehr ändern lassen, in meinen Jahren, ich glaub nicht."

Sie trat in den Erker, ans Fenster, um über die lange weiße Mauer des Gartens nach dem Weinberg zu sehen.

Der Kammersänger sagte, wieder in seinem Lutherstuhl: „Um das handelt es sich nicht. Ich bleib auch einer vom Land. Es fällt mir nicht ein, ehrvergessen den Europäer zu machen, wie dein Herr Höfelind. Aber man muß den Leuten zeigen, daß man schon auch wer ist. Wenn sie sehen, daß ich mir einen ersten Schneider leisten kann, haben's noch einmal soviel Respekt."

Vom Fenster her sagte sie: „No du leistest dir ja auch eine Gräfin."

„Das gehört natürlich auch dazu, sagte er. Bist wieder einmal eifersüchtig?"

Da sie nicht antwortete und sich, still am Fenster, nicht regte, fragte er unmutig: „Was hast denn heut überhaupt? Gleich am ersten Tag! Du weißt, ich kann's nicht leiden, wenn eins so spissig ist."

Nach einer Weile sagte sie: „Der Herbst kommt heuer bald. Dem Garten sieht man noch nix an. Aber in der Luft herbstelt's schon." Sie hörte den Diener eintreten und fragte, sich umwendend: „Was ist?"

Der Diener antwortete: „Der Herr Radauner hat telephoniert, ob wir ihm nicht was zum Essen schicken könnten."

„Aha! sagte der Kammersänger, vergnügt auflachend.

Immer noch die alte Geschicht! Da ſtritt der Nußmenſch wieder einmal."

„Gleich", ſagte Fräulein Annalis und ging in die Küche.

Der Kammerſänger zog ſein luſtiges Geſicht zuſammen, warf die dicken Lippen auf, daß die beiden Furchen an der Naſe ſich noch vertieften, und ſagte mit dem grimmigen Ernſt, den er auf ſeinen Photographien hatte: „Wer iſt für heut angemeldet?"

Der Hies antwortete: „Der Prinz Abolar kommt um fünf und gegen abend die Frau Gräfin."

„Seine Kaiſerliche Hoheit der Prinz Abolar heißt es", verbeſſerte der Kammerſänger.

„Seine Kaiſerliche Hoheit der Prinz Abolar", wieder- holte der Hies.

„Du kannſt dann der Frau Gräfin telephonieren, fuhr der Kammerſänger fort, daß ich ſie bitten laß, erſt morgen gegen abend zu kommen. Sag, daß wir noch nicht ganz in Ordnung ſind und meine Schweſter noch auszupacken hat. Aber ſehr höflich, Hies, verſtanden?"

„Jawohl, Herr Kammerſänger", ſagte der Hies, mit dem unverſchämten diskreten Lächeln herrſchaftlicher La- kaien.

Der Kammerſänger gab ihm einen Tritt und ſagte lachend: „Du machſt dich, mein Hies! Du machſt dich ganz gut heraus. Und du kriegſt auch immer mehr ſchon das gewiſſe Watſchengeſicht, das dazu gehört! Bravo! Die Watſchen wirſt ſchon auch noch kriegen, da is mir nicht bang. So ein Kerl!" Und lachend ſtieß er noch einmal nach ihm, griff in die Tasche und warf ihm eine seiner Zigarren zu. „Hop! Aber aufpassen und mit Andacht! Es is eine von den ganz starken, die du so gern stiehlst!"

„Danke schön, Herr Kammersänger", sagte der Hies, immer ganz herrschaftlich.

„Glaubst, ich weiß das nicht? Mein lieber Hies, ich weiß alles. Ich weiß, daß du meine Zigarren stiehlst, ich weiß, daß du dich in der Küch über mich lustig machst, und ich weiß, daß du mir, wenn dir morgen wer um einen Gulden mehr Lohn gibt, in derselben Stund noch aus dem Dienst gehst, und ich sitz dann da und kann mir wieder einen suchen. Denn du bist ein großes Luder, Hies! Ich aber auch, mein lieber Freund, und so passen wir ja ausgezeichnet zusammen, wir zwei verschlagenen Oberösterreicher wir! Du schaust auf dem Bock sehr gut aus, in der Frechheit nimmt's auch keiner mit dir auf, und ich hab meine Freud daran, wie du mir gelungen bist! Es is schon eine gesegnete Gegend, unser Landl!" Er lachte, sah den Hies an der Türe noch einmal von oben bis unten an und sagte dann, mit seiner kurzen fleischigen Hand winkend: „Ab, verehrter Herr, ab!"

Der Diener ging. Er wußte ganz genau, daß das alles nicht wahr war. Er hätte sich nie getraut, eine Zigarre seines Herrn zu nehmen. Er wußte, daß es ihm der Kammersänger nie verziehen hätte. Er war in der Stadt ganz unverdorben geblieben. Er wußte, daß der Kammersänger doch alles gleich bemerkt hätte. Er war dem

Kammersänger hündisch treu. Er hätte sich für ihn er-
schlagen lassen. Er haßte die Stadt, wie sein Herr sie
haßte. Aber er sah, daß sein Herr aushielt, um Geld zu
machen, und so hielt er auch aus, um Geld zu machen;
wenn sie einmal genug Geld haben werden, werden
sie fortgehen, heim. Er sah, daß sein Herr vor den Leuten
hier ganz anders tat. Also mußte man hier ganz anders
tun. Er bemühte sich, es genau zu lernen; er machte alles
nach. Bei sich aber blieb er immer gleich, hinter den
Eisenstäben seines Oberösterreicher Mißtrauens. Sie
waren die richtigen Oberösterreicher, er und sein Herr.

„Jawohl, Herr Kammersänger", sagte der Diener
und ging.

Ignaz Fiechl pfiff vor sich hin. Er hatte den Hies
sehr gern. Das war einer, auf den man sich verlassen
konnte. Der wär für ihn betteln und stehlen gegangen.
Das gibt's doch heute nur noch zwischen der Salzach und
der Enns. Was wußten denn die anderen noch von Treue?
Denen zerfloß doch alles in diese wesenlose Humanität!
Was geht mich die Menschheit an? Sich einen suchen,
Herrn oder Freund, dem man die Treue hält! Und dann
der ganzen Welt die Zähne gezeigt! Wie die damals,
die dort die Donau hinab ins ungrische Land zogen,
Hagen und Volker. Ihr Sinn ist bei uns aufgehoben.
Die anderen sind längst alle verwelscht und verslawt.
Nur wir bleiben noch treu.

Und dann fing der Herr Kammersänger Ignaz Fiechl
wieder zu rechnen an, wie jeden Tag. In sieben Jahren

ist seine Versicherung fällig. Das sind hundertfünfzig-
tausend Kronen. Auf der Bank hat er achtzigtausend.
Zehntausend legt er jedes Jahr von der Gage weg, macht
in diesen sieben Jahren siebzigtausend. Das wären also
dann dreimalhunderttausend. Und in Gottes Namen noch
zweimal Amerika, dann sind's viermalhunderttausend.
Wenn er das Haus halbwegs geschickt verkauft, gibt's
genug, um dafür einen stattlichen Hof in der Heimat
einzutauschen. Sieben Jahre noch! Dann ist er gerade
vierzig; im schönsten Alter. Sieben Jahre noch Kunst-
betrieb und die Herren Journalisten anwedeln und sich
von den Weibern beschmachten lassen, modisch aufge-
putzt, einer von den Lieblingen der Stadt, die Faust im
Sack geballt, noch die sieben Jahre! Dann aber heim,
mit der Schwester und dem Hies, zum alten Vater, und
die ganze Welt auslachen und ein Bauer sein. Seit er
in die Stadt gekommen ist, vor fünfzehn Jahren, denkt
er sich das jeden Tag und rechnet daran jeden Tag. Und
jetzt sind's nur noch sieben Jahre bis dahin!

Wie er so saß, in seinem Lutherstuhl rauchend und
rechnend, kam in sein großes, kindisch fragendes, weit
offenes Gesicht mit den wachsamen kleinen Augen genau
der Ausdruck unverzagter Güte, der an seinem Marke,
seinem Sachs immer die Menschen so tief in der Seele traf.

Fräulein Annalis kam zurück. Der Kammersänger
fragte lachend: „Ist der Nußmensch wieder einmal auf
und davon?"

Achselzuckend ging sie wieder ans Fenster und sagte

nur kurz: „Du weißt doch, wie er ist. Aber ich habe den armen Radauner schon nähren lassen."

Der Kammersänger höhnte: „Das kommt davon, wenn man als Koch einen Chauffeur hat, der das aber eigentlich auch nicht ist, sondern mit Erlösungen hausieren geht, halb Kapuziner und halb Doktor Eisenbart, Kurpfuscher an Leib und Seele! Ich muß aber zugeben, daß das magische Hatscherl ja zu den Bildern des Herrn Höfelind und in das Haus des Herrn Olbrich völlig paßt. Wer diesen Stil aushält, von dem wundert's mich nicht, wenn er es auch verträgt, nackt im Gras zu liegen, nichts als Nüsse zu fressen und den Tod für überwunden zu halten; es ist nur konsequent!"

Er hörte sich gern reden. Er war es gewohnt, im Wirtshaus Studenten und Verehrern stundenlang seine Meinungen über Gott, die Menschheit und den Staat vorzutragen. Er glaubte sich eigentlich zum Redner geboren, nur rentiert sich das Singen halt besser. Sehr stolz war er auf sein reines Deutsch, ohne zu bemerken, daß es doch immer wieder in den schweren, dunklen, grollenden Klang der Oberösterreicher geriet. Die Bayreuther Art, sehr deutlich zu deklamieren und jeden Konsonanten für sich ausschwingen zu lassen, behielt er auch im Reden bei, so daß er schließlich bald an einen Landprediger, bald an einen akademischen Festredner erinnerte.

Da Fräulein Annalis ihn perorieren ließ, sagte er schließlich, um sie herauszufordern: „Ich würde meine

Freunde wenigstens verteidigen! Oder solltest du von
deinem Höfelind und deinem Nußmenschen auch schon
wieder abgekommen sein? Zeit wär's!"

Fräulein Annalis antwortete nicht. Sie war auf einen
Stuhl gestiegen, nahm die Humpen von den Borden und
blies den Staub ab. Er fragte dann: „Hat denn übrigens
der Rabauner nichts gesagt, ob sie heut abend herüber-
kommen?"

„Nein", sagte sie.

Er sagte ärgerlich: „Du hättest auch fragen können!
Telephonier doch noch einmal! Es gehört sich. Wir haben
gar keinen Grund, mit den Leuten unhöflich zu sein.
Schließlich sind's unsere Nachbarn, und wenn die Manieren des Herrn Höfelind zuweilen manches wünschen
lassen, so folgt daraus nicht, daß wir ihm das nachmachen
müssen." Und weinerlich fuhr er fort: „Und du weißt
doch, daß ich das brauch, abends mit ein paar netten
Menschen zusammen zu sein! Jetzt sind wir da zwei
Monate unter den Bauern gesessen, es war ja ganz
schön, aber mein liebes Kind, das genügt mir schließlich
nicht, das kannst du nicht verlangen, schließlich bin ich
ein Künstler, der ein gewisses Recht auf Anregung hat
und sich auch wieder einmal aussprechen will! Wir könnten den Prinzen Adolar dabehalten, die Gräfin hab ich
glücklich ausladen lassen, und wenn man die vier ein bißl
durcheinander hetzt, kann's ganz lustig werden. Ein
kaiserlicher Prinz, der durchaus den Tristan singen will,
ein windischer Landstreicher, der den Magier und Welt-

erlöser spielt, der so wie so komplett verrückte Höfelind
und der alte Rabauner, mit dem man nur über seinen
Klee reden kann, ich denk, das wird genügen. Also vergiß
nicht und telephonier dann das Narrenhaus noch an.
Ja? Und laß das doch schon jetzt! Das ist auch so eine
moderne Wahnidee, diese Todesangst vor jedem bißl Staub!
Setz dich doch gemütlich zu mir! Was bist denn heut so
zapplig?"

Hies brachte das Abendblatt. Der Kammersänger las
das Repertoire. Er ballte die Zeitung zusammen und
warf sie weg, knurrend: "Montag Caballeria, Mittwoch
Wiener Walzer, Donnerstag Traviata! Fünfundzwanzig
Jahre nach Wagners Tod! Kunschtinstitut!"

Fräulein Annalis stieg vom Stuhl und ging in den
Erker zurück ans Fenster. Dort sagte sie plötzlich: "Weißt,
wer heute da war?"

"Wer?"

Sie kam aus dem Erker und trat an den Tisch. Langsam sagte sie: "Der Herr Hofrat Stelzer."

Er fragte, nachsinnend: "Hofrat Stelzer?"

Sie sagte: "Ja, er is jetzt Hofrat. Weil er nicht mehr
gewählt worden ist, haben's ihn zur Belohnung zum
Hofrat beim Verwaltungsgerichtshof gemacht. Das
hätten wir uns auch nicht gedacht, damals bei der Sedanfeier in Freilassing, wo du die siebzehn Knackwürste ge-
essen hast."

"Der?"

Sie setzte sich zum Bruder und sagte still: "Ja. Er

hat's halt immer verstanden. Er hat sich immer zur rechten Zeit umgedreht."

Empört fragte der Kammersänger: „Was will denn
der?"

„Uns wiedersehen, wahrscheinlich", sagte Fräulein
Annalis.

„Himmelherrgottsakra, der Hund!" Und der Kammersänger schlug mit seiner stumpfen fleischigen Hand auf
den Tisch.

„Oder mich wiedersehen", sagte sie lächelnd.

„Du hast ihn aber doch ordentlich hinausgelahnt?"
Und der Kammersänger stieß mit dem Fuß aus.

Sie erzählte, ruhig: „Ich war gar nicht zu Haus, ich
war grad einkaufen. Er hat mir aber ein eigenhändiges
Schreiben dagelassen. Er will wieder kommen und fragt,
wann es mir paßt."

„Da laß nur mich antworten, sagte der Kammersänger schadenfroh. Ich werd dem Herrn Hofrat das
schon besorgen."

„Nein, sagte sie. Ich hab' ihm schon geschrieben, daß
er nur telephonieren soll. Ich erwart ihn dann zu jeder
Stunde, die ihm recht ist."

„Annalis!" sagte der Kammersänger, starr.

Sie saß aufrecht und sah ihn mit ihren großen grauen
Augen an, gelassen fragend: „Was?"

„Annalis?" Er dehnte das Wort und ließ die letzte
Silbe durch das Zimmer schweben. Dann sprang er auf
und packte sie. „Ja, Annalis, hast du vergessen —?"

„Nein", sagte sie. Sie nahm seine Hand von ihrem Arm, stand auf und ging um den Tisch. „Es steht gar nicht dafür, daß du dich aufregst. Ich hab nichts vergessen. Sei ganz ruhig, ich weiß es noch genau, wenn's auch neunzehn Jahre her ist. Aber ich seh gar nicht ein, warum ich es einem Jugendfreund abschlagen soll, mich besuchen zu dürfen."

„Schöner Jugendfreund! sagte der Kammersänger. Der Schuft hat dich elend verraten!"

„Ich bin dem Herrn Hofrat großen Dank schuldig, sagte Fräulein Annalis, lustig. Denn hätt er mich damals nicht sitzen lassen, so ging's mir heut gewiß nicht so gut, wie's mir jetzt geht. Ich denk mir wenigstens, daß es viel schöner ist, bei dir zu sein, als wenn er mich geheiratet hätt und ich jetzt seine Frau Hofrätin wär. Glaubst nicht? Also dann schimpf aber nicht auf ihn, sondern sei froh! Hab ich nicht recht?"

Sie stand hinter dem Tisch und sah dem Kammersänger mit seinen kurzen dicken Beinen knietweit durch das Zimmer waten zu, bis es losging: „Weiberleut! Alle seid's gleich! Anspucken soll man euch! Ihr wollt's es ja nicht anders! Und wenn man euch dann nach zwanzig Jahren bloß den kleinen Finger zeigt, is alles vergessen und ihr zergeht's vor Rührung! Pfui Teufel!"

Sie setzte sich, nahm die Zeitung vom Boden und bog sie glatt, um zu lesen. „Wennst dann fertig bist und dich ausg'schimpft hast, laß mir's sagen."

„3'erſt verſpricht er dir das Blaue vom Himmel und
verdreht dir den Kopf, dann wie ſich's zeigt, daß der junge
Herr ein reiches Mädl kriegen kann, iſt die Trafikantin
auf einmal zu ſchlecht für eine Advokatensfrau, dein
Jammern und Flennen hat dir nix geholfen, der junge
Herr kann ſeine Karriere nicht opfern! Natürlich! Handels-
kammerſekretär, Gemeinderat, Landesausſchuß, bis er
richtig im Reichsrat ſitzt und auf den Miniſter ſpitzt! No
da muß aber doch ein Haar in der Suppen g'weſen ſein!
Und jetzt, wo er abgehauſt hat, wo er ſiecht, daß nix mehr
für ihn zu hol'n is, und wo die kleine Trafikantin die
Schweſter vom Kammerſänger Fiechl is, a ja, da möcht
er ſich auf einmal erinnern, jetzt auf einmal, das ſchaut
ihm gleich, und du haſt ja offenbar die ganze Zeit bloß
darauf gewartet, bis's ihm vielleicht doch wieder einmal
gefällig ſein wird! So muß man euch behandeln, ihr verdient's es nicht beſſer, ſo g'hört's euch! Ein Narr wär er
g'weſen, wenn er dich damals g'nommen hätt! Wozu
denn? Du haſt ja geduldig gewartet, Jahr für Jahr!
No und ſitzt, jetzt wirſt belohnt! Jetzt is er ein alter Graſl,
dem die Haar ausgehn, jetzt wird ihm bang, jetzt könnt
er eine Pflegerin brauchen, auf die alten Tag! Und
ſitzt, da denkt er jetzt an dich! Rührend, nöt? Und du
gehſt herum, als wenn's Chriſtkindl vor der Tür wär!"
Und er ſchrie: „Hör zu, wann dein Bruder dir was ſagt!
Das is wohl das wenigſte, was ich verlangen kann!" Er
ſtand vor ihr, ſie ſaß unbeweglich, auf die Zeitung gebeugt. Er wurde zornig und riß ihr das Blatt weg

„Du wirst auch schon nicht mehr gescheit, Naz! sagte
sie. Abends im Bett wirst dann jammern, um die Fort-
setzung von dem Roman." Und sie hob das Blatt auf
und strich es sorgsam wieder glatt.

„Was er von dir will, will ich wissen!" brüllte der
Kammersänger.

„Ich auch, sagte sie. Dazu muß ich aber doch mit
ihm reden. Wann er kommt, wird er mir's sagen."

„In mein Haus kommt er nicht, das garantier ich dir!"

Achselzuckend sagte sie: „Dann müßt ich halt zu ihm
gehen. Wann dir das lieber ist!"

„Aber Himmelherrgottsakra, warum denn?" fragte
der Kammersänger, wütend.

„Weil ich will, sagte Fräulein Annalis. Ich bin groß-
jährig. Das könnt'st jetzt schon bemerkt haben."

Der Kammersänger fing wieder durch das Zimmer zu
waten an. Plötzlich sagte er, mehr weinerlich als zornig:
„Das hat doch aber gar keinen Sinn!"

„Es muß nicht alles einen Sinn haben", sagte sie.

Er schlug wieder seinen befehlenden Ton an. „Wo
is der Brief von ihm?"

„Den Brief kannst haben, sagte sie. Er is in meinem
Zimmer oben. Es steht aber nix drin, als daß er gestern
in den Meistersingern war und dich gehört hat und den
Wunsch hätt, uns nach so langer Zeit wieder einmal zu
sehen."

„Der war gestern drin?" fragte der Kammersänger.

„Ja", sagte sie.

„Schreibt er da was Näheres drüber?" fragte der Kammersänger.

„Er schreibt, sagte sie, daß er seit einem Jahr immer drin is, wenn du singst."

„Warum haben sie ihn denn eigentlich nicht mehr gewählt?" fragte der Kammersänger.

„Er hat doch die großen Reden gegen das allgemeine Wahlrecht gehalten, sagte sie. Da hat er sich eben einmal geirrt. Der Wind is anders gegangen."

„No jetzt mit dem allgemeinen Wahlrecht, sagte der Kammersänger, da laßt's mich aus! Die Proleten werden's nicht besser machen."

„Vielleicht wirst auch noch Hofrat."

„Ich mein ja nur, sagte der Kammersänger, ein Mensch kann doch seine Meinung haben. Es ist immerhin schad, wenn so kenntnisreiche Männer wie der Stelzer aus der Öffentlichkeit verdrängt werden. Gegen dich hat er sich ja gewiß nicht gut benommen, das hat aber mit seiner politischen Bedeutung nichts zu tun, die man ihm jedenfalls nicht abstreiten kann."

„Und ins Theater geht er auch, wenn du singst", sagte Fräulein Annalis.

„Wieso? fragte der Bruder, argwöhnisch. Was hat das damit zu tun?"

„Ich meine nur, sagte die Schwester, unschuldig. Das spricht doch auch für ihn."

„Gewiß!" sagte der Kammersänger, ohne zu wissen, weshalb er so gereizt war.

„Und ich denk' mir, sagte Fräulein Annalis, sanft,
das wird wohl auch der eigentliche Grund sein, weshalb
er uns wiedersehen will: es gilt offenbar dem verehrten
Meistersänger."

Er sah die Schwester an, ihr Ton gefiel ihm nicht,
aber in ihren stillen grauen Augen, die ruhig über ihn
weg in den Erker blickten, war nichts zu bemerken. Er
fragte: „Warum ist er denn dann nicht gleich zu mir gekommen statt erst zu dir?"

„Vielleicht hat er sich gedacht, daß es dir am Ende
nicht recht wär."

Nun erinnerte sich der Kammersänger erst wieder und
fing wieder zu toben an. „Das auch noch! Ich soll vielleicht noch springen vor Vergnügen, wenn der Schuft —"
Er brach plötzlich ab und erklärte ruhig belehrend: „Denn
da gibt's nichts, mein Kind! Damals war er ein Schuft.
Wie er sich damals gegen uns benommen hat, das war
eine Schufterei. Oder gegen dich halt. Mir persönlich
hat er ja nie was getan. Das hätt ich ihm auch nicht
geraten. Immerhin aber —" Er ging zur Wand und
schob den großen Bismarck zurecht, der schief hing. Dann
kam er zurück und fuhr fort: „Immerhin kommt es aber
ja vor, daß ein Mensch sich ändert. Das muß man auch
bedenken. Schließlich war er damals kaum sechs- oder
siebenundzwanzig, und wer weiß, wie ihm die Pitt-
nerischen eingeheizt haben, daß er das Mädl nimmt,
schön war sie ja nie! Gott, der alte Pittner hat seine Händ
damals überall gehabt, und das reizt halt so einen jungen

Menschen, plötzlich den reichen Herrn zu spielen und jede
Tür offen zu finden. Ohne Luderei is noch keiner hinauf-
kommen, das darf man ja wirklich nicht so genau nehmen!
Wie der Mensch sich dann benimmt, wann er einmal oben
is, darauf kommt's an, da zeigt es sich erst, hinauf muß
man schließlich irgendwie, denn unten bleiben, davon hat
man auch nix."

„Du hätt'st mich an seiner Stelle sicher auch nicht
genommen", sagte Fräulein Annalis, in ihrem ver-
schlossenen Ton.

„Von mir ist nicht die Rede", sagte der Kammersänger, ärgerlich.

„Aber nehmen wir an, sagte sie. Nehmen wir an, du
hättest dich als junger Mensch in eine kleine Trafikantin,
in die Tochter von einem armen Tierarzt auf dem Land
verliebt! Ich möcht wissen!"

„Ich hätt mich nicht verliebt!" sagte der Kammersänger, gereizt.

„Aber nehmen wir an!"

„Ich kann nicht so was Dummes annehmen, sagte
der Kammersänger. Ich hätt mich nicht verliebt, das
gibt's einfach nicht, ich kenn mich doch. Das war bei mir
ausgeschlossen, daß ich mich unpraktisch verliebt hätt.
Außerdem hab ich mich überhaupt nie verliebt, das weißt
du doch, sondern die Weiber haben sich immer in mich
verliebt, dafür kann ich nichts, ich hab mir noch bei einer
jeden gewünscht, ich wär sie wieder los!"

„Du hast halt Glück!" sagte Fräulein Annalis

„Glück, meine liebe Annalis, Glück hast du gehabt, belehrte sie der Kammersänger. Von ihm war's ja gemein, dich sitzen zu lassen, aber was wär denn aus euch geworden? Er nix, du nix, schließlich wär er heut ein kleiner Advokat in Tamsweg oder in Vöcklabruck und du säßest mit einem Schippel von Kindern da! Der Mensch darf sich nur nix vormachen, mein liebes Kind!" Würdevoll trug der Kammersänger seinen stattlichen Leib durch das Zimmer hin und her, die linke Hand auf dem Rücken, während er die Finger der rechten alles demonstrieren ließ.

„Das beste wär vielleicht, sagte Fräulein Annalis, du gingest zu ihm, du!"

„Wieso? fragte der Kammersänger. Wie komm denn ich dazu?"

„Ich mein nur, sagte sie, weil mir vorkommt, daß ihr euch ausgezeichnet verstehen werdt's! Während ich — no ja, Frauen sind darin viel schwerfälliger, ich kann mich da noch immer nicht so hineinfinden, ich bin sicher ungerecht gegen ihn. Also hätt'st keine Lust?"

Ihr verdächtiger Ton war ihm unbehaglich. „Man weiß ja bei dir nie, was dahinter steckt!"

„Ich weiß es schon", sagte Fräulein Annalis.

Er wurde zornig. „Bitt dich, tu nur nicht so! Du hast es wirklich nicht nötig! Du willst ja jeden Moment was anders! Zuerst warst ganz Seligkeit und Griesschmarrn, da wärst am liebsten noch heut zu ihm hingerannt! Und jetzt auf einmal möchst mich spötteln, weil ich einem Menschen nicht, was vor zwanzig Jahren g'schehn is, durchs ganze Leben nachtragen werd! Wo bleibt da der Zusammenhang? Weiberleut, Weiberleut!"

Hies trat ein, meldend: „Seine Kaiserliche Hoheit der Prinz Adolar."

Der Kammersänger schrie: „Er soll hinauf, ich komm dann gleich, er soll nur einstweilen allein ein bißl üben! Und tanz mir nicht immer ins Zimmer herein, wenn ich grad was Wichtiges besprechen muß! Könnt'st auch schon wissen, daß der Prinz immer grad dann kommt, wenn man ihn am wenigstens brauchen kann! Mein Gott, dem geht's mit allem so! Aber du bist ja la Prinz!" Und er brüllte noch mehr: „Also marsch, endlich! Ich will jetzt Ruh haben!" Und er schlug hinter dem Diener die Tür zu.

„Du hast ihn ja für fünf bestellen lassen", sagte die Schwester.

„Und jetzt hab ich halt keine Lust, punktum!" sagte er, kurz. Plötzlich aber geriet er wieder in Wut, die sich immer mehr auf den unschuldigen Prinzen entlud. „Was glaubt denn der überhaupt? Ich pfeif darauf! Ein Künstler wie ich ist mehr als alle Prinzen miteinand, so weit sind wir doch heut schon, Gott sei Dank! Und wenn mir das vielleicht imponieren soll, weil er den Anarchisten macht — mein liebes Kind, wenn einer schon einmal ein Prinz is, is mir noch am liebsten, er is ein ordentlicher Prinz! Und nicht so einer, der mit den Juden schöntut! Da lach ich! Wenn die Prinzen jetzt den Tristan singen, wird nix übrigbleiben, als daß im nächsten Krieg ein Tenor kommandiert, in so einem Land leben wir! Ich kann dir nur sagen: ein Prinz, der mit Theaterleuten herumzieht, imponiert mir gar nicht! Gar nicht! Verächtlich ist mir das, wenn du's wissen willst! Einfach verächtlich! Er soll lieber schaun, daß unsere Kanonen in Ordnung sind! Wär g'scheiter, als daß er mir mit seiner Singerei die Ohren vollmacht!"

„Es hat dich ja niemand gezwungen, ihn anzunehmen, sagte Fräulein Annalis. Wenn er kein Talent hat, was plagst dich denn mit ihm? Schick ihn fort!"

„Er hat ja Talent" sagte der Kammersänger, plötzlich ganz ruhig.

„No also!" sagte sie.

„Er hat's doch aber gar nicht nötig!" sagte der Kammersänger, sich wieder erzürnend. Er hatte noch den Rest seiner ziellosen Wut abzuladen.

„Das geht dich ja nichts an", sagte sie.

„Ich kann's aber nicht leiden, daß die Welt so schlecht eingeteilt ist!"

„Du kannst es aber nicht ändern."

„Ich kann mich aber doch ärgern!" schrie der Kammersänger.

„Das kannst", sagte Fräulein Annalis.

„Ich will mich aber nicht jeden Tag ärgern, schrie der Kammersänger. Dazu bin ich nicht da!"

„No so schick ihn weg!" wiederholte Fräulein Annalis.

Gelassen fragte der Kammersänger auf einmal: „Warum soll ich ihn denn wegschicken? Ich weiß gar nicht, was du immer gegen ihn hast. Er ist so ein netter Mensch!"

„Naz! sagte Fräulein Annalis. Ich hab eine himm-
lische Geduld!"

„Ja, jetzt möcht'st auskneifen, sagte der Kammersänger. Das ist echt weiblich! Ich will aber jetzt endlich
einmal hören, was du eigentlich gegen ihn hast."

„Aber um Gotteswillen! sagte Fräulein Annalis.
Wenn du dich jedesmal ärgerst, so oft er kommt!"

„So laß mich doch mich ärgern! sagte er, vergnügt.
Vielleicht ärger ich mich gern. Und dir schad'ts ja jedenfalls nix!" Und er sah sie verschmitzt aus seinen schlauen
kleinen Bauernaugen an und lachte mit dem wulstigen
breiten Mund.

„Nein, mir schad'ts ja nix", wiederholte Fräulein
Annalis.

„Ich möchte dich nur aufmerksam machen, sagte der
Kammersänger, sanft, daß wir jetzt seit einer Stunde
reden, und ich weiß noch immer nix. Ich weiß noch
immer nicht, was du eigentlich von mir willst. Das ist
charakteristisch für die Art, wie Frauen wichtige Dinge
behandeln. Wenn ihr einmal wirklich das Wahlrecht
kriegts, kann das schön werden." Und sehr strenge fügte
er hinzu: „Kind, ich kann den Prinzen wirklich nicht
länger warten lassen. Es wäre nicht höflich. Also du
mußt jetzt schon so gut sein und dich endlich entschließen.
Ich würde dir raten, dem Hofrat einen artigen Brief zu
schreiben, daß es dir sehr leid tut, seinen lieben Besuch
verfehlt zu haben, und so weiter und so weiter, und daß
wir uns sehr freuen werden, ihn recht bald bei uns zu

sehen, an dem und dem Tag, und so weiter und so weiter. Das scheint mir das Gescheiteste zu sein. Nur sich nicht mit alten Feindschaften abschleppen, das hat gar keinen Sinn! Und du machst dich auch nur lächerlich, wenn du ihm zeigst, daß du das noch immer nicht verschmerzen kannst. Denn so würde das doch aussehen, wenn du jetzt Geschichten machst! Hab ich nicht recht?"

„Du hast bekanntlich immer recht", sagte Fräulein Annalis.

„Wenn du's nur einsehen möchst!" sagte der Kammersänger.

„Ich werd mir Mühe geben", sagte sie.

„Zeit wär's", sagte er. Und väterlich fügte er noch hinzu: „Also vergiß nicht den Brief heute noch zu schreiben! Heute noch, das gehört sich."

„Ich hab ihn schon geschrieben", sagte sie.

„Also dann is ja alles gut, sagte der Kammersänger. Wozu haben wir uns dann erst gestritten? Aber Weiberleut tun's halt schon nicht anders." Er sah sie vergnügt an, neugierig, ob sie sich wehren würde.

„Nein, sagte sie, Weiberleut tun's schon nicht anders."

„Du, du!" sagte er, mit dem Finger drohend.

„Was denn?" fragte sie.

Er sagte, kampfbereit: „Tu mir jetzt nur nicht noch einmal aufmucken!"

„Was hab ich denn gesagt?" fragte sie.

„Aber gedacht hast dir was, sagte er. Euch muß man kennen!"

„Denken ist erlaubt", sagte sie.

„Aber merken darf man's nicht lassen! Sonst is es ärger, als wenn man was sagt. Sagen kannst meinetwegen, was du willst. Aber wannst nix sagst, sondern nur so schaust, daß ich merk, du denkst dir was, du möchst was sagen und sagst es bloß nicht, weils dich nicht traust, da werd ich wild. Euch muß man kennen!"

„Du kennst uns halt", sagte Fräulein Annalis.

„Leider, sagte der Kammersänger. Es is kein Vergnügen. Und jetzt wollen wir halt in Gottesnamen die Gesangshoheit angehen!" Er wendete sich seufzend zur Türe.

Sie sagte: „Sei nicht wieder gar so grob mit dem armen Kerl!"

„Das verstehst du nicht, sagte der Bruder. Das is ein Prinzip! So einem Prinzen muß man zeigen, was ein Kammersänger is, und er soll Respekt vor der Kunst kriegen."

Er ging aber noch immer nicht und stand unentschlossen an der Türe. Dann kam er zurück und sagte zur Schwester: „Annalisl, gelt, du bist doch g'scheit?" Sie regte sich nicht. Ohne sie anzublicken, fuhr er fort, sich verlegen räuspernd: „Denn weißt, Annalisl, ich hab halt nur Angst gehabt, dir steckt am End die alte G'schicht noch immer im Kopf, das wär doch dumm!"

Sie schüttelte sich. Er hob seine kurze dicke Hand, er hatte Lust sie bei den Haaren zu nehmen, in denen schon ein paar weiße Fäden waren. Dann aber zog er die Hand

zurück und sagte nur: „No ja! Du bist eine Heimliche, da
weiß man doch nie! Und Alter schützt vor Torheit nicht,
heißt's ja. Es wär aber doch eine Schand, nöt? Und
was fanget denn ich an, wann du mir fortgingst? Wo
man hier heraußen so schwer eine Köchin kriegt, nicht wahr?"

„No also das, sagte Fräulein Annalis, das wär meine
geringste Sorg, da wär mir nicht bang! Ich glaub,
die Frau Gräfin lernet auch noch kochen, wenn's sein
muß! Wenn sie mich dafür draußen hätt, lieber heut
als morgen!"

Der Kammersänger machte sein Gesicht ganz feierlich,
und seine lustigen kleinen Augen standen still, als er ihr
versicherte: „Du weißt doch, daß ich nie, solange du bei
mir bist, auch nur einen Gedanken an eine Trennung
von dir zulassen werde. Was ich einmal versprochen hab,
dabei bleibt's. Und übrigens tust du der Gräfin Unrecht, das hab ich ihr längst klar gemacht." Und plötzlich
wurde er wieder zornig und schrie: „Und außerdem heirat ich überhaupt nicht, wie oft soll ich euch das noch
sagen? Und die Gräfin wär schon gar die letzte! Das
fehlet mir grad noch!"

„Arme Person!" sagte Fräulein Annalis.

Er wurde noch zorniger. „Warum denn arm? Ich
weiß gar nicht, was du willst! Sie denkt nicht daran!"

„No vielleicht doch", sagte Fräulein Annalis.

Er wiederholte: „Sie denkt nicht daran, dazu kennt
sie mich viel zu gut!"

Er ging von ihr weg und sagte dann noch, ruhiger:

„Ich liebe die Gräfin. Also da is nix zu machen, das geht dich auch gar nix an. Sei froh! Schließlich is das noch immer das Gescheiteste, da hat man doch noch eher Ruh vor den andern. Aber heiraten? Nie! Das weißt du auch ganz gut! Jetzt bist einmal bei mir, jetzt bleibst schon bei mir. Wenn ich einmal eine Pflicht übernommen hab, die halt ich auch. Es liegt tief im deutschen Wesen begründet, eher sich selbst zu verderben als sein Wort zu brechen." Er ließ diesen Satz erst ausklingen, bevor er, in einem gemächlicheren Ton, noch sagte: „Also darüber könntest du schon einmal beruhigt sein. Ganz abgesehen davon, daß du doch weißt, wie mir die Gräfin zuwider ist!"

„Das weiß ich gar nicht! rief Fräulein Annalis lachend. Woher denn?"

Er sagte: „No wenn du das noch nicht bemerkt hast, tust mir leid!"

„Grad hast du mir noch erklärt, daß du sie liebst!"

Er war schon sehr ungeduldig. „Jetzt fang nicht wieder an, die einfachsten Dinge zu verwickeln! Gewiß liebe ich sie, aber deswegen kann sie mir doch zuwider sein, das hat miteinander gar nix zu tun. Die ganze Stadt is in die Gräfin verliebt, voriges Jahr hat sich doch sogar einer erschossen wegen ihr, da frag wen du willst, jeder wird dir das bestätigen, daß sie eine ganz ungewöhnliche Frau is, wenn du's auch nicht zugibst, weil du halt eifersüchtig bist! Nur sympathisch ist sie mir halt nicht, aber das gehört doch auf ein anderes Blatt! Dagegen natürlich, wenn man ans Heiraten dächt, nein, ich dank schön!

Da möcht ich doch um eine andere Nummer bitten! Aber ich heirat ja überhaupt nicht! Denn wenn ich einmal was versprochen hab, da gibt's nir! Das wär sehr dumm, wenn du dir da Gedanken machen möchst! Bleib nur schön bei mir, es is ganz gut, wie es is!"

„Und dann, sagte Fräulein Annalis langsam, wenn du doch vielleicht einmal heiraten willst, die müßt ja aus Linz sein."

Er fragte verblüfft: „Was soll denn jetzt das wieder heißen?"

Sie sagte nachdenklich: „Oder aus Lambach. Das ging auch noch grad. Aber jedenfalls zwischen Linz und Lambach muß sie geboren sein, sonst gibt's ein Unglück."

Er schrie, heftig zur Türe watend: „Laß mich mit deinen Dummheiten aus!"

„Denn nur, sagte sie, wenn eine zwischen Linz und Lambach geboren ist, kann sie so einen Oberöstreicher Schädl verstehen, wo immer ganz was anderes heraus- kommt, als eigentlich drin is."

„Laß mich aus!" Und er schlug grunzend die Türe zu.

Fräulein Annalis sah ihm sinnend nach. Eigentlich, dachte sie, war sie ja genau so wie er. Sie hatten beide das, daß sie sich nicht aussprechen konnten. Sie konnten nicht laut denken. Auch sie fand, wenn in ihr etwas recht stark war, nie das Wort dafür, und was sie sprach, war immer nur so gesagt und hatte von ihren Gedanken, von ihren Gefühlen nichts. Und doch half es ihr sehr, mit dem Bruder zu reden, denn während sie stritt oder schalt und

spöttisch, heftig oder ausgelassen war, konnte sie viel
besser nachdenken als allein. Schließlich hatten sie dann
immer nur Unsinn geredet, aber im Stillen war ihr alles
klar geworden. Sie wunderte sich selbst, wie das eigentlich zuging. Wenn sie was auf dem Herzen hatte, sagte
sie dem Bruder nichts davon; man bekam aus ihm ja
doch kein vernünftiges Wort heraus. Sie ließ ihn nur
reden, was ihm eben einfiel, und machte sich allenfalls
den Spaß, ihn zu reizen, bis er wütend wurde. Er schrie
dann, sie blieb ihm nichts schuldig, so zankten sie stundenlang. Und der Schluß war, daß sie dann das Richtige
traf. Sie konnte dann alles so sicher entscheiden, als ob
sie sich mit dem gescheitesten Menschen beraten hätte.
Als es sich voriges Jahr um seinen neuen Vertrag mit
der Hofoper handelte, war's doch auch so gewesen. Er
hatte sie ja gar nicht angehört, sondern nur über den
Direktor getobt und ihr geschworen, eher auf der Landstraße Steine zu klopfen als noch einmal in dieser ver-
maledeiten Stadt abzuschließen, was einfach eine Ent-
ehrung für ihn sei. Und dann war er in sein Zimmer
hinauf und hatte sich eingesperrt und Punkt für Punkt
alles so klug aufgesetzt, daß die Juristen staunten. Und
ihr wieder war's doch heute genau so gegangen! Jetzt
hatte sich's entschieden, und alle dumme Furcht war weg.
Der Herr Hofrat sollte nur kommen, jetzt freute sie sich
auf ihn! Er stellte sich wohl noch immer das verliebte
kleine Mädl mit den blonden Zöpfen vor? Er mochte
nur kommen, und dann konnten sie sich messen, sie war

jetzt bereit! Und sie lachte sich selbst aus, ihren eigenen
Schreck, als sie, vom Markt kommend, seinen Brief gefunden,
und diese närrische Verwirrung, in der sie am liebsten gleich
auf und davon gelaufen wäre. Und jetzt saß sie ganz
ruhig und freute sich. Das kommt halt davon, wenn man
einen so klugen Bruder hat, mit dem man sich über alles
beraten kann! Es hilft, scheint's, beinah noch besser als
das Mittel des Nußmenschen, die Hände zu falten, die
Sonne anzurufen und sich vorzusagen: O Mensch!

Da stand nun jene ganze Zeit wieder in ihr auf. Als
wenn's gestern gewesen wäre, sah sie sich in der engen
Trafik, neben der alten Frau Majorin Schodoa mit der
großen schwarzen Hornbrille und dem zahnlosen bösen
Mund, die den ganzen Tag nachzählte und sich immer
verrechnete. Im Winter war's ein bißchen kalt, der Wind
schlug von der Brücke durch den Bogen herein, und die
Herren konnten sich nicht angewöhnen, die Türe zu schließen; die Majorin hatte wenigstens den dicken Fußsack.
Im Sommer war's ein bißchen muffig, aus den alten
steilen Häusern der schmalen Getreidegasse roch es nach
Käse, leeren Bierfässern und gebranntem Kaffee, der
Schuster nebenan hatte Juchtenstiefel und fettgeschmierte
Bergschuhe draußen hängen, und sie spürte noch heute,
wie es ihr dann wohltat, eine Kiste gut abgelegener Vir-
ginier aufzumachen und den hellen Duft einzusaugen, weil
sie ja schon einmal jetzt nicht mehr hinaus ins Heu durfte,
wie früher daheim beim Vater, aber das ging halt jetzt
nicht mehr, sie war schon ein großes Mädl, bald sechzehn,

und mußte verdienen, sonst hätt der Ignaz nicht studieren können. Und es war ja noch ein großes Glück, daß die Frau Majorin sie nahm, in die beste Trafik der Stadt, die die feinste Kundschaft hatte. Da kamen die Herren vom Gericht, der Herr Oberfinanzrat, für den sie immer die ganz blonden Portorikos aussuchen mußte, der Domherr Zingerl, der dann oft den ganzen Vormittag bei der Frau Majorin sitzen blieb und die Zeitungen hier las, und alle Herrn Offiziere, mittags, nachdem sie auf der Brücke auf und ab gegangen waren, und dann noch einmal abends nach dem Befehl, bevor sie wieder auf der Brücke auf und ab gingen. Es war doch sehr lustig, man erfuhr alles in der Stadt, aber abends taten ihr schon manchmal die Knie sehr weh und dann mußte sie noch erst alles abzählen, die Frau Majorin zählte nach und verrechnete sich immer, sie glaubte es aber nicht, da war sie nicht angenehm. Und dann mußte sie die Frau Majorin noch nach Haus begleiten, ins Nonntal, weil sie sich fürchtete. Selbst wohnte sie auch vor der Stadt, aber auf der anderen Seite, in Mülln draußen. Manchmal wurde ihr der Weg recht weit. Bis dann die Zeit kam, wo der Julius jeden Abend auf sie wartete, vor dem Glockenspiel, am Hofbrunnen, und mit ihr ging; da war es gar nicht mehr weit. Und heut ist er ein Hofrat! Sonderbar kam ihr das vor. Hofrat Julius Stelzer. Wie alt das klang! Und Julius paßte doch gar nicht dazu, für sie blieb das ein ganz junger Name. Wie schnell das Leben vergeht! Vor zwei Jahren war seine Frau gestorben. Wie hatte sie diese Frau gehaßt, die ihr mit ihrem Geld alles nahm! Und die war nun tot. Und der Julius war jetzt ein Witwer, alle diese Worte kamen ihr so merkwürdig vor. Wenn sie damals, vom Nonntal zurück, atemlos vom Laufen, aus der Kaigasse zum Platz einbog, in Erwartung, endlich die Gestalt des wartenden Geliebten zu sehen, ungeduldig auf und ab mit dem großen Hut und seinen langen Turnerbeinen, und es hätte wer gesagt: das wird einmal ein Hofrat und ein Witwer sein! Da hätten sie gelacht! Das paßte doch gar nicht zu ihm, das hätte sie sich damals nicht denken können. Er mit seinen blauen Augen und dem blonden Schnurrbart! Und alles an ihm war damals wallend und flatternd, er schien immer eine Fahne zu schwingen. Darum hat sie's ja auch nie begreifen können. Nein, eigentlich begreift sie's heute noch nicht. Wenn er was sagte mit seiner jauchzenden Stimme und einen ansah aus seinen blauen Augen, da hätte man sich dafür foltern lassen, daß es wahr war. Und als er ihr dann damals den Brief schrieb, jenen so gescheiten Brief, daß es halt nicht geht und daß der Mensch doch vernünftig sein muß und daß man nicht im ersten Rausch eine Dummheit für sein ganzes Leben machen darf, da lachte sie ja nur und hielt es für einen Spaß, denn was da geschrieben stand, dazu konnte sie sich seine blauen Augen gar nicht vorstellen. Und er hätte ihr das auch sicher nie sagen können, das glaubte sie heute noch fest. Mit seinem eigenen Mund hätte er ihr das niemals ins Gesicht gesagt, schreiben kann man alles! Aber er reiste ja weg, er

war ja feig. Und dann schrieb der alte Pittner ihrem
armen Vater, und der holte sie. Und seitdem weiß sie,
daß ein Mensch anders sein kann, als seine Augen sind.
Es ist vielleicht ganz gut für sie gewesen, daß sie das so
bald erfahren hat. Wenn sie geheiratet hätten und es
hätte sich dann erst gezeigt? Denn nicht was er ihr tat,
wie er an ihr handelte, traf sie so tief, sondern daß er der
Mensch war, überhaupt so handeln zu können. Nein, es
war ein Glück für sie, daß es noch aufkam. Einmal wär's
ja doch offenbar geworden, schließlich hätte sie ihn doch
gesehen, wie er wirklich war, hinter dem Schein seiner
blauen Augen! Und was dann? Sie kannte sich, sie
konnte sich nicht bescheiden. Verzichten, ja. Sich abfinden,
nein. Niemals und nirgends. Wenn was für sie nicht
ganz zu haben war, dankte sie. Auf halb und halb ließ sie
sich nicht ein. Dann lieber gar nicht, man muß nicht von
allem haben. Ihr schönes Gefühl für den Julius konnte
man ihr ja doch nicht nehmen. Das blieb ihr, auch als
sich zeigte, daß es diesen Julius, den sie geliebt hatte,
ja gar nicht gab. Der andere, der dann plötzlich so gescheit war und das hektische Fräulein Pittner mit der
spitzen Nase nahm, hatte doch nur die Augen von ihm.
Um diese Augen war ihr wohl sehr leid, da hat sie manche
Nacht geweint. Aber es ist ganz gut für sie gewesen,
das nun zu wissen. Ihren Julius behielt sie; der andere,
der sie verließ, ging sie nichts an. Und als dann später,
weil man sich doch trösten muß und nun einmal Weiberleut, wie ihr Bruder sagte, ein hinfälliges Geschlecht

sind, andere Männer kamen, war es doch immer nur ihr
Julius noch, den sie immer wieder liebte, auch wenn er
jetzt einen schwarzen Schnurrbart hatte. Und sie wußte
jetzt von Anfang an, daß es ein Ende hat. Und wenn man
das gleich weiß und so gescheit ist, vor dem Ende noch auf-
zuhören, dann geht's. Man muß nur von den Männern
lernen und auch so gescheit sein wie sie. Das mögen sie
freilich nicht und sind dann gekränkt. Sie kann ihnen aber
nicht helfen, sie war damals auch gekränkt, so gleicht sich
alles aus. Und dann taugen ja die Männer alle nichts
außer allenfalls ihr Bruder, und der auch nur wenn er
singt. Das weiß sie doch jetzt. Die Hauptsache ist, daß
man das einmal weiß. Wenn man das einmal weiß, ist es
mit den Männern ganz lustig. Sie hat doch seitdem manches erlebt, was sie nicht hergeben möchte. Man muß
nur fest entschlossen sein, das zu wissen, und immer dabei
bleiben. Und so mag der Herr Hofrat doch kommen!
Es war ungefährlich. Ein Hofrat und ein Witwer! Nein,
sie blieb schon ihrem Julius treu. Der Hofrat glaubt freilich sicher, daß sie noch immer das dumme Mädl mit den
blonden Zöpfen ist. Tut mir leid, Herr Hofrat! Das
gibt's so wenig mehr als den langen Julius mit den Turnerbeinen, der damals jede Nacht ungeduldig am Mozart-
denkmal stand, in die schwarze Kaigasse spähend. Die
zwei sind am selben Tag verschwunden. Aber im übrigen
soll der Herr Hofrat herzlich willkommen sein!

Nein, sie fühlte sich ganz sicher. Es war gerade so,
wie wenn plötzlich die Tür aufgegangen und die Frau

Majorin Schoboa hereingekommen wär; die müßte nun
schon über neunzig sein. Man hätte sich sehr gefreut und
nach allem erkundigt und an alles erinnert, vielleicht ein
bißchen wehmütig, wie schon Erinnern es immer ist, aber
im Stillen doch eigentlich sehr froh, weil's hier auf dem
grünen Berg über der Stadt ja wirklich viel schöner ist
als in der dumpfen kleinen Trafik, wo's nach Schnupf-
tabak und Juchten roch, während hier der Wind die roten
Rosen ins Zimmer bringt. Das war alles vorbei, vorbei!
Und froh war sie, daß es vorbei war! Sie hat nichts im
Leben bereut, aber sie wünscht sich auch nichts zurück.
Wie alles gekommen ist, war's am besten. Und jetzt möchte
sie nichts, als daß es halt noch recht lang so bleibe, wie
es ist.   Und wenn es dann den Bruder einmal nicht
mehr freut und er hat genug verdient, dann gehen sie
nach Henndorf zurück, und da wird sie Hendln und
Schweindln haben. Da passet doch ein Hofrat gar nicht hin!

Es klopfte. Eine Knabenstimme fragte: „Darf ich ein
bißl zu Ihnen kommen, Fräuln Annalis?"

Sie rief: „Kommen's nur herein, Hoheit! Is denn die
Stund schon aus?"

Der Prinz trat ein, verlegen lächelnd. „Der Herr
Kammersänger hat mich weggejagt."

„Aber nein!", sagte Fräulein Annalis, lachend.

„Ganz im Ernst. Heute war es wirklich Ernst. Könnten
Sie nicht dann vielleicht ein gutes Wort für mich sagen?
Nicht wahr, Fräulein Annalis? Er hat ja ganz recht, ich
seh's ja selbst ein. Ich weiß nicht, zu Haus kann ich's, da

weiß ich auch alles genau, wie er's will, aber hier, wenn ich dann anfang, da geht's halt wieder nicht, ich weiß nicht, was das ist!"

„Sie müssen halt Geduld haben", sagte Fräulein Annalis.

„Oh, ich hab schon Geduld, sagte der Prinz eifrig, sich neben sie setzend. Glauben Sie doch das nicht! Ich schon! Ich hätt Geduld genug." Er sah sie lächelnd an und sagte leise: „Wenn nur der Kammersänger ein bißl mehr hätt! Aber er schreit gleich so fürchterlich. Und dann geht's halt gar nicht."

„Ja daran müssen Sie sich gewöhnen, sagte sie. Er schreit mit allen."

Der Prinz ließ seinen langen dünnen Hals hängen, im Sessel vorsinkend, und saß nachdenklich. Endlich sagte er: „Auf die anderen wirkt das halt vielleicht nicht so gräßlich. Aber er sollte doch vielleicht bedenken, daß ich —" Er hielt ein, wurde rot und entschuldigte sich: „Ich meine nur, nicht, Fräuln Annalis?"

„Sie meinen, weil Sie ein Prinz sind?" sagte sie. Er sagte traurig: „Ja."

„Ja schaun's, Hoheit, sagte sie, verstehen Sie denn das nicht, daß er grad deswegen mit Ihnen noch mehr schreit, damit Sie nicht am End glauben, daß er, weil Sie ein Prinz sind, mit Ihnen weniger schreit?"

Der Prinz beugte sich noch tiefer vor, die schlaffen Arme auf den gekreuzten Beinen verschränkt, angestrengt nachgrübelnd. Plötzlich schoß es rot in sein langes gelbliches Gesicht einer alten Frau. Seine großen Augen verzagten, seine dünnen Lippen zuckten, und indem er sich mit dem Zeigefinger den starken Bug seiner heftigen Nase rieb, sagte er, in einem hochmütigen, enttäuschten und müden Ton: „Nein, Sie mißverstehen mich, so war's nicht gemeint! Nicht so, Fräuln Annalis! Nicht so!"

„Sind's nicht wieder gleich beleidigt, Hoheit, sagte sie, sondern sagen's, was's also eigentlich wollen!"

Er setzte sich auf, mit beiden Händen das linke Knie hebend, und sagte langsam, als ob er einen sehr verwickelten Fall darzulegen hätte: „Wenn ich meine, daß man mich anders behandeln muß als andere, weil ich ein Prinz bin, so mein ich das doch aber nicht so, als ob ich mich deshalb für etwas Besseres halten möcht, sondern im Gegenteil! Kennen Sie mich denn noch so wenig, Fräuln Annalis? Nicht daß man eine Rücksicht auf einen Prinzen nehmen soll, sondern daß man Nachsicht mit mir haben muß, Nachsicht mein ich, weil wir doch ganz falsch erzogen sind!" Er sprang plötzlich auf, um durchs Zimmer zu rennen, und sagte heftig: „Wenn ich hätt wie Ihr Bruder mit den Gassenbuben in die Volksschule gehen dürfen, wär ich vielleicht ein gerad so ein großer Künstler! Was aber aus ihm mit meiner Erziehung geworden wär, möcht ich auch wissen! Und statt mir zu helfen, wird mir dann das noch übel genommen! Ja es hat mich ja niemand gefragt, ob ich ein Prinz werden will! Aber da kann ich jetzt tun und reden was ich will, niemand glaubt, daß es mir Ernst ist!" Er hielt plötzlich ein, und seine liebe

Knabenstimme fragte: „Geniert Sie's, wenn ich so herum
renn? Ich muß ein bißl laufen."

„Hupfen Sie nur!" sagte Fräulein Annalis. Wie er
nach ein paar großen Sätzen seiner schwankenden Beine
plötzlich immer wieder stehen blieb, um dann wieder aus-
zugreifen, hatte das wirklich was von einem Heupferd.
Dann fiel seine Stimme herab und er sagte, ganz ent-
mutigt: „Und auch Sie nicht! Nicht einmal Sie, Fräuln
Annalis, glauben mir!"

„Ich glaub Ihnen schon", sagte Fräulein Annalis, sich
wieder ganz in die große Ruhe hüllend, in der sie zuweilen dann gleichsam unsichtbar wurde.

Er sah sie an, schüttelte den langen Kopf und sagte
traurig: „Niemand glaubt mir! Bei uns wird ja alles
immer für eine bloße Spielerei gehalten." Und er wurde
wieder heftig. „Ich habe Sie hundertmal gebeten mich
nicht Hoheit zu nennen! Warum sagen Sie mir nicht
einfach Herr Doktor? Ich bin's, ich hab mich genug ge-
plagt!"

„Weil's kindisch ist, sagte sie. Und es nützt Ihnen
auch gar nix! Das ist erst recht eine Spielerei!"

„Sehn Sie!" klagte der Prinz.

„Was ein Mensch einmal ist, sagte Fräulein Annalis,
das bringt er nicht mehr weg. Sie haben's doch erfahren!
Was haben's denn erreicht, auf Ihrer Insel, mit dem
Klub der neuen Menschen? Ausg'lacht sind's word'n, und
gegraust hat Ihnen vor der Gesellschaft! Und schließlich
waren Sie froh, daß man Ihnen verziehen und Sie wieder

schön in Gnaden aufgenommen hat. Sie haben's mir ja
selbst erzählt! No also, da könnten's doch jetzt schon einmal kuriert sein!"

„O nein!" sagte der Prinz rasch, treuherzig.

Sie mußte lachen. „Nein?"

„Daß das niemand verstehen kann!" sagte der Prinz.
Er trat zu ihr und stand, den dünnen Hals vorgehängt,
mit eingesunkener Brust. Und er quälte sich ab, es ihr
zu erklären. „Natürlich war das ein Irrtum, damals!
Man kann nicht in der jetzigen Welt, während ringsherum
alles so bleibt wie's is, in irgendeinem Winkel eine freie
Menschheit gründen. Es geht halt nicht. Vor allem schon
deswegen nicht, weil man nicht die richtigen Leute dazu
kriegt. Oder wenigstens ich nicht. Ich hab keine gefunden,
vielleicht bin ich zu schwach dazu. Denn Fräuln Annalis,
ich bin ja keine starke Natur, das weiß ich schon. Aber
deshalb kann man doch das Richtige wollen. Und darauf
kommt es an! Wenn einmal genug Menschen da sind,
die das Richtige wollen, dann wird es sein. Und eigentlich glaub ich noch heut, daß schon jetzt genug Menschen
da wären, die das Richtige wollen, aber sie finden sich
nicht, einer weiß vom andern nichts, das ist das Schreck-
liche! Und wenn ich auch einseh, daß ich es damals ganz
falsch angepackt hab, so folgt doch daraus nur, daß man
es halt anders versuchen muß. Aber den Glauben, daß
sich die Menschen einmal ohne Gewalt und vernünftig
einrichten werden, wird mir niemand nehmen! Das weiß
ich, denn wenn man etwas so stark spürt, muß es wahr

sein. Glauben Sie nicht?" Er hing mit seinen bittenden Augen an ihr und wartete ängstlich.

Sie fragte: „No und wenn Sie jetzt wirklich den Tristan singen?"

Er verstand sie nicht und fragte bestürzt: „Wieso? Was hat das damit zu tun?"

„Das mein ich ja, sagte Fräulein Annalis. Was hat das damit zu tun? Wenn Sie wirklich den Tristan singen, was wird denn anders werden? Sie sagen, daß es Ihnen damals mißlungen ist, weil Sie's falsch angepackt haben. Aber glauben Sie, durch Ihren Tristan wird's gelingen? Wie hängt das überhaupt zusammen? möcht ich wissen."

„O doch!" sagte der Prinz kleinlaut. Er sprang mit seinen knickenden Beinen durchs Zimmer. Plötzlich blieb er stehen und bat: „Sagen Sie mir die Wahrheit!"

„Ich sag Ihnen immer die Wahrheit, das könnten Sie schon bemerkt haben."

Er beteuerte: „Ich kann sie wirklich vertragen. Da bin ich gar nicht so, wie Sie denken! Ich vertrag nur nicht, nie zu wissen, wie's eigentlich um mich steht. Weil doch jeder meint, einen Prinzen muß man anlügen. Das war's ja von jeher. Die Leute glauben immer, sonst werden sie gleich eingesperrt." Er kam ganz dicht an sie heran. „Sagen Sie mir ehrlich, ob Sie glauben, daß ich's kann!" Und furchtsam fügte er aber gleich hinzu: „Natürlich jetzt noch nicht, das weiß ich schon. Aber wenn ich fleißig bin und mir alle Mühe geb wie bisher, mein ich. Ich möchte

nur wissen, ob irgendeine Aussicht vorhanden ist, daß ich
es einmal können werd!"

„Mein Bruder sagt ja, daß Sie Talent haben."

Seine großen ängstlichen Augen erglänzten. „Wirklich? Glaubt er?"

Fräulein Annalis nickte.

„Aber, fragte der Prinz, meint er: überhaupt Talent?
Oder meint er bloß: für einen Prinzen?"

Fräulein Annalis lachte. „Jetzt sagen Sie mir nur,
Hoheit, warum Sie sich eigentlich so quälen? Wenn Ihnen
das Singen Freud macht, so singen's doch und fragen's
nicht lang und sind's froh, daß Sie nicht darauf angewiesen sind!"

„Sehn Sie! klagte der Prinz. Auch Sie weichen
mir aus! Sogar Sie, Fräulein Annalis!" Und er schrie
plötzlich: „Ich verlange, daß man mir die Wahrheit sagt!
Ich bin kein Kind mehr! Das kann ich verlangen!" Aber
gleich selbst über sich erschreckend sagte er rasch: „O Pardon! Ich mein nur."

„Sehn's! sagte Fräulein Annalis. Wenn Ihnen was
nicht paßt, möchten's einen doch auch am liebsten gleich
verhaften lassen. Dann wundern Sie sich aber, wenn man
vorsichtig mit Ihnen ist. Weiß man denn, ob es nicht die
schuldige Ehrfurcht verletzt? Ich kenn ja 's G'setz nicht, aber
das hohe C von einem Prinzen ist doch sicher auch gesetzlich geschützt. Und wann Sie daneben singen, werden Sie
recht haben, und nicht der Wagner; ein Prinz hat doch
immer recht! Ein Prinz kann ja gar nix falsch machen,

denn dadurch, daß er's macht, wird's ja das Richtige!
Jetzt is Ihnen dann aber das auch wieder nicht recht!
Ja was wollen's denn eigentlich noch?"

Der Prinz sagte, mit einer hochmütigen Höflichkeit:
„Früher haben mich solche Reden sehr aufregen können.
Heute find ich, daß eigentlich gar nicht soviel Mut dazu
gehört. Und ich wunder mich nur, daß auch Sie, Fräuln
Annalis, sobald es sich um uns handelt, ungerecht und
gehässig werden. Sogar Sie! Ich überschätze gewiß meine
Herrn Brüder und meine Herrn Vettern nicht, aber das
muß ich schon sagen, ich glaube nicht, daß es unter ihnen
heute noch einen einzigen gibt, der irgendeinen Menschen
verachten oder aburteilen würde, oder gar ihn hassen, bloß
weil er einen schlechten Rock an hat oder weil er ein
Arbeiter ist oder weil uns seine Manieren nicht gefallen.
Uns aber wird dies von den gescheitesten Menschen ange-
tan, und niemand scheint zu fühlen, wie ungerecht man
gegen uns ist. Jedem Vagabunden räumt man ein, daß
er schließlich auch ein Mensch ist. Aber niemand scheint zu
bemerken, daß auch ein Prinz sozusagen ein Mensch ist."

„Ein jedes Geschäft hat halt auch seine Schattenseiten",
sagte Fräulein Annalis, ungerührt.

Der Prinz fuhr fort: „Wenn ein Kellner, ein Haus-
knecht, ein Straßenkehrer plötzlich seine Stimme entdecken
möcht und zu Ihrem Bruder käm, würde der ihm ganz
deutlich seine Meinung sagen. Mir sagt er entweder Grobheiten, aber so, daß ich fühle, nicht weil's falsch war, sondern nur um mir zu zeigen, daß der Herr Kammersänger

es sich erlauben kann, auch mit einem Prinzen grob zu
sein. Oder wenn er mir keine Grobheiten sagt, dann weiß
ich erst nicht, ob's gut war und ob er sich nicht vielleicht
bloß wundert, daß es einen Prinzen gibt, der Noten lesen
kann. Das ist unsere Tragik, Fräuln Annalis!"

„Hoheit, es gibt soviel Tragik auf der Welt! sagte
Fräulein Annalis. Ihre wäre mir noch die liebste. Die
muß sich schon ertragen lassen."

„Ich würde mir jede andere eher wünschen", sagte
der Prinz.

„Ja, jeder wünscht sich die andere, sagte Fräulein
Annalis. Die er nicht hat!" Sie sah ihn lächelnd an.
„Ihnen geht halt nichts so sehr im Kopf herum, als wie
schön es wär, wenn Sie kein Prinz wären!"

Der Prinz nickte. „Ja das wünsche ich mir!" Und sehnsüchtig wiederholte er, hoffnungslos: „Kein Prinz zu sein!"

„Und sehn Sie, sagte Fräulein Annalis, ich hab mir
aber in meinem ganzen Leben noch nicht gewünscht, eine
Prinzessin zu sein. Obwohl ich dann im Tiergarten spazieren gehen könnt, was ich mir schon sehr schön vorstell."
Und sie zeigte durchs Fenster über den Weinberg zur alten
Mauer hin. „Abends kommen manchmal die Rehe jetzt
bis an die Mauer und schauen ganz frech zu mir her. Da
lockt's mich oft schon sehr. Aber ich sag mir halt: Du bist
ja keine Prinzessin! Ich hab aber noch nie gesagt: Ach,
wenn ich doch eine Prinzessin wär! Weil ich weiß, daß
mir das doch auch gar nix nutzen möcht. Und so saget ich
mir an Ihrer Stelle halt auch: Du bist ein Prinz, du

bleibst ein Prinz, da gibt's schon einmal nix, und es hat
ja doch auch wieder manches für sich! Nicht? Sein wir
nur aufrichtig!"

„Glauben Sie denn aber nicht, fragte der Prinz, daß
ich ein Mensch sein könnte? Ein einfacher Mensch wie die
anderen!"

„Ja, glauben Sie denn, sagte Fräulein Annalis, daß
ich nicht eine Prinzessin sein könnte?"

„Gewiß! rief der Prinz. Das sag ich ja!"

Fräulein Annalis lachte. „Nur eins fehlt mir halt
dazu: ich bin keine! Vielleicht wär's auch viel schöner,
wenn ich ein Aff wär! Denken Sie sich: den ganzen Tag
auf den Bäumen kraxeln können! Aber ich bin halt keiner!
Und ein Aff in Schönbrunn denkt sich vielleicht wieder,
wie schön das wär, in einem altdeutschen Zimmer zu sitzen
und mit einem wirklichen Prinzen über den Tristan zu
reden! Aber es nutzt ihm nix! Ein Aff bleibt ein Aff
und ein Prinz bleibt ein Prinz! Da, Hoheit, hört sogar
Ihre Macht auf!"

„Meine Macht! sagte der Prinz kläglich. Meine Macht
besteht darin, daß ich niemals erfahren werd, ob ich eigentlich den Tristan singen kann oder nicht!"

„No und was wär dann, fragte Fräulein Annalis,
wenn Sie ihn wirklich singen? Der Ignaz glaubt ja,
daß Sie's können werden. No und was dann? Was
haben Sie dann erreicht? Ich meine: für die Menschheit? Denn warum sollen Sie nicht den Tristan singen,
wenn es Ihnen Spaß macht? Das versteh ich ja! Aber

wieso das ein neuer Weg zur Erlösung der Menschen sein soll, das versteh ich noch immer nicht! Denn das behaupten Sie doch?"

„Kommt es denn nicht vor allem darauf an, die Menschen einander zu nähern? fragte der Prinz. Ich glaub ja immer, die neue Menschheit ist schon da, nur weiß es noch keiner vom anderen und darum traut einer dem anderen noch nicht. Wenn die Menschen erst einmal beisammen wären, dann könnten sie sich verstehen und dann würden sie mit Erstaunen bemerken, wie weit alle schon sind! Die Menschen kommen aber nicht zusammen, weil jeder in irgendeinem Rang oder in irgendeinem Stand steckt, aus dem er nicht heraus kann. Es wird also nie gelingen, bevor nicht Einzelne das Beispiel gegeben haben, daß der Mensch heute keinen Rang und keinen Stand mehr braucht, sondern sich draußen viel wohler fühlt. So ein Beispiel will ich geben. Man soll empfinden: Da ist ein Prinz, der gar keinen Wert darauf legt, ein Prinz zu sein, sondern sich einfach menschlich betätigen will, wie irgendein anderer! Und das ist mir immer klarer geworden, daß alles jetzt nur darauf ankommt, Menschen heranzubilden, die bloß auf den Menschen Wert legen, möglichst viele solche Menschen, die nichts anderes sein wollen und alles abwerfen, worauf sie bisher stolz gewesen und worum sie bisher beneidet worden sind. Glauben Sie denn nicht, Fräuln Annalis, daß das herrlich wär?"

„A so denken Sie sich das", sagte Fräulein Annalis und nahm den Mantel ihrer großen Ruhe wieder um.

„Ja, so mein ich das", sagte der Prinz ganz feierlich und ihr Urteil erwartend

„Da möcht ich mich aber, sagte Fräulein Annalis langsam, an Ihrer Stelle nicht erst mit dem Singen plagen. Ziegel schupfen am Wienerberg wär leichter und wär vielleicht noch ein besseres Beispiel."

„Das liegt mir aber doch ferner", sagte der Prinz, nachdenklich. Er trat in den Erker ans Fenster. Die letzte Sonne hing in den großen alten Bäumen des Tiergartens, der Weinberg unter ihnen schlief schon ein. „Ich muß vor allem heraus! sagte der Prinz. Heraus muß ich!"

Dann kam er wieder zu der ruhigen Gestalt der großen stillen Frau, legte leise seine Hand auf ihren Arm und sagte bittend: „Glauben Sie mir doch, daß ich's ehrlich meine! Kein Mensch glaubt an mich! Das ist so schrecklich!" Da sie sich nicht regte, zog er seine Hand wieder von ihr ab. „Und so steht man ganz allein! Warum hilft einem niemand?"

„Helfen kann man sich nur selbst", sagte Fräulein Annalis.

Der Prinz schüttelte den Kopf. „Zu einem Bettler würden Sie das nicht sagen!"

„Mit einem Bettler ist es halt auch leichter", sagte Fräulein Annalis.

Der Prinz nickte. „Ja jeder Bettler hat's besser als ich!"

„Nur nicht gleich wieder übertreiben, Hoheit!" sagte Fräulein Annalis.

„Glauben Sie denn, fragte der Prinz, ein seelischer Hunger tut nicht ebenso weh?"

„Lassen Sie's gut sein, Hoheit! Und sind's froh, daß's den andern nicht kennen!"

Der Prinz hatte plötzlich wieder seinen hochmütigen Ton. „Ich glaube bestimmt, daß die Not der Armen heute überschätzt wird. Mit ihnen hat man wenigstens Mitleid. Aber um unsere kümmert sich niemand! Ich habe ein viel menschlicheres Verhältnis zu den Menschen, als die Menschen zu mir. Ganz gewiß!"

„Das mag schon sein, sagte Fräulein Annalis. Aber Hoheit, Sie haben halt auch sonst keine Sorgen."

„Ich will allen meine Hand bieten, klagte der Prinz, aber niemand nimmt sie!"

Fräulein Annalis fragte: „Was soll man denn aber eigentlich auch anfangen mit Ihrer Hand?"

„Ja, sagte der Prinz, beschämt. Das ist es ja! Glauben Sie denn, ich fühle das nicht selbst? Keinem Menschen etwas sein können! Können Sie sich nicht vorstellen, was das für ein entsetzliches Gefühl ist? Sie haben Ihren Bruder, und so wissen Sie, wozu Sie da sind, Ihr Leben hat einen Sinn und einen Zweck! Und Ihr Bruder wieder hat seine Kunst und weiß, daß er durch sie Tausenden von Menschen hilft, weil er ihnen Mut macht und wieder Kraft gibt! Das muß man ja nur einmal sehen!" Und ganz leise sagte er, hell: „Ich war gestern heimlich auf der vierten Galerie, niemand hat mich erkannt." Und er lachte wie ein Bub, dem ein Streich gelungen ist. Aber

plötzlich standen seine großen ängstlichen Augen wieder
still; er sah dann immer starr vor sich hin, als ob er auf
dem Boden etwas zu suchen hätte. Und indem er den
harten Knochen seiner Nase rieb, sagte er: „Einmal so
dort unten stehen und den Menschen etwas geben! Ihr
Bruder kann nie mehr ganz allein sein, denn er weiß doch,
daß er in Tausenden von Menschen ist! Das wär's!" Er
zögerte, und ganz leise sagte er dann noch, in den Boden
sehend, stockend: „Bei der heiligen Kommunion hab ich
das früher auch empfunden. Nämlich, daß der Mensch
sich gleichsam ausdehnt, als ob alle Herzen in seiner Brust
schlagen würden!" Er erinnerte sich lange, dann strich er
sein glattes weiches Haar zurück und sagte: „Aber mein
Glaube ist mir ja auch genommen worden. Alles wird
einem genommen, und man bekommt nichts dafür. Ich
kann aber nicht nachgeben, bis ich irgendwie wieder
einen Weg zu den Menschen gefunden hab. Also viel=
leicht find ich ihn in der Kunst. Und jedenfalls kann
man in der Kunst sozusagen einstweilen unterstehen, bis
diese schauerliche Zeit vorbei ist. Ja! Bis halt die Revo=
lution kommt!" ·

„No seins so gut! sagte Fräulein Annalis. Wenn Sie
mein Bruder hört! Er zankt sich deswegen immer schon
mit dem Höfelind!"

„Ja, ich weiß, daß er das nicht leiden kann, sagte der
Prinz kleinlaut. Er ist für die Hohenzollern. Also das
begreif ich wirklich nicht! Ich war einmal bei Manövern
draußen. Nein, das ist sicher ein Irrtum! Nicht, daß ich

das aus Egoismus sag! Aber glauben Sie mir, für unsere
Menschen wär das nichts."

„Mein Bruder ist ja in Berlin nach zwei Monaten
kontraktbrüchig geworden, sagte Fräulein Annalis. Vor
lauter Heimweh! Aber ich versteh das ja nicht, von Politik
dürfen's mit mir nicht reden!"

„Nein, das ist nicht Politik, Fräuln Annalis! sagte der
Prinz eifrig. Politik mag ich auch nicht, aber die Revolution gehört doch nicht in die Politik! Die Revolution
wird sein, weil die Menschen ja sonst in ihrer Einsamkeit
zugrunde gehen! Denn sehen Sie, daß so, wie wir zwei,
Sie und ich, Fräuln Annalis, ja doch ganz gut miteinander
sind, nicht wahr?, ich hab Sie sehr gern, und Sie sind doch
wirklich immer so lieb mit mir, und Sie haben Geduld
mit mir und hörn mir zu, und ich plag mich und red und
red und red in Sie hinein, und es nutzt doch nix, wir
kommen nicht zusammen — daß so um jeden Menschen eine
Wand is, wie zwischen uns, und jeder sitzt hinter seiner Wand
und sehnt sich krank, kann aber über die Wand nicht hinaus,
sehn Sie, Fräuln Annalis, das können die Menschen jetzt
nicht mehr aushalten, glauben Sie mir, das gibt's nicht! Und
das wird die wirkliche Revolution sein, die mit der dummen
Politik gar nichts zu tun hat: die Wand muß weggenommen
werden, darum handelt es sich, das will die Revolution!
Die Revolution will einfach unter den Menschen wieder
Ordnung machen. Und es ist die höchste Zeit dazu!" Er
war ganz rot geworden, vor Vergnügen, es ihr so gut
erklärt zu haben.

Aber da scholl vom Flur der gewaltige Baß des Kammersängers herein: „Hoheitl! Hoheitl! Wo steckt er denn?" Und eintretend, schalt der Kammersänger: „Natürlich! Ich such im ganzen Haus, und er sitzt hier! Wie lang soll ich denn noch warten auf Sie? Kommen Sie zum Arbeiten heraus oder zum Plauschen? In die Kittelfalten werden's die verschluckten Konsonanten nicht finden. Also vorwärts!"

„Darf ich?" fragte der Prinz, mit seiner frohen Knabenstimme. Und eilig dem Kammersänger folgend, rief er noch zurück: „Nicht bös sein, Fräuln Annalis, daß ich wieder so viel g'redt hab! Und schönsten Dank noch für alles!"

Fräulein Annalis ging in den Garten, um die Blumen zu gießen. Aus dem Fenster oben sank des Prinzen ängstlich innige Stimme weich herab. Und dazwischen hörte sie den Kammersänger schimpfen.

Der Abend kam mit leisem Schritt. Im Dunst der fernen Stadt schwammen die vielen Lichter. Und das Haus von Olbrich mit dem steilen Dach sah schwer und ernst auf sie her, wie ein hockender großer Vogel.

Da mußte sie wieder an den Nußmenschen denken, und über den Prinzen lächelnd, sprach sie still vor sich hin, als wär's ein Gebet: „O Mensch!"

Zweites Kapitel

Der alte Rabauner saß im Gras. Er hatte noch immer den Pinsel in der Hand. Der Abend kam geschlichen. Der Maler wußte gar nicht, daß er noch immer den Pinsel in der Hand hielt. Wer unten am grünen Zaun vorüberging, sah von ihm nur seinen ungeheuren schwarzen Hut und von dem Hause nur das vorhängende steile Dach. Ein alter schwarzer Hut schien auf der Wiese zu sitzen, und hinter ihm ein großmächtiges Dach; und die zwei saßen beisammen und waren still und gehörten zusammen. Der Abend trat immer näher und legte leise seinen Mantel um den alten Herrn. Der hatte noch immer den Pinsel in der Hand und schwieg vor sich hin, das Brett mit den Klecksen ansehend, das er doch nicht mehr sehen konnte. Er fühlte nur das gute große Dach hinter sich und rings den lieben stillen Abend. Sein Kleefeld, das er immer malte, jahraus, jahrein, zu allen Zeiten, lag schon ganz im Dunkel. Aber er wußte doch, daß da vor ihm unten sein altes Kleefeld lag. Jetzt schlief es schon. Er aber saß unter seinem ungeheuren schwarzen Hut.

„Und wozu?" klang es höhnisch hinter ihm.

„Bist du zurück?" fragte der Alte, ohne sich umzusehen.

„Kein Mensch weiß, wozu!" klang es klagend her.

Der Alte hörte den kurzen stoßenden Schritt Höfelinds über den Kies stampfen. Höfelind trat aus dem Garten auf die Wiese. Seine Stimme war plötzlich ganz anders, als er jetzt sagte: „Schau den Abendstern! Schau!" Seine Stimme wurde wieder höhnisch, und er sagte heiser, an den roten Borsten seiner Lippe kauend: „Ich entdecke jetzt den Abendstern." Und ungeduldig bat er, drängend: „So schau doch!"

„Laß mich malen", grunzte der Alte.

„Schwindel nicht, du siehst ja nix mehr", sagte Höfelind.

„Ich höre den Klee, das genügt", sprach es unter dem alten schwarzen Hut hervor. Und plötzlich fing es dort zu schnauben und zu husten und zu röcheln an, und der Alte fragte lachend: „Weißt du noch immer nicht, daß man am besten malt, wann man nicht malt? Dummer Kerl! Aufpassen, mit geschlossenen Augen, und fest den Pinsel in der Hand, und die inneren Ohrwascheln aufmachen, bis du's spürst, da rinnt's dann aus dir in den Pinsel und du brauchst es dann am andern Tag nur hinzu- spritzen!"

„So spritz morgen den Abendstern hin, sagte Höfe- lind. Bitte schön!"

„Was geht mich denn dein Abendstern an? fragte der Alte, zornig. Ich hab meinen Klee. Ich bleib schon auf der Erd."

„Da haben Euer Hochwohlgeboren sehr recht", sagte Höfelind, mit irgendeinem leeren Hohn, der sich erst ein Opfer zu suchen schien.

„Weil ich, weil ich, schnaufte der Alte, durcheinander lachend und hustend, weil ich nämlich kein Genie bin!"

„Sei froh!" sagte Höfelind.

„Und weil, und weil —" Der alte Maler schüttelte sich vor Lachen. „Und weil ich was weiß! Das wißt's ihr alle nicht! Dort, junger Herr!" Er stand auf, seinen Knüttel aus dem Gras hebend, um sich an ihn zu lehnen, so daß er dann fast auf ihm zu sitzen schien. Und indem er mit einer feierlichen Gebärde seiner großen alten Hand auf das schlafende Feld im Dunkel wies, sagte er, langsam, drohend, schwer: „Dort, der Klee, junger Herr! Der hat Genie! Und da drüben —" Er wendete sich langsam um, hob den Knüppel und schwang ihn zum Berg hin. „Die vier Pappeln da droben! Ja, junger Herr, die haben Genie! Wie die vier zusammenstehen, so daß es absolut nicht anders sein kann, nie und nimmer, das is Genie! Und der gelbe Fleck, den der Nußbaum gestern in der Nacht auf einmal gekriegt hat, während wir mit unseren tauben Sinnen glauben, daß noch Sommer ist — so zur rechten Zeit einen gelben Fleck kriegen, das is Genie! Wir aber sind Trotteln. Und der einzige Unterschied, verehrter Herr, zwischen den gescheiten und den dummen Menschen ist der, daß die gescheiten Menschen wissen, daß wir Trotteln sind, während die dummen Menschen es noch immer nicht glauben wollen, daß wir Trotteln sind, obwohl sich der liebe Gott doch wirklich so viel Mühe gibt, es ihnen klarzumachen! Mir sagt jeder Apfelbaum und jeder Rosenstrauch: Du Trottel, kannst du das? Aber du, verehrter Herr, schaust den Abendstern an und bist ganz gerührt und merkst gar nicht, was er zu dir spricht! Du Trottel, sagt auch er. Und weiter nichts. Aber wer hört die Stimme der Natur?" Und er nahm sein Brett und sein Zeug, trug es sorgsam und schob sich, schnaufend, den Oberleib zurück, um gemächlich seinen Bauch auszubreiten, sehr auswärts schreitend, langsam, den Knüttel ins Gras bohrend, zu Höfelind hin, der still im Dunkel stand, den Abendstern anstarrend, wie verstört.

Der Alte fragte: „Wo warst denn überhaupt?"

Achselzuckend sagte Höfelind: „Lido!" Er spie das Wort aus, höhnisch auflachend.

„In den vier Tagen?" fragte Rabauner verwundert.

„Mehr als genug! sagte Höfelind. Alles Kitsch! Und vorige Woche in Trafoi: Kitsch! Und vor vierzehn Tagen in Katwyk: Kitsch! Man ahnt nicht, wie reich an Erfindung der Kitsch ist. Wie man aber ein bißl daran kratzt, kommt überall derselbe Kitsch heraus. Die Natur ist auch eine Schwindlerin, ich versichere Euer Hochwohlgeboren!" Er wendete sich um und sah sein Haus mit dem steilen Dach wie eine brütende Henne im Garten sitzen. „Ja, sagte er dann, nickend. Man hätt die Natur vom Olbrich umbauen lassen müssen! Das steht da und fragt nicht, wem's gefällt! Die Natur ist kokett und wedelt jeden Handlungsreisenden an, bis er bravo sagt!" Er sah auf das Haus. „Ja! sagte er dann noch einmal, nickend. Aber der Olbrich ist tot! Er hat's wahrscheinlich nicht mehr ausgehalten in dem universalen Kitsch!"

„Ich interview dich ja nicht, sagte der Alte. Du redst, als obs b' interviewt würdst. Du hast dir das schon so angewöhnt, daß b' gar nicht mehr anders kannst! Du

bist ein armes Vieh, mitsamt deinem vielen Geld! Aber
wenn's dir ein Vergnügen macht, laß dich nicht stören!"

"Komm! sagte Höfelind, kurz. Komm hinauf! Aber
sag nix!" Er zog die Oberlippe zwischen die Zähne und
biß an ihren roten Stacheln. "Ich weiß das alles selbst,
du brauchst mir gar nichts zu sagen! Wozu? Kein Mensch
weiß das so gut wie ich! Aber komm nur mit! Vielleicht
tu ich dir dann wenigstens leid!" Und er schrie: "Ich renn
ja nicht zum Vergnügen in der ganzen Welt herum! Ich
lauf nur vor mir selbst davon! Ich möcht auch lieber still
auf der Wiesen sitzen!" Und er packte den Alten, um ihn
ins Haus zu ziehen.

"Halt, halt! sagte der alte Rabauner. Da können
wir nicht hinein, ich hab den Schlüssel nicht. Wir müssen
durchs Fenster in den Keller steigen. Geh voraus und
hilf mir! In der Früh war das heut ein rechtes Kreuz.
Meinen Bauch allein da durchzubringen, is nicht so leicht!"
Er schlug sich auf den Bauch und lachte gröhlend.

"Is der Nußmensch wieder einmal weg?" fragte Höfelind, ruhig.

"Seit gestern nachmittag hab ich nicht das Vergnügen
gehabt, sagte der Alte. Es is nur ein Glück, daß die
Fräuln Annalis wieder zurück ist. Die hat mich gespeist,
wie Hermann, mein Rabe, den alten Moor. Wenn er
sich nur angewöhnen könnt, wenigstens die Schlüssel dazu-
lassen! Aber dann vergißt er halt alles!"

"Nun ja", sagte Höfelind.

Sie krochen durchs Fenster in den Keller. "Gib mir

nur auf mein Brettl acht! bat der Alte. Es wär schad!
Ich glaub, heut war ein guter Tag für mich." Im Fenster
steckend, ließ er seine kurzen Beine hängen und sagte vergnügt: „Das nutzt dem Klee alles nix, ich werd ihn doch
noch erwischen! Da gibt's Trotteln, die gehn auf die Jagd,
weil das so aufregend ist! Meine Jagd is aufregend,
meine! Das sollen s' einmal probieren, statt auf ein armes
Haserl paffen! Aber da gehört etwas mehr Mut dazu!"

„So komm doch!" sagte Höfelind, ungeduldig, und hob
den Alten aus dem Fenster.

„Gib mir nur auf mein Brettl acht!" bat der Alte, indem er sich von Höfelind in den Keller ziehen ließ.

„Was sind denn da überall für Steine?" fragte Höfelind, durch den dunklen Keller tappend.

„Ja jetzt schleppt er jeden Stein mit, den er findt,
sagte der Alte. Das ist das neueste. Ich weiß nicht."

Als er dann in dem großen Zimmer oben das Licht auf-
drehte, prallte Höfelind selbst zurück. Da standen an der
weißen Wand die sieben Bilder. Höfelind hielt sich die
Hand vors Gesicht, wie gegen die Sonne.

Die sieben Bilder, keines noch eingerahmt, standen an
der weißen Wand, schmal und lang, alle genau gleich groß,
und jede der sieben langen Gestalten schien ein leibhaftiger
Mensch zu sein, in einem Fenster stehend, aber viel wirk-
licher, als jemals ein Mensch sein kann, und so gräßlich
stark, wie böse Träume sind.

Und in dem weiten Raum, der ganz leer war, bis auf
die sieben Bilder an der weißen Wand, sagte Höfelind,

plötzlich den Arm des Alten zerrend, mit seiner heiser höhnenden Stimme: „Und siehst du nicht das rote Blut in ihren Adern rinnen? Bis aufs Blut muß man malen können!" Er warf seine Stimme durch das weite Zimmer, daß sie zu zerbrechen und klirrend an der weißen Wand abzuspringen schien. „Kann man! Kann man! Bis aufs rote Blut!" Aber schon hatte er wieder Angst und bat: „Sag nix! Sag nix! Wozu?" Er sah von den sieben Bildern weg und sagte: „Auch wollen Euer Hochwohlgeboren gefälligst bemerken, daß es weiter gar keine Kunst ist! Man nimmt eine Sauce tartare und legt einen Hummer hinein, das is das Rezept, Euer Hochwohlgeboren können's nachmachen! Aber schau dir die Sauce gut an, was da alles drin is!" Und plötzlich fing er zu zählen an, mit dem Finger auf jedes der sieben Bilder zeigend: „Eins, zwei, drei, vier, fünf, sechs, sieben!" Dann lief er wieder zum ersten zurück und begann wieder zu zählen: „Eins, zwei, drei, vier, fünf, sechs, sieben!" Und er zählte sie noch ein drittes Mal dem unbeweglichen Alten vor: „Eins, zwei, drei, vier, fünf, sechs, sieben!" Dann zeigte er an der leeren Wand weiter: „Acht, neun, zehn, elf, zwölf! Zwölf werden's! Dann ist das Personal der Menschheit komplett! Mehr existiert nicht! So klein, Euer Hochwohlgeboren, is die Welt, in diesem Zimmer hat sie Platz! Jetzt noch acht, neun, zehn, elf, zwölf, und dann is Schluß! Und dann kann meinetwegen der Vesuv alles verschütten, es liegt nix mehr dran, wenn nur dieses Zimmer übrig bleibt! Denn hier wird dann die ganze Menschheit versammelt sein!" Und er lief wieder die weiße Wand ab, erst die sieben Bilder und dann im Leeren weiter zählend. „Oder man kann's auch die Arche Noah nennen! Dort war auch von jedem ein Exemplar! Aber hier ist von jedem das Urexemplar! Verstehst? Das, was der liebe Gott eigentlich wollen hat, und was ihm nur halt noch nie gelungen is bis zum heutigen Tag! Aber mir ist es gelungen!" Plötzlich aber sank seine Stimme herab, als er sich verbesserte: „Mir wird's gelingen, es muß."

Dann stand er, den roten Kopf vor, einem Stier gleich, der losspringen und aufspießen will. Und er sagte, höhnisch: „Und dann werd ich die zwölf Bildln verbrennen! Dann is der Herr Jason blamiert, ich aber setz mich hin und mal dafür drei. Drei sind auch genug! Und darin muß die ganze Menschheit enthalten sein! Ein Mandl, ein Weibl und das dritte überhaupt nur eine leere Sauce! Urmandl, Urweibl und Ursauce! Denn bloß auf die richtige Vereinfachung kommt alles an! Und zur richtigen Vereinfachung kommt's doch wieder nur auf die richtige Sauce an! Der liebe Gott aber hat's umgekehrt versucht, der hat's mit der Vervielfältigung versucht, das war sein Irrtum! Und alle sind's ihm nachgetappt! Bis ich gekommen bin, aus der Welser Gegend! Ja, du glaubst, ich bin der Höfelind! Weißt du, wer ich bin? Erschrecken S' nicht, Euer Hochwohlgeboren! Ich bin der Antichrist! Ich bin der, der die Welt noch einmal erschafft, und besser! Und der liebe Gott hat's doch viel leichter gehabt, denn vor ihm war noch gar nix da! Vor mir aber war schon seine

da, seine verpfuschte Welt, und ich muß mir immer erst
die Augen auswischen von ihrem Dreck!" Und er ließ sich
nieder, in den Knien durch das weite Zimmer hopsend,
und schrie: „Denn ich bin der Antichrist!"

Da nahm ihn der Alte stumm, zog ihn empor und
durch die kleine Tür auf den Balkon. Schon standen jetzt
überall die Sterne rings um das stille Haus, und die Nacht
war da. Höfelind erschrak. „Verstehst denn nicht? bat
er leise den alten Freund. Wenn mir das mißlingt, muß
ich verrückt werden!" Der Alte sagte: „Ja. Aber wart's
doch ab, hast ja Zeit, bis das zwölfte fertig ist! Warum
denn jetzt schon?" Und dann brummte er noch, hustend
und spuckend: „Es wär doch schad! Trottel!"

Eine Zeit schwiegen sie. So still war die junge Nacht
um sie, daß sie zuweilen plötzlich erschraken, als hätten
sie darin das Flirren der Sterne gehört. Bis dann aus
dem Dunkel, an der Westbahn drüben, ein Ächzen schoß.

Da fragte Höfelind leise voll Angst: „Wär wirklich
schad?" Er schielte durch die kleine Tür, die halb offen
geblieben war, aus dem Dunkel ins weiße Zimmer auf
seine sieben Bilder hin. Und wie er so, voll Angst, nach
ihnen sah, schien ihm ein ungeheurer Lärm von der weißen
Wand her in die stille Nacht zu dringen, ein Schreien und
Lachen wildberregter, irrvergnügter Menschen. Und es fiel
ihm plötzlich ein, wie er gestern früh in der Gondel vom
Lido zur Station gefahren, es war noch Nacht und weithin
nichts zu hören als der Ruderschlag, plötzlich aber hatten
von dort drüben aus ihrem einsamen Haus her die Narren

so furchtbar durch die Nacht gelacht. Das war es wohl,
das klang ihm immer noch nach. Er hatte zwei Nächte
schlecht geschlafen, das war es, das war alles! Und plötzlich wiederholte er seine Frage jetzt: „Wär wirklich schad?
Warum schließlich? Jason muß doch weiterzahlen, also
versorgt wären wir, ich weiß übrigens gar nicht, ob er
nicht sehr entzückt davon wär! Maler Höfelind verrückt
geworden, welche Reklame! Oder glaubst du am End,
die Leute würden sich gar nicht wundern? Vielleicht!
Aber jedenfalls, warum wär schad? Warum eigentlich? Bestehst du darauf, daß es wirklich alle zwölf
sein müssen? Hast an den sieben wirklich nicht genug?
Schmeichler!"

Rabauner setzte sich in einen der roten Strandkörbe.
Er sah durch die kleine Tür auf die sieben Bilder an der
weißen Wand. Und er sagte langsam, mit seinem alten
Kopf nickend: „Es wär doch schad, es wär doch schad!
Da sind doch ganz feine Sacherln drin. Besonders in dem,
zu dem dir der Nußmensch g'sessen is." Und er zog mit
seinem großen Daumen in der Luft die Linie nach und
sagte dann, schmatzend: „O ja."

„Ja, sagte Höfelind, der is die Jugend. Da hat eben
das Modell geholfen, dann is 's leicht! Er hat das zufällig,
er ist nicht ein junger Mensch, sondern der junge Mensch.
Und sonst will ich ja gar nix! Ja wenn ich lauter solche
Modelle hätt! Aber wenn ich solche Modelle hätt, wenn's
überhaupt solche Modelle gäb, dann wär's ja unnötig,
daß ich mich erst plag. Denn nur weil's keine gibt, nur

dadurch allein bin ich ja zu der ganzen Geschichte gekommen. Um das Versäumniß der Natur nachzuholen!"

Er trat an das grüne Geländer, das mit Pelargonien
und Fuchsien besetzt war. Nun hatte sich die Nacht noch
vertieft. Gleichsam auf der Hut vor ihr, schien das steil
in die starre Luft ragende Dach jetzt noch größer, wie um
Wacht zu halten in der geheimnisvollen Nacht. Auf dem
Berg im Norden standen die vier Pappeln, noch schwärzer
als die Nacht. Hinter ihnen schrie schrill ein großes weißes
Licht im braunen Qualm der Bahn. Vor ihm schwammen
tief unten die vielen kleinen gelben Lichter durch den
Dunst der fernen Stadt wie gefallene Sterne. Im Süd-
osten aber zog langsam ein heller Nebel durch das Tal;
nur die Kuppe des Hügels dort blieb über dem niedrigen
lichten Dampf, und der Wald auf dem Hügel hatte sich
zum Schlafen hingelegt.

Höfelind sah der Nacht zu. Dann sagte er: „Ich kann
mir schon denken, daß du deinen Klee malst, auch ohne
ihn zu sehen. Denn was man weiß, sieht man, auch wenn
es unsichtbar ist. Dort hinter den Pappeln ist nichts zu
sehen! Ich aber sehe die goldene Kuppel von Otto Wagner.
Weil ich weiß, wie stark sie ist. Seit ich das einmal empfunden hab, kann ich sie sehen, auch wenn sie nicht zu
sehen ist. So stark ist sie! Oder mein Wissen von ihr ist
so stark! Es käme nun also bloß darauf an, einmal den
Menschen ganz erkannt zu haben. Dann kann man ihn
malen, auch ohne Modell. Eigentlich malen kann man
überhaupt nur auswendig. Das ist es! Ich weiß das jetzt

wenigſtens, und wenn meine Bilder ſchließlich gar nichts
ſein werden als Zeichen, daß ich das weiß, dann iſt das
auch ſchon genug. Einer wird's dann ſchon einmal machen.
Nach uns kommen auch noch Menſchen, die wollen auch
was zu tun haben, man darf nicht ſo neidig ſein!"

Aus dem roten Korb kam die dunkle Stimme des alten
Rabauner. „Ich würde dir raten, verſuch einmal, mit der
linken Hand zu malen."

Höfelind trat zum Korb und ſah den Alten fragend an.

Der Alte fuhr fort: „Mit der rechten Hand kannſt
ſchon zuviel. Du plagſt dich alſo nicht mehr, darum lang-
weilt's dich, und da fangt dann das Gehirn mit zu reden
an. Da kommſt dann auf ſolche Sachen! Das Gehirn
muß beim Maler ſchweigen. Deshalb iſt das Malen ja ſo
geſund! Und eigentlich kann nur ein Maler vernünftig
ſein. Alſo verſuch's einmal mit der linken Hand! Das
heißt, das wär meine Meinung. Aber jeder ſoll machen,
was er will!"

„Alſo wenn man's kann, ſagte Höfelind vergnügt,
meinſt du, dann geht's nicht mehr, dann kann man's
erſt nicht? Es könnte ſchon ſein."

„Wie die Finger ſich einmal einbilden, daß ſie frech
werden dürfen, ſagte der alte Rabauner, dann geht's
nicht mehr. Weil es dir dann an der Andacht fehlt! Die
Andacht hat der Menſch nur, ſolang er ſich plagen muß.
Und allein durch die Andacht, die man drin ſpürt, wirkt
ein Bild. Du wirſt ſchon noch draufkommen." Und er
ſah wieder auf die weiße Wand zu den ſieben Bildern hin

und sagte noch: „Übrigens kannst ja mit deinen Finger-
übungen schon ganz zufrieden sein!" Und er zog wieder
mit seinem großen harten Daumen in der Luft die Linien
nach. Plötzlich sprang er aus dem Korb, riß seinen alten
schwarzen Hut vom Kopf und schlug mit der Krempe aufs
Geländer los. „Du Viech!" Und er schrie den lachenden
Höfelind an: „Du könntest der größte Maler sein! Da
schau hin, was da für Sacherln drin sind, du verdienst das
ja gar nicht! Einfach überhaupt der größte Maler, sag ich
dir! Aber du hast Probleme!" Und röchelnd und schnaubend und gröhlend wiederholte er: „Pro-pro-pro-bläme!
Vertrotteltes Hundsviech du! Damit kann man nicht
malen. Mit den Problämen! A, ä, ä!" Und er riß seinen
bösen alten Mund auf, um ihm die Zunge zu zeigen.

„Hoffentlich ärgert's den Jason auch so, sagte Höfelind, kurz. Dann wär ja der Hauptzweck erreicht."

„Undankbar bist, donnerte der Alte fort. Gegen den
Jason. Und dumm dazu! Der macht sein Geschäft ja
doch, da is mir gar nicht bang. Ich bin früher, sagt er."
Und er lachte hustend, das Zitat wiederholend: „Ich bin
früher! Dagegen kommst nicht auf! Denn es nutzt nix,
er is wirklich immer früher! Und sei doch froh! Wem
sonst verdankst es denn, daß du dir erlauben kannst, ganz
nach Belieben verrückt zu sein? Ganz ohne Staatsunter-
stützung und bei deiner Jugend! Ein Lausbub von kaum
vierzig Jahren! Schimpf mir nicht auf den Jason!"

„Weißt, was er mir gestern telegraphiert hat?" fragte
Höfelind.

Der Alte sah neugierig auf. Höfelind erzählte: „Ob ich einverstanden wär, wenn er mir den Thron von Serbien anbieten läßt. Er behauptet, er kann's machen."

„Natürlich kann er's, gröhlte Radauner, begeistert. Jason kann alles. Er wird dafür einen serbischen Minister zum Dramaturgen nehmen."

„Er verlangt nur mein Versprechen, sagte Höfelind, daß ich nicht am End wirklich annehm. Das scheint ihm in sein Kalkül nicht zu passen. Es soll nur wieder einmal eine schöne Reklame sein!"

„Das wundert mich eigentlich, sagte Radauner vergnügt. Er wird sicher nächstens auch Regenten unternehmen. Wie er das letztemal da war, hat er mir einen langen Vortrag darüber gehalten, aus Anlaß der Revolution in Portugal, die hat ihn sehr aufgeregt." Und lachend fing der Alte plötzlich an, auf dem Balkon Jasons unsicheren, ein wenig humpelnden Gang und seine langsamen, feierlichen Gebärden und die fette nasale Stimme nachzumachen, indem er ihn sagen ließ: „O! Die Herren Könige sind alle schlecht bedient! Und vor allem, die Herren Könige werden falsch herausgestellt! Ich denke, das müßte doch zu machen sein! Das müßte doch nicht so schwer sein, einen König so herzurichten, wie ihn die Phantasie des Publikums, also respektive der Bevölkerung verlangt! Wenn man einen Mann fände, der halbwegs das Physische dazu hat, kann das doch nicht so schwer sein! Und dann überlassen Sie die Presse nur mir, das andere macht dann schon die Presse, man muß nur die Presse

behandeln können!" Und in seinem eigenen Ton sagte der
Alte dann noch: „Aber du wirst halt nicht das Physische
dazu haben, mit deinem roten Schädl, armer Kerl! Schad!
Mich hättst als Kronprinzen mitnehmen können."

Trocken sagte Höfelind: „Du machst den Schuft ganz
gut nach."

„Warum is er denn ein Schuft? sagte Rabauner. Ihr
seib's alle ungerecht gegen ihn! Der Mensch is einfach
so, wie die heutige Zeit die Menschen braucht. Ja dann
schimpft's meinetwegen über die Zeit! Da bin ich dabei!
Aber daran is er ja nicht schuld!"

„Mich hat er ganz gemein betrogen!" sagte Höfelind.
Rabauner lachte nickend. Höfelind fuhr fort: „Ich habe
doch keine Ahnung gehabt, daß es da in Berlin einen
Theaterdirektor Jason gibt, was weiß denn ich vom
Theater? Seit ich damals das Bild von der Rahl gemalt
hab, war ich in keinem mehr. Das hat mir gerade genügt,
ich danke schön!" Und er pfiff vor sich hin, in Erinnerung.

Rabauner zeigte nach der weißen Wand, auf eins der
sieben Bilder. „Das ist sie ja doch auch wieder! Nein,
du hast noch lange nicht genug von ihr!"

„Jetzt schon, sagte Höfelind. Seit sie dort an der
Wand steht, hab ich Ruh vor ihr. Ob jetzt dieses schlechtere
Exemplar von meinem Bild, das sie ist, noch irgendwo
herumspaziert oder nicht, das kann mir gleich sein. Das
Original hab jetzt ich! Ich, Euer Hochwohlgeboren! Und
bis ich nur einmal das Original von jeder Menschenart
an meiner Wand hab, dann werd ich überhaupt Ruh

haben. Das ist ja der Sinn von der ganzen Malerei dort an der Wand! Und dann bin ich bereit, auch mit der linken Hand zu malen, ganz wie Euer Hochwohlgeboren wünschen!"

„Ich kann mir schon denken, was du eigentlich willst, sagte der Alte langsam. Manchmal glaub ich auch, jetzt hab ich den Klee, und jetzt nagel ich ihn aufs Brettl an, daß er mir nicht mehr auskommen kann. Aber am nächsten Tag in der Früh, ja da schaust dann! Is dir da das Luder nicht heimlich in der Nacht schon wieder ganz anders worden! Ich muß aber schon sagen, mich freuet auch das Leben nicht halb so viel, wenn der Klee nicht so ein Luder wär!"

„Dich freuen halt Ludern überhaupt, sagte Höfelind. Daher auch die Liebe zum Jason."

„Ja, sagte Rabauner lachend. Und du hast ihn aber für einen Mäcen gehalten!"

Höfelind erzählte wieder, achselzuckend: „Eines Tages kommt ein Herr zu mir, schaut wie ein Brasilianer aus, kennt alles, was ich je gemalt hab, also das schmeichelt einem doch, man ist ja hier nicht so verwöhnt, wo die wenigsten noch einen Ölfarbendruck von einer Radierung unterscheiden können, und kurz und gut, er zieht einen Vertrag heraus, auf zehn Jahre, ich kann malen, was ich will, es liegt auch nix dran, wenn ich gar nix mal, aber was ich mal, gehört ihm! Wie soll ich da auf die Idee kommen, daß der Jason eigentlich Jakobsohn heißt und ein Theaterdirektor aus Berlin is, der sein Geschäft ver-

größern und jetzt auch noch dazu Bilderhändler werden
will?"

„Du hast es noch nicht zu bereuen gehabt, sagte der
Alte. Der Jason ist sicher ein Gauner, aber was geht
das dich an? Du verdienst ja dabei! Alle schimpfen's auf
den Jason, und alle verdienen's dabei! Solche Gauner
könnten wir mehr brauchen!"

„Ich mag ihn halt einmal nicht", sagte Höfelind, achselzuckend.

„Is ja gar nicht wahr! sagte der Alte, lachend. Im
Gegenteil! Du wärst ja steinunglücklich, wenn du nicht
jeden Tag auf ihn schimpfen könntst. Und schimpfen tust
nur, weil du wehrlos gegen ihn bist! Innerlich, mein ich.
Der Mann hat dich ja förmlich berückt! Und nur damit
man das nicht merkt, und weil du dir's selbst nicht zugeben
willst, tobst so gegen ihn! Bitte, erinner dich an den
berühmten Einbruch! Damals hast g'sagt, er is ein Genie!"

Höfelind mußte lachen. Eines Nachts war eingebrochen
worden. Höfelind erwachte von einem Geräusch und riß
das Fenster auf, aber im Garten war alles still. Er ging
zum alten Rabauner hinüber, der hatte nichts gehört. Er
mochte wohl bloß geträumt haben! Er ging zurück und
schlief wieder ein, um wieder aufzufahren, denn im Garten
wurde geschossen. Er lud seinen Revolver und ging mit
dem Alten hinab, da standen alle Türen und das Tor weit
auf. Die Schüsse hatten die Nachbarschaft geweckt, die
Polizei kam. Alle unteren Zimmer waren ausgeräumt,
die sämtlichen Möbel aber auf der Wiese nebenan in

schönster Ordnung aufgestellt. Sie suchten den Garten ab, kein Mensch war zu finden. Also natürlich große Aufregung. „Rätselhafter Einbruch beim Maler Höfelind!" in allen Zeitungen. Und in jeder Zeitung sein Porträt und ein langes Interview mit ihm. Er war mit allen seinen berühmten Bildern unbekannt geblieben, aber jetzt zeigte man sich auf der Straße den Maler mit dem rätselhaften Einbruch. Und aus der ganzen Welt kamen besorgte Depeschen an ihn, und alle Depeschen waren in allen Zeitungen zu lesen. Man erfuhr dadurch in Wien erst, wie berühmt er draußen war, und wurde stolz auf ihn. Als aber nach einem halben Jahr Jason dann wieder einmal kam, gestand er, daß der Einbruch von ihm arrangiert worden war. „Ein Künstler muß von Zeit zu Zeit an sich erinnern, sagte er. In der Kunst ist man vergeßlich." Und er fragte ganz verwundert, in seinem gurrenden, an den Gaumen schlagenden Ton: „O! Haben Sie sich denn das nicht gleich gedacht, daß das von mir ist? Solche Sachen sind immer von mir!" Die Depeschen waren natürlich auch von ihm. „Ich lasse mich meine Leute was kosten, sagte er. Nur nicht am falschen Ort sparen wollen!"

Sie saßen nun in der stillen Nacht beisammen, sich von den Streichen Jasons erzählend. Es verging ja kaum ein Monat je, ohne daß er wieder was Neues ersonnen hätte, das den Namen Höfelind wieder durch alle Zeitungen trug. Selbst erfuhr Höfelind gar nicht alles, er merkte nur an der scheuen Bewunderung, wie seltsam, ja fast unheimlich er allmählich den Leuten schon wurde. Eine ganze Legende wob Jason um ihn. Und in einem fort stand er in der Zeitung.

„Sein Meisterstück, sagte Höfelind vergnügt, war aber doch die letzte Geschichte mit der Kammersängerin Hobichler."

„Ja! sagte der Alte, vor Vergnügen hustend. Dieses kleine Judenmädl aus Arad hat er für eine Japanerin ausgegeben!"

„Jetzt das, sagte Höfelind, wird man nie erfahren, wie das eigentlich war! Sie behauptet ja, ihn düpiert zu haben, er soll selbst steif und fest an die Japanerin geglaubt haben. Er aber schwört —"

„Mit dem großen Ehrenwort!" lachte Rabauner, schnaubend.

„Mit einer ganzen Batterie von Ehrenwörtern, sagte Höfelind, daß er von allem Anfang an im Einverständnis mit ihr, ja daß es überhaupt sein Einfall gewesen sei, von ihm selbst zur Düpierung des Publikums ausgeheckt. Aber jetzt haben die zwei das ja noch übertrumpft! Er hat doch jetzt überhaupt die ganze Person gepachtet. Für eine phantastische Gage, die er ihr zahlt, muß sie singen, wo er will, und er vermietet sie in der Welt herum. Kaum ist dieser neue Vertrag geschlossen, was tut er? Er beredet sie plötzlich, zu erklären, sie hätte die Stimme verloren. Die Schwellungen der Hobichler werden eine ständige Rubrik in den Zeitungen, bis man dann auf einmal von einem geheimnisvollen Operateur in Kiew hört, von dem sie sich zum Schein operieren läßt, worauf die Zeitungen, als sie nun in Monte Carlo zum erstenmal wieder singt, behaupten, ihre Stimme habe nicht nur nicht gelitten, sondern durch die Operation einen ganz neuen Glanz und einen noch viel edleren Ton bekommen. Der kleine Doktor in Kiew aber kriegt den portugiesischen Christusorden und übersiedelt nach Berlin. Er ist ein gemachter Mann, Jason nimmt sicher Prozente von ihm. Jetzt bin ich nur neugierig auf die nächste Nummer! Er wird vielleicht ein Erdbeben arrangieren, das ganz Wien verschlingt, und bloß meine Bilder allein werden durch ein Wunder gerettet werden." Er sprang auf und stampfte auf dem Balkon herum, an der Lippe kauend, mit den Fingern schnalzend, plötzlich wieder von seinem ratlosen Hohn gequält. Der alte Radauner saß noch immer still versunken, in Andacht vor Jason.

Dann sagte der Alte: „Also ich finde das alles halt herrlich! Und es wär doch wirklich jammerschad um seine Begabung, wenn aus ihm ein anständiger Mensch geworden wär."

„Herrlich! wiederholte Höfelind höhnisch, an den roten Borsten seiner Lippe beißend. Nur darf man nicht selbst daran beteiligt sein! Verstehst du das nicht?"

„Nein, sagte der Alte trocken. Du malst, und er läßt dich ja malen, was du willst. Was du willst und wie du willst, und so viel oder so wenig du willst, und je verrückter, desto mehr freut er sich. Ich möcht sehen, wenn's dir im Ministerium ein Stipendium von lumpigen tausend Kronen

geben hätten! Da käm jeden Tag ein anderer Hofrat
heraus und steckt seine Nasen in dein Bild hinein, obs
auch der kaiserlich königlich österreichischen Normalkunst-
anschauung entspricht und ob nicht beim Rafael die Haxln
mehr Waden haben! Während der Berliner Jud — der
laßt sich alles gefallen, muckst nicht und zahlt! Zahlt, bitte!
Such dir einen Grafen oder Fürsten, der so nobel wär!
Machen alle den Mäcen, aber wann's zahlen sollen, hört
die Noblesse auf! Und du mußt ja zugeben, ausgemacht
is das ja noch gar nicht, daß er mit dir auf seine Rechnung
kommt! Vielleicht erlebt ers gar nicht, daß du stirbst!
Und was dann? Vielleicht bist boshaft und stirbst überhaupt nicht, der Nußmensch behauptet ja, daß das Sterben
bloß eine schlechte Gewohnheit is, haha!" Und er lachte
krächzend und stieß seinen Knüppel auf. Dann sagte er
noch, ruhig boshaft: „Und wenn er auf seine Rechnung
kommt, junger Herr, dann is das nicht dein Verdienst,
sondern seins. Deine Bilder werdens nicht machen, da
sind's doch viel zu gut dazu, sondern seine Reklame wirds
machen, vielleicht! Sein wir nur ehrlich!"

„Gewiß!" sagte Höfelind kurz. Er ging auf und ab,
zappelnd und stampfend. Auf seiner Stirne schwollen die
dicken blauen Adern an, unter den kurzen Stoppeln seiner
roten Haare. Und er fragte, höhnisch: „Und kannst du
nicht verstehn, was das für ein dreckiges Gefühl für mich
ist?" Er lachte. „Auf einmal bin ich jetzt wer! Jetzt bin
ich plötzlich der berühmte Höfelind! Ja war ich denn nicht
immer schon derselbe, der ich jetzt bin? Waren denn nicht

immer schon Werke von mir da, mit meiner ganzen Kraft angefüllt und mit allem, was ich kann und was ich will? Warum hats denn aber niemand bemerkt? Bis auf die paar Kollegen und Literaten, die sich gedacht haben, daß man vielleicht an mir hinaufklettern kann! Aber sonst? Niemand! Nichts! Und jetzt auf einmal? Auf einmal bin ich wer, auf einmal kann ich was und wirke, seit Jason! Also nicht ich wirke, sondern er wirkt; was er mit mir treibt und um meine Bilder herum treibt, das wirkt! Diese lächerlichen und lügnerischen Dinge bewirken, daß das, was ich bin und was ich kann und was ich will, erst den anderen sichtbar und nun erst auf sie wirksam wird. Ich kanns also nicht, meine Bilder könnens nicht, wie's ja die Stimme der Frau Hobichler auch nicht kann. Wir brauchen alle den Jason, irgendeinen Jason, dann gehts erst. Also nicht der, der's kann, kann's, aber einer, der keine Ahnung davon hat, der kanns. Wär der Jason zu dir gekommen statt zu mir, so wärst du der große Künstler, nicht ich! Und wenn er morgen zur Fräuln Annalis kommt, so wird sie die große Sängerin sein statt der Hobichler! Das ist der Ruhm! Wozu hat man dann eigentlich Talent? Ohne Jason nutzt's nix, und mit Jason braucht man ja keins! Also wozu?"

„Dazu, sagte der Alte, daß der Jason zu einem kommt! Daß der Jason eben nicht zu mir gekommen ist, sondern zu dir, das ist dein Talent."

„Es scheint!" sagte Höfelind, höhnisch.

„Brauchst gar kein Gesicht zu schneiden! sagte der

Alte. Es ist eben ein Irrtum, daß das Kunstwerk wirkt. Es wirkt nicht und kann gar nicht wirken und soll auch nicht wirken. Wirken tut immer nur irgendein Jason, der dahintersteckt. Das war immer so, und so wirds immer sein! Beim Goethe hat der Jason halt Karl August g'heißen! No die Nasn war anders, aber sonst merk ich keinen größeren Unterschied, als zwischen einem Ölfunserl und unserer elektrischen Beleuchtung. Der Jason is ein elektrischer Mediceer, das Elektrische geniert dich halt an ihm!"

„Mich geniert, sagte Höfelind, ernst und schwer, daß ich überhaupt schon nicht mehr weiß, wer ich bin. Ich bin jetzt wer dank dem Herrn Jason, und ich wirke jetzt dank dem Herrn Jason. Also gut, das könnt mir ja gleich sein, durch wen. Aber wenn ich manchmal zufällig höre, was von mir wirkt und wie, wenn ich einmal mit Leuten von mir und meinen Sachen red oder gar so dumm bin und les, was in der Zeitung über mich steht, da muß ich ja sagen: Ja bin denn das ich, und haben sich die Leute nicht aus mir viel mehr einen Höfelind zurechtgemacht, den es gar nicht gibt? Und der wirkt, nicht ich! Die Leut schaun meine Bilder an, aber was sie darin sehen, das bin ja gar nicht ich! Nein, weißt, was sie sehen? Was der Jason über mich in den Zeitungen schreiben laßt! Den Höfelind aus dem Sagenkreis des Jason sehn's! Lies doch, hör doch, was über mich geschrieben und geredet wird! Der mystische Maler Höfelind, der Maler der vierten Dimension — ich! Oder bin ich denn wirklich ein Geister-

seher? Sind das Gespenster?" Er zeigte durch die Türe
zur weißen Wand hin und sagte dann, grimmig: „Während
mir eigentlich immer mehr und mehr vorkommt, daß die
sogenannten wirklichen Menschen Gespenster sind, ich aber
will sie erlösen, dazu mal ich! Jetzt sag das aber einem
von den Schmöcken und gib dir alle Müh, ihm zu erklären,
daß du die in der Wirklichkeit verborgene, von der Wirklichkeit verschüttete Wahrheit ausgraben willst, weiter gar
nichts, die Grundabsicht der Natur, die ihr nur nie gelingt, weiter gar nichts, den Urtrieb, der nur in der Wirklichkeit immer verkümmert! Begeistert drückt er dir die
Hand und geht hin und schreibt, was ihnen der Jason
über mich eingeredet hat! Neulich war einer da, ganz ein
netter junger Mensch, dem hab ich's so deutlich gemacht,
wie zweimal zwei vier ist, und hab ihm gesagt: Schaun S',
is Ihnen das noch nie aufgefallen, wie viele Menschen
einander ähnlich sehen, und daß oft hundert Menschen,
tausend Menschen, wenn man sie nebeneinanderstellt, alle
dasselbe Gesicht haben, nur einer ein bißl deutlicher und
der andere wieder etwas mehr verwischt, und daß also
offenbar die Natur selbst mit sich nicht zufrieden ist, denn
sonst hätt das ja keinen Sinn, daß sie immer wieder dasselbe Gesicht noch einmal macht, aber sie glaubt halt immer,
das nächstemal wirds besser sein, und so langs nicht endlich
so ist, wie sie sichs ursprünglich gedacht hat, gibt sie nicht
nach, sondern muß es immer wieder machen, und da hat
sie sich schließlich den Künstler erschaffen, der soll ihr helfen,
vielleicht kanns der besser als sie; seitdem plagt sich die

Natur nicht mehr allein, sondern die Künstler plagen sich
mit, bis vielleicht doch einmal einer kommen wird, der
nicht bloß weiß, was die Natur will, sondern es auch kann,
und der nun einfach die zehn, zwölf Menschen ausführt,
die der Natur vorschweben, denn mehr als zehn, zwölf
sinds gar nicht; zehn, zwölf Fälle der Menschheit gibt's,
die die Natur in einem fort dekliniert, also das mein ich,
weiter gar nichts; darum nenn ich die zwölf Bilder das
Personal der Menschheit, is Ihnen das jetzt klar? Sonnen-
klar, sagt der Jüngling. Hättst aber lesen sollen, was er
dann geschmiert hat! Die Leute sehen ja nicht, was ich
mal, die Leute sehen nur, was der Jason sagt!"

Der Alte nickte nachdenklich. „Ja, weil ihnen nämlich
der Jason immer nur genau das sagt, was's haben möchten!
Das macht er ihnen vor. Natürlich haben's das gern. Er
macht ihnen den Höfelind vor, den's brauchen können.
So wie's D'bist, können's dich nicht brauchen. So wie
einer ist, können's keinen brauchen. Also sei froh!"

„Gott erhalte mir meinen Verstand, nur noch ein paar
Jahr!" sagte Höfelind.

„Amen! sagte der Alte. Da kann man gar nicht oft
genug darum beten!" Und plötzlich laut auflachend, fuhr
er fort: „Aber vielleicht —" Und er fing wieder zu
schnauben und zu prusten an, indem er seinen Knüttel
auf den Stein des Balkons stieß. „Aber vielleicht kommts
auch daher, daß du schon nur noch das malst, was der
Jason von dir sagt, haha!"

Höfelind riß seine bösen und gierigen Augen auf, die

unter den dicken struppigen Brauen hervor wie ganz
winzige Stacheln standen, und schrie: „Was heißt das?"
Aber dann mußte er auf einmal lachen und sagte lustig:
„Vielleicht! Hast recht, das könnt ja auch sein. Vielleicht
hat der Jason auch mir eingeredet, wie ich eigentlich bin
und was ich eigentlich mal, und ich bin jetzt wirklich schon
so und mal wirklich so. Ihm ist alles zuzutrauen! Warten
wir's halt ab!" Er ging zur Türe, sah hinein und sagte
noch, ganz beruhigt: „Es is schon ein Elend mit dem
Malen!"

„Ja, sagte der alte Rabauner. Wenn man übers Malen
redt, is es ein Elend. Warum redst denn? Beim Malen
muß mans Maul halten!"

Höfelind sagte: „Ich red, weil ich mal, während ich
red. Verstehst das nicht? In mir malts derweil weiter!
Und auf die Art kann man wenigstens auch in der Nacht
malen. Was soll ich denn sonst tun?"

„Ja das is die neuche Art von Malerei, sagte der
Alte. Ich bleib aber schon lieber bei der meinigen."

„Eigentlich, schloß Höfelind das Gespräch ab, wenn
mans genau nimmt, da heißts: die Intellektuellen von
Berlin und die Intellektuellen von Wien, aber eigentlich
is es immer nur der Jason, der alles macht! Man nennts
die Bewegungen in der Kunst, aber wenn man hinschaut,
steckt überall zuletzt ein Pferdedieb, der jetzt mit Romantik,
jetzt mit Mystik, einmal mit Impressionismus und näch=
stens wieder mit Idealismus handelt, was ihm g'rad in
die Hand kommt! Und Europa lebt geistig davon!"

„Da schau dein Haus an, sagte der alte Rabauner. Mit dem steilen Dach und den zwei langen Schornsteinen, grad auf den Himmel los! Schau's an, Viech!" Seine alte Stimme war zärtlich und zornig.

„Ja," sagte Höfelind zurücksehend, das steile Dach hinauf, das die zwei Schornsteine wie lebendige Hände zum Himmel hielt. Und seine harte Stimme war matt und voll Neid, als er noch einmal sagte: „Ja! Das steht da!"

„No, wenn nur dein Haus steht! sagte der Alte. Dann gib Ruh und laß Europa wackeln, unter den Pferdedieben! Der Olbrich hats wackeln lassen."

„Ja, der Olbrich!" wiederholte Höfelind, neidisch.

Nun kroch der weiße Streif von tiefem Nebel, langsam seine Fühler ausstreckend, immer weiter nordwärts, bis der Hügel mit dem Haus ganz in einen magischen Ring geschlossen war. Die Bäume im Garten, der Zaun, die Wiese schienen sich zu fürchten und um Schutz an das Haus zu drängen, wie um sich unter das steile Dach zu stellen; alles schien plötzlich viel näher als bei Tag. Vom Weg zum Weinberg kam ein guter stiller Schein aus der alten Laterne an der Ecke her.

Sie schwiegen lang. Bis auf einmal der Alte dann aus seinen Gedanken herauf sagte: „Aber ich versteh nur nicht, warum du jetzt mit Fleiß so liederlich bist!" Er hob den Knüttel, ins Zimmer zeigend, auf eins der sieben Bilder. „Die gute Dame hat keine Knochen unter ihrem Kleid! Auch Gespenster müssen Knochen haben. Wenigstens wenn man sie malt."

„Du haſt ganz recht, ſagte Höſelind. Es is ſchlecht. Wenn du's bemerkſt, is es ſchlecht."

„Du kannſt es doch", ſagte der Alte, kopfſchüttelnd.

„Euer Hochwohlgeboren ſind ſehr gütig, ſagte Höſelind. Ich hab aber gemeint, das Haar und der Blick von ihr iſt ſo ſtark, daß man dadurch die ganze Dame ſieht, auch ihre Knochen, ohne daß ich ſie erſt malen muß."

„Das ſind lauter ſo neuche Sachen, die man nicht verſteht, klagte der Alte. Das Malen iſt doch kein Betrug. Dann wärs leicht."

„Wenn das Malen keine Täuſchung wär, ſagte Höſelind, dann wärs leicht, dann! Eine gemalte Dame hat ja doch keine Knochen, auch wenn ich ihr Knochen mal, ſondern ich erlaube mir, Euer Hochwohlgeboren darauf aufmerkſam zu machen, daß es Farben ſind. Auch du biſt ein Betrüger, weil du bewirkſt, daß ich deine Kleckſe für einen Klee halte. Es kommt nur darauf an, wer ſich am beſten aufs Betrügen verſteht. Ich bin ein um ſo beſſerer Betrüger, je weniger ich dazu brauche, daß mir mein Betrug gelingt. Das Ideal wär, gar nichts hinzumalen, aber ſo ſtark zu ſein, daß ich dich zwinge, zu glauben, daß du alles ſiehſt. Aber freilich, wenn du's bemerkſt, daß ich ihr keine Knochen gemalt hab, dann is es ſchlecht. Ich darf ſie nicht malen, aber du mußt ſie ſehen, das iſt für mich das Abc der Malerei."

„Schad um dich", ſagte der Alte.

Da blickten ſie beide plötzlich auf, horchten und ſahen ſich an. Vom Weg zum Weinberg her kam ein Schall geflogen. Es war ein leises Lachen. Aber es schien, als könnte kein Mensch auf dieser bösen Welt so lachen. Es war, als hätte der tiefe Wald hinter der alten Mauer oder das nasse Gras im Traum aufgelacht.

„Hörst ihn? sagte der Alte vergnügt. Hat mich fast verhungern lassen und lacht noch! Der Mörder!"

Noch einmal schlug derselbe lichte Schall im Busch.

„In diesem Lachen ist der ganze Mensch!" sagte der Alte, horchend.

„Samt seinen Knochen, nicht?" fragte Höfelind, höhnisch. Der Alte blickte fragend auf. Dann verstand er erst und sagte: „A so! Du willst noch mehr streiten?"

„Nein! sagte Höfelind hart. Ich danke. Aber ich sehe seine Knochen, wenn ich ihn lachen hör. Und das wärs! Ein Mensch ist auf der Welt, um ihr ein Lachen zu bringen, und der andere Mensch ist auf der Welt, um einen tückischen Mund zu haben, an dem man lernt, wie bös die Natur sein kann, und der dritte, um uns durch seine schönen Schultern dann wieder mit ihr zu versöhnen. Also da mal ich das Lachen, den bösen Mund oder die Schultern, aber die sonstigen Beigaben, die er noch außerdem hat, mal ich nicht. Aber streiten werd ich darüber mit keinem mehr! Denn ich weiß es jetzt."

„Wie ein Marabu! Schau ihn an!" sagte der Alte, auf die Gestalt zeigend, die nun vom Weinberg her auf dem schmalen Weg erschien, im matten Licht der Laterne. Ganz langsam kam sie, sich wiegend, hielt immer nach ein paar lässigen Schritten wieder und schien dann, den langen

Kopf vorgeneigt, die Hände in den Hüften, was in dem ungewissen Licht dem Rumpf eine merkwürdige Breite gab, nachdenklich auf einem Bein zu stehen, bis sie sich dann, die Hände senkend, doch allmählich wieder mit schlenkernden Schritten langsam vorwärts schob, um gleich wieder stillzustehen, wie auf Stelzen.

„Und er beeilt sich nicht im geringsten! sagte der Alte, vergnügt. Du hast ganz recht, dir dieses Exemplar zu halten. Denn seit ich weiß, daß es solche Menschen gibt, denk ich mir, warum solls denn dann nicht auch solche Bilder geben?" Und ins Zimmer zeigend, lachte der Alte wieder so stark, daß ihn das Schnaufen und Husten fast erwürgte. Höselind schlug die kleine grüne Türe zu, da war die weiße Wand nicht mehr zu sehen.

Der Alte, beide Hände vor dem Mund als Trichter, blies in die stille Nacht hinaus: „Hallo!"

Der steife Vogel auf dem schmalen Weg im Schein der alten Laterne bog sich leicht vor und schien dann nur den Flügel ein wenig zu wetzen. Plötzlich hörten sie den heimlich gurrenden Laut jenes Lachens wieder, und dann schoß er auf einmal los, sie sahen den jungen Menschen über den Zaun springen, und kaum im Garten, zog er gleich seine graue Jacke aus und stand in der Schwimm-hose da. Wollüstig hielt er der Nacht seinen nackten Leib hin und sog ihre Luft ein.

Er rief hinauf: „Es hat mich schon wieder einer er-wischt! Bis in den Wald kommt die Polizei sogar! Und sie behaupten halt, die Schwimmhosen nutzt nichts! Das

kann man ihnen nicht begreiflich machen! Sie sagen: in
der Schwimmhosen, das is genau soviel wie nackt!" Er
lachte wieder, mit seinem leisen pfeifenden Lachen, das
etwas von einer Vogelstimme hatte. „Das heißt, wenn
ichs ihnen erklär, sieht es ja jeder ein! Aber sie können
halt nicht, sie müssen sich halt an die Vorschrift halten.
Und ich möcht ihnen doch keine Unannehmlichkeiten machen,
da zieh ich schon lieber die dumme graue Jacken an. Das
sind schrecklich arme Menschen!" Er trat ärgerlich auf die
Jacke, dann hob er sie plötzlich auf, legte sie schön zusammen, und sie streichelnd, sagte er zu ihr, als wär sie
ein Kind in seinem Arm: „No, du kannst ja aber nichts
dafür! Sei nur ruhig, es geschieht dir nichts! Und jetzt
hopp, jetzt darfst dafür springen, hopp!" Die graue Jacke
flog auf den Balkon. Er sah ihr nach und sagte, sich vergnügt erinnernd: „Und dann, nachdem ich ihn beruhigt
hab und er fort war mit seinem Säbel, bin ich einfach
über die Mauer gestiegen, in den Tiergarten hinein!" Und
er wiederholte, ganz stolz: „Ja! In den Tiergarten!
Stundenlang kann man da gehen und glaubt rein, das
muß die ganze Welt sein!"

„Dich wird schon noch einmal ein Wildschwein fressen!"
sagte der alte Rabauner.

„Mich doch nicht!" rief der junge Mensch mit seinem
leisen, zwitschernden Lachen. Ihm schien das furchtbar
komisch vorzukommen. „Mich könnens doch nicht fressen!
Ich freß sie ja auch nicht!"

„Glaubst, daß sie das berücksichtigen? sagte der alte

Radauner. Wenns d'aber Pech hast, und es is grad kein Vegetarianerschwein?"

„Das weiß ein Tier doch ganz genau, mit was für einem Menschen es es zu tun hat", sagte der junge Mensch, fest überzeugt.

„No ja, dir sieht mans ja freilich an!" sagte der Alte, mit einem Blick auf den armen, kärglichen Leib des Knaben. Aber da schob dieser schon seinen langen schmalen Kopf zwischen den Pelargonien durch, er war auf den Balkon geklettert und seine großen schweren Augen glotzten aus ihren dicken Lidern hervor. „Wars schön in Venedig?" fragte er Höfelind.

„Du hast wieder vergessen, die Schlüssel da zu lassen", sagte Höfelind.

„Nein, sagte der junge Mensch. Ich hab die Schlüssel verloren."

„Da mußt aber morgen in aller Früh den Schlosser holen, sagte Höfelind. Das geht ja nicht."

„Da brauch ich doch keinen Schlosser! sagte der junge Mensch, ganz beleidigt. Das mach ich schon allein."

„Das ist das Unglück, daß du alles kannst, sagte der Alte. Da glaubst, du darfst auch alles."

„No, darf ichs denn nicht?" fragte der junge Mensch.

„Jüdl nicht so!" sagte Höfelind.

„Ich sprech alle Sprachen", sagte der Knabe, lachend. Und nachdenklich fügte er dann noch hinzu: „Und warum denn nicht? Jüdln is auch ganz schön."

„Und mich hättſt heut einfach wieder verhungern laſſen!" ſchrie der Alte plötzlich, ſich zornig erinnernd.

„Nein!" rief der junge Menſch, ganz erſtaunt.

„Ja glaubſt, von den vier Äpfeln in der Früh werd ich fett?" ſchrie der Alte.

„Ich hab doch eigens einen ganz großen Topf mit friſcher Nußbutter für Sie hingeſtellt!" beteuerte der junge Menſch, ſanft klagend.

„Laß mich mit deiner Nußbutter aus! tobte Rabauner. Friß was du willſt, aber mach anſtändige Menſchen nicht verrückt! Wie oft ſoll man dir das noch ſagen?"

„Ich hab halt gemeint —", ſagte der junge Menſch und lachte liſtig.

„Was? ſchrie der Alte. Was haſt gemeint?"

„Ich hab gemeint, erklärte der junge Menſch in der Schwimmhoſe langſam, ich hab gemeint: wenn er einen rechten Hunger kriegt und es is ſonſt nix da, no, da wird er halt vielleicht doch einmal die Nußbutter koſten! Und wenn Sie's nur erſt ein einziges Mal gekoſtet haben werden, dann ſehn Sie ſicher ein, daß ich recht hab! Es gibt doch auf der Welt nichts, was beſſer ſchmeckt! Ich begreif Sie nicht! Wie kann man denn ſo eigenſinnig ſein!"

„Alſo du wirſt kochen, was ich will, nicht umgekehrt!" ſagte der Alte, wütend.

„Du kochſt doch ſo ausgezeichnet", ſagte Höfelind, begütigend. „Du kannſt es ja, wenn du willſt."

„Ich kann ſchon, ſagte der junge Menſch, nachdenk-

lich. Aber soll man denn gegen seine Überzeugung kochen?
Das find ich unrecht."

„Du wirst kochen, was mir schmeckt, sagte der Alte
Daran hast du dich zu halten. Sonst bist du kein Koch!'

Der junge Mensch dachte nach und sagte: „Sie sind
auch ein Maler und halten sich aber beim Malen nicht an
mich, sonst wären Sie ein schlechter Maler; aber Sie malen
nicht, damit es mir gefällt, sondern so, wies richtig is
Folglich —"

„Folglich, schrie der Alte, kann ich alle Tag die Fräul
Annalis bitten, mir was zum Essen zu schicken, wenn ich
nicht verhungern will? Du Trottl!"

„Nein, sagte der junge Mensch, mit seiner klaren und
hellen Stimme. Warum soll ich denn ein Trottel sein
weil ich klarer denke als Sie? Oder wenn ich kochen muß
was Ihnen schmeckt, dann müssen Sie mich beim Malen
fragen, wie ichs gemalt haben will! Es is mir aber
lieber, Sie malen so, wie es richtig is, und ich koch so
wie's richtig is. Bitte, wählen Sie!"

Höfelind lachte. Das ärgerte den Alten noch mehr, und
er wütete noch ärger. „Du bist natürlich auch der Mei
nung, daß Kochen und Malen dasselbe is?, schrie er Höfe
lind an. Schaut dir gleich!"

„Was richtig is, muß doch überall richtig sein", sagt
der junge Mensch, seelenvergnügt.

Der Alte schob ächzend seinen Bauch zur Türe hin
und sagte, mit dem Knüttel aufschlagend: „Das ist ein
Narrenhaus, der Fiechl hat ja recht! Aber wenn ich noch

ein einziges Mal kein ordentliches Essen krieg, zieh ich
aus! Höfelind, schreib zusammen, was ich schuldig bin,
morgen wird gerechnet!" Die Türe krachte zu, der Alte
ging im weißen Zimmer auf und ab, vor den sieben
Bildern, seinen Knüttel schwingend.

Er wohnte seit Jahren bei Höfelind. Sein Klee wurde
nicht gekauft. Aber er hätte sich um keinen Preis was
schenken lassen. Höfelind schrieb auf. Und immer von Zeit
zu Zeit, wenn der Alte sich einmal über ihn ärgerte, mußte
Höfelind ihm die Rechnung zeigen, und er rechnete genau
nach. Wenn er fand, daß es stimmte, sagte er: „Du kannst
es auf der Bank beheben lassen!" Er hatte vor zwanzig
Jahren von einem Verehrer zehntausend Gulden geerbt
und freute sich, daß sein Vermögen mit Zinseszinsen auf
der Bank lag. Er sagte stets: Nur keinem Menschen was
schuldig sein!

„Er is doch nicht am End wirklich bös?" fragte der
junge Mensch, und seine glotzenden großen Augen wurden
ängstlich. Er stand wieder, die Beine zusammengepreßt,
mit geschlossenen Füßen, daß er von weitem einem Storch
glich. Dann wurde sein langes weißes Gesicht listig, und
er sagte, mit seinem leisen, schwirrenden Lachen: „Ich weiß
schon! Morgen koch ich ihm alles, was er gern hat! Aber
wie einem nur Leichen schmecken können!" Er dachte nach
und sagte mit Verachtung: „Aber er is halt ein alter Herr!
Und so muß ich also entweder einem Tier unrecht tun,
oder er glaubt, daß ich ihm unrecht tu! Das ist sicher
falsch eingerichtet in der Welt, nicht?" Er sah Höfelind

fragend an und sagte dann noch, bittend: „Er wird doch nicht wirklich bös sein?"

„Er hat sich halt, scheints, noch immer nicht ganz an dich gewöhnt, sagte Höfelind. Es ist auch nicht so leicht."

„Ich geh lieber hinein, sagte der junge Mensch, und red noch mit ihm."

„Laß ihn nur jetzt, es is besser", sagte Höfelind, abwehrend.

„Ich denk mir halt, sagte der junge Mensch, wenn jemand bös is, muß man so lang mit ihm reden, bis er wieder gut wird. Man muß nur richtig reden. Dann geht doch alles!"

„Ja du denkst dir allerhand", sagte Höfelind still und sah den nachdenklichen Knaben an, fast mit Neid. Es war ihm seltsam, wie stark er in dieser stillen Nacht auf seinem Balkon, von weißem Nebel umkreist, jetzt wieder den Reiz des wunderlichen jungen Menschen empfand! Er bemerkte doch sonst eigentlich Menschen überhaupt nur, soweit sie zum Malen waren. Allenfalls für den alten Radauner hatte er irgendein Gefühl. Das war aber auch mehr ein Gefühl für seine eigene Jugend. Damals sah er in dem Alten das, was er selbst einmal zu werden rang: den einsamen Künstler, von dem der schnöde Haufen der Gemeinen nichts weiß, den unbeugsamen Künstler, an dem alles Gebot des gierigen Pöbels spurlos abrinnt, den gewaltsamen Künstler, von dem es wie ein Sturm über die verdorrte Menschheit fegt, wie der Blitz in ihren dumpfen Schlaf schlägt! Das gab dem Alten seine Macht

7*

über die Jugend, daß sich an ihm so gut ihr eigener Wahn
und ihr eigener Wunsch, alle ihre Hoffnungen und Em-
pörungen, alle ihre Vermessenheiten und Beherztheiten
aufhängen ließen, wie Wäsche zum Trocknen. Und so was
vergißt man nicht leicht; und dann war aus dem Lehrer
ein Freund geworden — sie wohnten doch zusammen, sie
konnten sich erlauben miteinander grob zu werden, sie
hatten gegenseitig vor ihren Arbeiten eine Art duldsamer
Hochachtung, also das nennt man doch wohl Freund?
Und es war ihm wirklich angenehm, wenn er durch Europa
flog, und es fiel ihm einmal sein Haus ein, zu wissen: da
sitzt der alte Radauner und malt an seinem Klee! Das
gehörte schon dazu, es hätte ihm was gefehlt; also das ist
es doch wohl, was man einen gern haben nennt? Und
ebenso hatte er ja auch Fräulein Annalis gern, und an
manchen Tagen sogar den Kammersänger; schließlich
warens Oberösterreicher! Jedenfalls brachten sie ihn
nicht in diese sinnlose Wut wie sonst die meisten Menschen,
und das nennt man wohl einen gern haben. Er hatte
wenigstens nie noch ein anderes Gefühl für Menschen
kennen gelernt als entweder einen unüberwindlichen Ekel,
ja einen körperlichen Schmerz in ihrer Nähe, oder wenn
er einmal bei irgendeinem davon verschont blieb, eine
gewisse Dankbarkeit dafür. Und erst an diesem wunderlichen Knaben erfuhr er nun, daß man vielleicht einen
Menschen noch anders gern haben könnte. Zum erstenmal
war es ihm nun, als ob einem ein Mensch etwas sein
könnte. Wenn der Alte gestorben wäre oder auch Fräu-

lein Annalis, wär ihm ja sicher leid gewesen, es hätte ihm
was gefehlt. Der alte grüne Ziehbrunnen, der noch im
Garten war, hätte ihm auch gefehlt, um den wär ihm
auch leid gewesen, obwohl er längst nicht mehr benutzt
wurde. Er brauchte ihn nicht; er hatte ihn nur gern. Und
er brauchte den alten Rabauner auch nicht und Fräulein
Annalis auch nicht, er hatte keinen Menschen je gebraucht,
er hatte noch gar nie daran gedacht. Und jetzt zum erstenmal in seinem Leben fiel ihm ein, daß man vielleicht für
einen Menschen das Gefühl haben könnte, ihn zu brauchen.
Nicht das was er sagt oder das was er tut, kein Wort
von ihm und keinen Dienst von ihm, sondern nur, daß er
da ist, daß er in der Nähe ist; oder vielleicht nicht einmal
das, sondern nur, daß man weiß, er ist auf der Welt, es
gibt ihn. So wie er das Malen braucht! Nicht das was
er malt. Meistens mag er das ja gar nicht. Und während
er malt, haßt er ja das Malen sogar. Und doch weiß er,
daß er das Malen braucht. Und daß man schließlich, wenns
gar nicht mehr anders geht, weiß: du kannst dich ja hin-
setzen und wirst halt malen!, das tut ihm wohl. Und so
tuts ihm wohl zu wissen, daß irgendwo dieser närrische
junge Mensch nackt im Wald liegt, Nüsse frißt und Unsinn
denkt. Und daß er jetzt vor ihm auf dem Balkon hockt, mit
seinem dummen glotzenden Gesicht, tut ihm wohl. Wies
Leute gibt, denen es wohl tut, einen Dackel bei sich zu
haben. Er hat das früher nie verstanden. Und er wundert
sich, daß er jetzt auf einmal anfängt, es zu verstehen. Seit
ihm der Zufall dieses komische Tier ins Haus geschneit

hat. Der Zufall. Oder sein Schicksal? Er glaubte nicht
an Fügungen, nein! Oder wars am Ende auch eine Erfindung Jasons? Um den Hausrat des mystischen Meisters
komplett zu machen! Aber dann wärs ja schon längst in
der Zeitung gestanden! Der Nußmensch Meister Höfelinds,
das hätten sich die nicht entgehen lassen. Vielleicht gabs
doch neben Jason auch noch ein Schicksal.

Jetzt wars schon bald ein Jahr, daß er ihn bei sich
hatte. Er mußte bei der Erinnerung noch lachen. Radauner
war nachts erwacht, durch ein Geräusch geweckt. Er hörte
im Garten leise mit Heftigkeit reden, öffnete das Fenster
und sah den Wächter von der Schließgesellschaft, der einen
Menschen am Kragen hielt. Die Laterne des Wächters
stand auf dem Boden, sein großer Hund neben ihm. Sie
bemerkten Radauner nicht, und er konnte zuhören. Der
Wächter sagte zu dem Menschen, den er hielt: „Also
schauns, seins doch vernünftig und tun Sies mir zuliebe!
Was habens denn von den paar dummen alten Leuch-
tern? Das is ein Maler, der da wohnt, Maler brauchen
solche Sachen zum Malen, für ihn wär das sicher sehr
unangenehm, wenn er morgen sieht, daß sie auf einmal
weg sind! Während für Sie, da habens doch gar keinen
Wert! Und wenn ich Ihnen doch schon sag, daß ich sie
Ihnen ja abkauf! Was wollens denn noch? Mehr sinds
nicht wert!" Der fremde Mensch zerrte, der Wächter hielt
ihn mit aller Kraft, Radauner rief vom Fenster: „Was is
denn da eigentlich los?" Der Wächter ließ den Menschen
aus und sagte: „Nur geschwind! Schauns, daß's weiter

kommen!" Der verlor in der Eile die Leuchter und ent-
wich ins Dunkel. Der Wächter hob die Leuchter auf und
sagte langsam: „Nix! Was soll denn sein?" Dem Alten
kams verdächtig vor und er holte Höfelind aus dem Bett.
„Aber nein, gnädiger Herr! schrie der Wächter herauf.
Es is ja nix! Ich bitte, ich bin ja der von der Wach-
und Schließgesellschaft!" Der Alte schrie: „Es war doch
aber noch jemand da!" Als ob er ihn nicht verstanden
hätte, fragte der Wächter herauf: „Was war? Wie, bitte?"
Radauner ärgerte sich und schrie: „Der Mensch, der Sie
fast umgeworfen hätt!" Der Wächter antwortete nicht,
spähend und horchend. Radauner brüllte: „Es war doch
ein fremder Mensch da!" Da hörten sie ein leises Pfeifen,
wie wenn eine Amsel gelacht hätte. Und der Wächter
sagte: „Nein, der ist nicht mehr da! Bitte, der ist schon
fort!" Höfelind rief hinab: „Kommens einmal herauf!"
Der Wächter sagte: „Bitte schön, gleich!" Sie hörten ihn
langsam um das Haus gehen und dann wieder unter
ihrem Fenster fragen: „Bitte schön! Darf mein Hund
mit?" Und dann war er eingetreten, in der Hand die
Laterne, mit seinem großen ruhigen Hund, die Leuchter
bringend. „Es war gar nix. Wo gehören denn die Leuchter
hin, bitte?" Radauner fragte: „Wo sind sie denn her?"
Der Wächter sagte: „Der muß durchs Fenster in den
Keller gestiegen sein. Wie ich gekommen bin, hat er grad
über den Zaun wollen, um wieder fortzugehen. Da hab
ich ihn gepackt." Und Höfelind vergaß den Ton nie, in
dem der junge blasse Mensch dann zu Radauner sagte,

als ob er sich entschuldigen müßte: „Ich hab ihm ja die
Leuchter ersetzen wollen! Aber da haben Sie uns gestört!
Ich hätt sie ihm ja bezahlt!" Rabauner sagte: „No wenn
er das weiß, wird er ja morgen wiederkommen!" Der
Wächter sagte ruhig: „Sie müssen das Fenster im Keller
zumachen." Rabauner wurde wütend und sagte: „Sie
haben ihn ja ganz fest gehabt! Und wozu habens denn
den großen Hund? Ich wär einstweilen um die Polizei
gegangen, oder wir hätten telephoniert. Jetzt is er fort!
Sie haben ihm ja noch geholfen, daß er entwischen kann!"
Der Wächter streichelte seinen großen Hund und sagte:
„Wenn einer die paar alten Leuchter nimmt, das muß
schon ein armer Kerl sein!" Rabauner sagte: „Sie dürfen
aber nicht einem Dieb noch helfen, dazu sind wir nicht
bei Ihnen abonniert." Der Wächter sagte: „Sie können
mich ja bei der Gesellschaft anzeigen." Höfelind sagte:
„Ziehen Sie sich aus!" Gleich stellte der Wächter die
Laterne weg und zog sich aus, gehorsam, ohne zu fragen.
Rabauner mußte lachen und fragte ihn: „Wissen Sie denn,
warum Sie sich ausziehen sollen?" Der Wächter antwortete: „Ja." Rabauner fragte wieder: „Warum?" Der
Wächter sagte: „Weil es der Prophet will." Rabauner
schrie: „Wer?" Der Wächter sagte: „Der Prophet Josua."
Rabauner brüllte: „Wer is denn das?" Der Wächter antwortete, wie man einen Spruch aufsagt: „Wer ihn kennt,
fragt nicht, und wer fragt, darf ihn nicht kennen." Da
schob Höfelind den Alten weg und sagte zu dem armen
schmächtigen Leib, der nackt vor ihm neben dem großen

schwarzen Hund stand: „Ja, das ist er, ich hab ihn gefunden, das ist mein Jüngling!" Er hatte den Jüngling
gefunden, das sechste von den sieben Bildern an der weißen
Wand. Er hatte ihn gesucht, seit Monaten, verzweifelnd.
Er hatte gewußt, daß er ihn finden mußte. So stark war
er tief bei sich gewiß, daß es seinen Jüngling gab. Und
da stand er jetzt vor ihm! Arm und karg, einem jungen
Ast im Frühling gleich, bebend in der Kälte mit seinen
jungen warmen Trieben. Wie er ihn immer gesucht und
nirgends gefunden, aber tief in sich selbst gesehen hatte,
so stand jetzt sein Jüngling vor ihm da!

Und Höfelind ließ ihn nicht mehr fort. Er hatte dem
schimpfenden Radauner gesagt: „Sie sollen mir das Haus
unter meinen Füßen wegtragen, meinetwegen! Dann
geh ich auf die Wiesen mit ihm und mal ihn dort! Malen
muß ich ihn, alles andere ist mir jetzt gleich!" Er kannte
das. Damals mit der Rahl wars auch so gewesen! Dagegen half nichts, bis sie fertig, bis sie gemalt war. Dann
erst hatte er Ruhe vor ihr. Wenn er ihn gemalt haben
wird, dann mag der auch wieder mit seinem großen Hund
und der Laterne die Häuser abgehen. Dachte er damals.
Aber jetzt hat er ihn doch längst gemalt! Da steht er
drinnen an der weißen Wand, lebendiger als er hier auf
dem Boden vor ihm hockt! Also was will er denn noch?
Sonst vertrug er doch Menschen nicht mehr, sobald sie
erst einmal von ihm gemalt waren! Dann immer nur
rasch weg damit! Und er hätte sich nie gedacht, daß der
nach Monaten noch, nachdem er ja längst gemalt war, in

seinem Hause sitzen und den alten Rabauner ärgern und
alles auf den Kopf stellen würde, noch immer! Und jetzt
könnte er sich eigentlich sein Haus ohne ihn ja gar nicht
mehr denken, denn der paßte doch so gut hinein, wirklich
als wär er selbst auch von Olbrich! Aber soll man sich an
einen Menschen so gewöhnen? Gar an ein so törichtes
und läppisches Ding, wie es dieser lächerliche Knabe war,
der phantastische Taugenichts, von dem der alte Rabauner
immer sagte, daß er sie noch einmal alle miteinander an
den Galgen bringen würde? Er hatte ja wirklich etwas
von einem gefährlichen fremdartigen Tier, das sich jetzt
schmeichelnd dehnt, aber ohne daß man je weiß, ob es
nicht im nächsten Augenblick auffahren und losspringen
wird. Aber er hatte sich nun einmal an ihn gewöhnt!
Vorgestern noch, in Venedig, abends auf dem Lido durch
den Sand reitend, das Pferd halb im Wasser, ganz allein,
während draußen weit das nächtigende Meer wie eine
violette Mauer vor dem grauen Himmel stand, hatte er
sich auf einmal gewünscht: Ja, wenn der Nußmensch mit
wäre! Und jetzt lag der wieder vor ihm da, mit seinem
weißen Leib in der Nacht lauernd, und er hörte sein starkes
Atmen aus der schmalen Brust und war froh, einmal etwas
Menschliches in der Nähe zu haben, das ihn nicht anwiderte.

„Du mußt doch auch einsehen, sagte Höfelind zu dem
ruhenden Knaben, daß man den alten Herrn nicht um
alle Bequemlichkeit bringen darf."

„Ich meins doch nur gut mit ihm", sagte der Nußmensch.

„Auf deine Art“, sagte der Maler.

„Meine Art ist sicher die richtige“, sagte der Knabe, eher in einem bittenden Ton.

„Er ist aber ein alter Herr, und du bist ein junger Bursch“, sagte Höfelind.

„Darum bin ich ja vernünftiger, sagte der Jüngling. Er kann doch nichts dafür.“

„Jedenfalls muß er sein Essen kriegen, wie er es haben will.“

Der Nußmensch nickte mit seinem langen schmalen Kopf und sagte demütig: „Ja.“

„Und wenn ich nicht da bin, sagte Höfelind, darfst du auch nicht einfach fortrennen und ihn ganz allein im Haus lassen. Das geht eben nicht.“

„Heut hab ich aber müssen“, sagte der Knabe.

„Früher war die Köchin da und der Diener. Aber jetzt bist du allein. Es is ja deine Schuld.“

Verwundert sagte der Knabe: „Der Herr Radauner hat sie ja hinausgeschmissen.“

„Ja, sagte Höfelind, und er hat ganz recht gehabt. Weil sie mit ihm zu frech geworden sind. Wer hat sie denn aber aufgehetzt?“

„Wer denn?“ fragte der Nußmensch, unschuldig.

„Erinner dich nur!“ sagte Höfelind.

Der Knabe dachte nach. Plötzlich sah er auf und verstand nun erst, was Höfelind meinte. Und als ob er ihn falsch verstanden haben müßte, fragte er, um sich zu vergewissern: „Ich?“

„Ich glaub schon", sagte Höfelind.

„Verstehn denn auch Sie das nicht? klagte der Knabe, verwundert. „Nicht einmal Sie! Der Herr Radauner meint, daß das Aufhetzen is! Aber nein! Sondern die waren immer unglücklich, daß sie sich so plagen müssen, und über das Dienen überhaupt, und haben mir vorgejammert, und da hab ich ihnen gesagt, daß ich da doch ein ganz anderes Gefühl hab, nämlich sogar einen gewissen Stolz, daß ich einer bin, der dienen kann. Und ich hab ihnen klar gemacht, daß von zwei Menschen der, den man den Herrn nennt, der Schwächere is, einer der Hilfe braucht, der allein mit dem Leben nicht fertig wird, während der Diener einer is, der mehr kann, als er braucht, der mehr Kraft hat, als er für sich aufwenden muß, so daß ihm noch etwas davon bleibt, was er an einen anderen abgeben kann, nämlich an den sogenannten Herrn, der doch eigentlich eher ein Kind ist, hilflos, und wenn er uns nicht hätt, einfach verloren, nicht wahr? Denn denken Sie sich nur, wenn dem Herrn Radauner ein Schuhbandl reißt, oder wenn er bloß ein Postpaket machen soll, neulich zum Beispiel — also er kann es einfach nicht, er wär verloren!" Er lachte herzlich.

„Ja, eine Köchin kann manches, was der Herr Radauner nicht kann, und ich auch nicht, das is schon wahr. Aber glaubst du nicht, daß dafür doch der Herr Radauner und ich wieder manches können, was die Köchin vielleicht nicht kann?"

„Sicher, sagte der Nußmensch, nur mit dem Unterschied, daß der Herr Rabauner das braucht, was er nicht kann und was die Köchin kann, während die Köchin das gar nicht braucht, was der Herr Rabauner kann. Der Herr Rabauner kann malen, muß aber außerdem noch jemanden haben, der kochen kann. Die Köchin kann kochen, malen kann sie nicht, aber sie hat auch gar nicht das Bedürfnis, daß gemalt wird, während der Herr Rabauner das Bedürfnis hat, daß gekocht wird. Darum hab ich ja denen immer gesagt, wie dumm es ist, wenn sie sich beklagen, statt froh zu sein, weil wir doch, wenn wir nur ein bißchen darüber nachdenken, finden müssen, daß wir im Vorteil sind, denn eine Köchin kann schließlich auch ohne einen Herrn leben, aber kein Herr kann ohne eine Köchin leben, und überhaupt ist es doch so eingeteilt, daß Herren diejenigen sind, die die unnötigen Dinge können, und Diener diejenigen, die die notwendigen Dinge können, woraus sich ergibt, daß die Herrn vollständig in unserer Gewalt sind, denn wir können alles einstellen, auch die Tätigkeit der Herren, denn nicht wahr, es nutzt dem Herrn Rabauner gar nix, daß er malen kann, denn wenn die Köchin nicht mehr will und nicht mehr kocht, so hörts auf, und obwohl der Herr Rabauner malen kann, hängts eigentlich von der Köchin ab, ob er malen kann, denn er kann nur malen, wenn sie kocht, aber sie kann auch kochen, wenn er nicht malt. Deshalb haben wir eigentlich alles in unserer Gewalt, das hab ich denen klar gemacht! Und gerade deshalb hab ich aber auch immer gesagt, wir müssen die Nachgiebigen sein, grad weil wir die Starken sind,

was uns nun einmal eine gewisse Verpflichtung auferlegt,
und weil es eben, hab ich noch ausdrücklich gesagt, schon
einmal so ist, daß überall in der Natur der Schwächere,
der Hilflose den Starken tyrannisiert und dieser sich alles
gefallen läßt, offenbar weil er dann erst ganz spürt, wie
wunderschön das ist, stark zu sein und einer zu sein, der
helfen kann! Nächtelang sind wir unten in der Küch gesessen, damit ich ihnen das klar mach. Aber das ist doch
das Gegenteil von Aufhetzen! Nein, im Gegenteil, ich
hab ihnen immer wieder gesagt: die Herrschaft muß euch
leid tun, das sind Leute, die euch brauchen, die auf euch
angewiesen sind, die ohne euch verloren wären, natürlich
sind sie da manchmal ungerecht, eben im Gefühl ihrer
Erbärmlichkeit, aber gerade deswegen habt ihr die Pflicht,
mit ihnen Geduld zu haben, denn sie brauchen euch, und
je stärker einer is, desto mehr muß er auch tragen! Das
nennt man doch nicht aufhetzen!" Er hatte sich ganz heiß
geredet, und sein weißes Gesicht glänzte von Erregung, in
dem schmalen Streif von Licht, das aus dem Zimmer
durch die drei kleinen Scheiben der geschlossenen Türe fiel.

„No ja, sagte Höfelind. Und das hat halt dann die
Köchin eines Tags dem Herrn Radauner gesagt, und der
Diener auch, und da hat er die zwei hinausgeschmissen.
Sie werdens eben vielleicht in einem etwas anderen Ton
gesagt haben als du."

„Sie werden mich vielleicht nicht genau verstanden
haben, klagte der Nußmensch, daher mags gekommen
sein. Aber kann man ihnen das übel nehmen? Der Herr

Radauner hat ja wieder sie nicht verstanden! Keiner hört halt dem anderen ordentlich zu, die Menschen reden nicht genug miteinander!"

„No du redest ja grad genug", sagte Höfelind.

Die helle Stimme des Knaben hatte einen feierlichen Glanz, als sie sprach: „O nein. Die Menschen reden nie genug, sagt der Prophet Josua. Denn erst wenn sich die Menschen einmal ganz ausgesprochen haben werden, sagt er, wird es gut sein." Er schwieg, sich innig erinnernd. Dann sah er lächelnd auf und sagte froh: „Ja damals hab ich das Reden gelernt! So lang mit einem Menschen reden, bis man ganz in ihm drin is! Das wärs, sagt der Prophet. Denn alle Menschen sind dieselben. Sie wissen es aber nicht, weil um jeden eine Wand is. Da muß man halt ein Loch in die Wand reden, sagt der Prophet. Dann gehts auf einmal. Was haben wir damals oft zusammen gelacht! Nämlich unser Gendarm, der den Schub geführt hat, hat das durchaus nicht glauben wollen. Da hat ihn aber der Prophet so beredet, bis er von Tag zu Tag immer stiller geworden ist und uns zuletzt alle noch um Verzeihung gebeten hat. Das waren wohl wunderschöne Tage! Wie aber dann der Prophet in seiner Gemeinde abgegeben wurde, da haben wir alle bitterlich geweint. Und der Gendarm am meisten!" Er lachte. Dann wurde seine Stimme von Sehnsucht schwer, und er sagte: „Ich muß nächstens wieder einmal reisen."

„Und du hast vom Propheten nie wieder was gehört?" fragte Höfelind.

„Ich werd nie mehr was von ihm hören, sagte der Knabe. Ich werd ihn nie mehr sehn. Denn, hat er gesagt, es ist unnötig, jetzt bin ich aufgewacht und dann ist man sein eigener Prophet, weil ein Prophet, hat er gesagt, nichts ist als ein aufgewachter Mensch. Er hat uns erzählt, in Amerika solls jetzt schon so viele geben! Er selbst ist es ja auch erst in Amerika geworden. Und jetzt kommts nur noch darauf an, daß auch bei uns einmal in jedem der Prophet aufwacht. Dann, sagt er, wird auch bei uns das große Gelächter sein. Das weiß ich aber eigentlich noch nicht ganz genau, was er mit dem großen Gelächter meint. Überhaupt kann man ja diese Sachen nie mit dem Verstand ausdenken, sondern sie werden auf einmal in einem. Und eine gewisse Vorahnung bekomm ich schon manchmal nach und nach, auch von dem großen Gelächter. So zum Beispiel, früher hab ich das furcht-bar ernst genommen, daß man sich in der Früh ganz nackt in die Sonne stellen soll und zuerst gegen Osten das Zeichen machen, dann aber die Hände falten und tief aus dem Bauch allen Atem holen und dazu sagen: O Mensch! Aber jetzt muß ich auf einmal immer, wenn ich es mach, ein bißl dabei lachen. Das erstemal bin ich darüber ganz erschrocken, aber ich sehe, das Lachen schadet nicht, sondern seit ich lach, wirkt es noch viel mehr, jetzt macht es mich erst wirklich für den ganzen Tag vergnügt und vollkommen. Warum versuchen Sie's nie?" Er sah Höfelind bittend an.

Höfelind sagte vor sich hin: „Vielleicht wünsch ich mir das gar nicht, vollkommen zu werden."

„Nein?" fragte der Knabe ganz erschreckt. Er dachte nach, dann wurde sein weißes Gesicht listig und er sagte vergnügt: „O doch! Denn wozu malen Sie sonst?"

„Da hast du ja recht", sagte Höfelind, wieder mit jenem Hohn, der in seiner Stimme immer auf der Lauer lag.

„Ich muß jetzt wieder einmal reisen", wiederholte der Knabe, sehnsüchtig.

„Es wird wieder auf dem Schub enden", sagte Höfelind.

Der Nußmensch sagte, nickend: „Ja das mein ich ja."

„Wie du willst", sagte Höfelind, achselzuckend.

„Es is zu schön! sagte der Nußmensch. Was man da alles erlebt! Und Menschen trifft man da, von allen Arten! Den ganzen Tag erzählen sie! Aber Sie kommen aus Venedig zurück und sind traurig!" Er sah ihn bittend an und sagte noch: „Das kann doch nicht das Richtige sein!" Er stand auf, holte seine graue Jacke und nahm aus allen Taschen Steine.

„Zieh sie lieber an! sagte Höfelind. Abends spürt man jetzt den Herbst schon recht."

„Mir tut er nichts, sagte der Nußmensch, einen Stein neben den andern legend. Wir tun einander nichts, Kälte, Regen, Wind und ich, wir kennen uns zu gut." Er lachte. „Ja Sie wollen mir das auch nicht glauben! Ihnen muß auch erst einmal der Prophet begegnen!" Er ließ seine Steine, trat zu Höfelind und sagte bittend: „Wenn nur ich Ihr Prophet sein könnt!"

„Versuchs", sagte Höfelind.

Der Nußmensch dachte nach, schüttelte den Kopf und

klagte: „Wie Sie mich gemalt haben, hab ichs ja geglaubt. Es hat aber auch nichts genützt. Warum nützt Ihnen das Malen nichts?"

Nach einiger Zeit fragte Höfelind: „Was is das wieder Neues, daß du jetzt alle Steine zusammenschleppst?"

„Ich weiß nicht, sagte der Knabe. Mir kommt nur immer vor, so ein Stein muß sich auch langweilen. Und wer weiß, wenn er merkt, man meints ihm gut — wer weiß?"

„Was?" fragte Höfelind.

Zwischen Ernst und Scherz sagte der Nußmensch: „Vielleicht tut er dann den Mund auf und redet auch, wer weiß? Vielleicht ist er nur bescheidener als die frechen Amseln! Ich hab halt so ein Gefühl, daß ich jetzt viel mit Steinen zusammen sein möchte. Denn jedes Geschöpf tut einmal den Mund auf, es muß nur erst Zutrauen kriegen." Er nickte. Und dann fügte er, um sich zu ent= schuldigen, noch hinzu: „Und was liegt denn dran? Im Keller ist ja Platz!" Und er beteuerte zuversichtlich: „Näch= stens werd ich ja überhaupt einmal ordentlich aufräumen, überhaupt im ganzen Haus. Bestimmt!"

Höfelind lächelte. Der Nußmensch sah zurück, über die Laterne hin, zum Wald empor und sagte beschämt: „Es is halt zu schön da oben!" Und dann mit der Hand im Kreise herumzeigend: „Und da unten auch! Und da drüben doch auch! Alles ist halt zu schön! Überall! Da kommt man dann halt natürlich zu nichts!" Er gab leise seine Hand auf Höfelinds Arm und gelobte: „Ich werde jetzt

schon wieder mehr Ordnung halten. Und der Herr Radauner wird auch sein Essen kriegen, genau wie ers will.
Man muß ja berücksichtigen, daß er halt ein alter Herr ist.
Nur darf ich ihm doch sagen, daß es falsch ist, nicht? Ein
Tierfresser, das ist gerade so eine Schande wie ein Menschen-
fresser. Einem Hund gibt man einen Maulkorb, wenn er
beißt! Also da müßte doch der Mensch aber das gute Beispiel geben! Das darf ich ihm doch sagen, nicht? Und
warum will er denn die Nußbutter nicht wenigstens einmal
kosten?"

„Weil du so gewalttätig bist, sagte Höfelind, und
alle Menschen zwingen willst!"

„Nein! O nein! sagte der Nußmensch. Ich will die
Menschen ja nur zwingen, frei zu sein. Freiheit ist erst,
wenn überall das Richtige geschieht. Und daß man die
Menschen zum Richtigen zwingt, das gehört doch zur Freiheit! Sonst wär sie ja eine Schlamperei! Wer will denn
das?"

„Wenn du ihn aber noch einmal so bös machst, sagte
Höfelind, wirds Ernst und er zieht noch wirklich aus.

„Nein! sagte der Nußmensch, entsetzt. Das darf er
einfach nicht. Er braucht uns ja!" Und er wiederholte
noch aufgeregt: „Nein, nein! Ich werd schon alles tun,
was er will! Es war gewiß heut zum letztenmal, daß
ich mich vergessen hab! Aber heut is es halt nicht anders
gegangen! Heut war so viel!" Er stieß seine großen
glotzenden Augen vor und sagte noch einmal, langsam:
„Heut war wohl viel!" Er ging von Höfelind weg und

lachte. Sein seltsames fliegendes Lachen fiel in die dunkle
Nacht hinab, als hätte ein Stern geschnuppt.

Dann fing er ganz sachte zu erzählen an: „Die Fräuln
Annalis hat mir gestern eine Karte in die Oper geschenkt,
weil ich doch ihren Bruder noch nie gehört hab. Und da
bin ich dann die ganze Nacht herum! Ich hätt nicht
schlafen können, ich hätt nicht sitzen können, ich hätt nicht
zu Haus sein können. Ich hab in die Welt hinaus müssen!
Weil ich das nicht verstehen kann! Es hat doch gar keinen
Sinn! Haben Sie denn den Fiechl einmal gehört?"

Höfelind nickte.

Strahlend war das Gesicht des Knaben, als er sagte:
„Nicht wahr? Was das für ein schöner Mensch ist! Wunderschön, wunderschön! Aber geht denn das, daß einer so
was Schönes sein kann, aber nur manchmal abends, jede
Woche nur ein paar Stunden lang, und dann schimpft
er wieder so herum und sekkiert seinen Bedienten? Wo
kommt denn einstweilen das Schöne hin, alles was er hat?
Und die Leute doch auch, die dasitzen und ihm zuhören!
Die sind doch auch so! Kaum ist es aus, haben sie wieder
dieselben schlechten Gesichter wie früher. Geht denn das?
Ich hab gleich davonlaufen müssen. Aber es war doch
sehr gut für mich, denn ich hab da wieder einmal gesehen,
wie schön ein Mensch sein kann, ohne daß man davon das
geringste zu bemerken braucht. Also wenn der Fiechl nicht
zufällig seine Stimme hätte, so daß er angestellt worden
ist, um zu zeigen, was für schöne Sachen in ihm drin sind,
so würde man das ja nie erfahren! Und so sind sicher in

allen Menschen solche schöne Sachen drin, aber bei den
meisten kann man halt nichts davon erfahren. Und da
muß eben etwas erfunden werden, was bewirkt, daß man
es bei jedem erfahren kann. Ich hab die ganze Nacht
darüber nachgedacht. Es hängt offenbar damit zusammen,
daß manche Menschen eine zu starke Rinde haben, da
kanns nicht durch, das was Schönes in ihnen drin ist. Ich
werd Ihnen das nächstens erst ganz erklären können.
Denn ich weiß es zwar jetzt schon, doch weiß ich es noch
nicht genug, aber ich weiß, daß ich es nächstens ganz genau
wissen werd. Obwohl mir leid ist, daß ich es Ihnen noch
nicht so sagen kann. Aber es wär doch schad darum,
bevor es ganz fertig ist, nicht?"

„Ich werd halt warten", sagte Höfelind lächelnd.

„Nicht wahr? sagte der Nußmensch froh. No und auf
einmal war da die Nacht vergangen. Und in der Früh
geh ich halt gar so gern auf den Friedhof, meinen Totengräber besuchen!" Er lachte, in die Nacht blickend, gegen
Süden hin, wo er hinter dem Wald die zwei Kuppeln
des kleinen Friedhofs wußte. „Der is so komisch! Wir
streiten immer, weil ich sag, er soll sich um einen anderen
Platz umschaun, denn es is sicher, daß sich die Menschen
schon in der allernächsten Zeit das Sterben abgewöhnen
werden, seit man darauf gekommen ist, daß man's gar
nicht nötig hat und daß es nur ein Irrtum ist, wie sich
jetzt herausstellt. Da wird er furchtbar bös! No es wär
ja für ihn auch recht unangenehm, aber für die Fiaker
ist es auch unangenehm, daß wir jetzt das Automobil

haben: mit jeder neuen Erfindung geht halt immer eine
alte Industrie zugrund, sag ich ihm jeden Tag! Er glaubts
aber nicht, und er meint auch, es wär schad, ohne Tod
möcht ihn das Leben gar nicht mehr freuen! Das ist es
ja, nichts gewöhnt sich der Mensch schwerer ab als eine
schlechte Gewohnheit, und nur so, sagt der Prophet, ist
es ja überhaupt zu erklären, daß die Menschen immer
noch sterben, es machts halt einer gedankenlos dem anderen
nach. Aber ganz sicher ist der Totengräber doch nicht mehr,
und einerseits wär er ja schon damit einverstanden, nur
machts andererseits dem alten Mann zu viel Müh, jetzt
erst wieder was Neues anzufangen, es stört ihn, deshalb
ist er so dagegen. Ich hab halt noch nicht genug mit ihm
geredet. No und da war ich heut in der Früh wieder
bei ihm, er hat grad seinen Kaffee getrunken, wir sind auf
der kleinen Bank vor dem Tor gesessen, schön is ja so ein
Friedhof schon, gar jetzt in der lieben Herbstsonne! Er
hat mir aber heut nicht ordentlich zugehört, weil grad
heut im Extrablatt eine aufregende Geschichte gestanden
ist, da haben wir sie zusammen gelesen. Ja und da —
ja denken Sie!" Er sah auf und lachte mit seinem stillen
rieselnden Lachen. Dann sagte er langsam, seinen verwundert fragenden Blick auf dem Maler: „Da hab ich
aus der Zeitung erfahren, daß mein Vater tot ist.
Und dann stand auch drin, daß meine Schwester gestorben ist."

„Du hast mir nie von deiner Schwester erzählt", sagte
Höfelind.

„Ich hab ja bis heut selbst nicht gewußt, daß ich eine hab, sagte der Nußmensch. Und jetzt ist sie tot!" Er schwieg lange.

Als er aber wieder begann, war seine Stimme fest und stark. „In der Zeitung steht, daß gestern eine gewisse Baronin Furnian gesteinigt worden ist, es soll eine schlechte Person gewesen sein. Und wie wir diese Geschichte lesen, find ich, daß ihr Vater Trombetta geheißen hat. Es war sein ganzes Leben beschrieben, und darunter auch, daß er sich für einen Sohn des Kaisers Max von Mexiko ausgegeben hat. Also das stimmt doch zu auffallend, es muß derselbe Commendatore Trombetta gewesen sein, der im Jahr 1891 von Brindisi nach Kairo fuhr, mit dem Lloydschiff, auf dem meine Mutter Cameriera war. Wie oft hat sie mir ihn geschildert! Alle waren gleich in ihn verliebt, er soll so wunderschön gewesen sein. Und wie oft hat sie mir erzählt, daß eigentlich der Kaiser Max von Mexiko mein richtiger Großvater ist!" Er lachte und sagte vergnügt: „Gott, meine liebe Mutter war ja so furchtbar dumm! Da hat man sehen können, daß der Mensch wirklich keinen Verstand braucht. Sie hat gar keinen gehabt und war doch so was Gutes, so was Frohes, so was durch und durch Richtiges, daß man sich keinen Menschen anders wünschen möchte! Und dabei muß man nur auch noch denken: aus Prosecco, wo der gute Wein wächst, oben hinter Opcina, da war sie her, ja der Wein ist gut, aber ärmere Menschen als die gibts wohl auf der ganzen Welt nicht mehr! Und doch sieht man wieder, daß das alles nichts

macht! Noch wie ich das letztemal bei ihr war, ein Jahr
vor ihrem Tod, also da war ich doch schon ein erwachsener
Mensch von vierzehn Jahren und hab doch schon ziemlich
viel von der Welt gekannt und einen gewissen Blick, ein
gewisses Urteil gehabt, und sie war schon krank, seit meiner
Geburt ist sie immer krank gewesen, und was die Leute
schön nennen, war sie wohl nie — und doch, man hat halt
das Gefühl gehabt, so sollt der Mensch überhaupt sein!
Und das hat gar nichts gemacht, daß sie so dumm war
und gar nichts gewußt und alles geglaubt hat. Ich bin
schon sehr froh, daß sie so war. Da hat man nur den
kleinen Garten ansehen müssen! Zuletzt hat sie nämlich
einen Bahnwächter geheiratet, zwischen Miramar und
Grignano war das Wächterhaus, und wie sie sich den
armen kleinen Garten da hergerichtet hat, das war so
schön, daß man sie schon deswegen allein hat lieb haben
müssen, das blaue Meer drunten war auch nicht schöner!
Und das Meer hat doch viel mehr Gelegenheit, was zu
zeigen. Aber man sieht, darauf kommts halt gar nicht
an!" Er saß, sich still erinnernd. Und dann sprach er langsam in die tiefe Nacht hinein: „Und jetzt ist sie schon seit
zwei Jahren tot! Und mein Vater ist jetzt auch tot! Und
eine Schwester hab ich auch gehabt, und sie war sogar
eine Baronin, aber ich hab es gar nicht gewußt, und sie
ist auch schon tot!" Und dann sagte er mit seiner Vogelstimme noch: „Und da hab ich halt heut ganz vergessen
für den Herrn Radauner zu kochen. So viel ist mir im
Kopf durcheinandergegangen! Ich bin hinauf, hab mich

nackt ins Gras gelegt, und wie mich dann der von der
Polizei gestört hat, bin ich über die Mauer in den Tiergarten hinein. Da war alles wieder gut, ich glaub es
doch nicht, daß der Mensch sterben muß, der Prophet hat
sicher recht! Wenn man den Wald rauschen hört, weiß
man es. No und da bin ich im Wald herum, und dann
hab ich gemeint, es ist nur der Wald, der's so finster
macht, und hab gar nicht bemerkt, daß auf einmal schon
der Abend da war; zu schnell vergeht ein Tag! Aber jetzt
werd ich schon wieder ordentlich sein, und kochen und
alles, ganz gewiß!"

Der weiße Nebel war verloschen. Wolken zogen auf
mit schwarzen Flügeln. Die Sterne verbargen sich. Die
Nacht schien aus dem Tal aufzustehen und mit ihrer großen
schwarzen Hand bis an den Himmel zu langen. Von der
Bahn stieg ein Stöhnen in langsamen Stößen aus dem
Dampf her. Die Luft war kalt, und sie saßen überall von
unbekannten Drohungen umringt.

Der alte Radauner trat auf den Balkon heraus und
sagte schimpfend: „Ich geh schlafen. Ihr seids ja Narren!"
Und er schrie den Knaben an: „Du gar mit deiner Hendl-
brust! In der Kälten! Marsch hinein!"

Der Nußmensch sammelte seine Steine. Höfelind sagte:
„Du kannst ruhig sein, morgen wird ordentlich gekocht."

Der Alte sagte: „Ich möcht ja ganz gern einmal die
Nußbutter kosten. Warum denn nicht?"

„Nein, nein! sagte der Knabe, lachend. Lieber nicht!"

Eifersüchtig sagte der Alte: „Was habts Ihr denn

überhaupt für Geheimniſſe miteinand? Und ich kann einſt-
weilen vor deinen Bildern ſpazieren gehen! Dieſes Vergnügen überſchätzt du!“ Er wurde dann auf einmal ganz
zärtlich. „Komm doch herein! Ich möcht gern noch ein
bißl mit dir plauſchen!“

„Ich bin müd“, ſagte Höſelind.

„Jetzt auf einmal? ſagte der Alte. No gut! Wie du
willſt, no gut! Ich kann ja auch mit dem Nuſſerl plauſchen,
was jedenfalls gemütlicher iſt. Nuſſerl, komm!“ Er winkte
dem Knaben und wendete ſich an der kleinen Türe noch
einmal zu Höſelind um, murrend und ſchnaubend: „Müd,
freilich! Ich weiß ſchon, was du biſt! Du biſt und bleibſt
ein Sonderling!“ Und er knurrte noch aus dem Zimmer
zurück: „Aber bild dir nur nicht ein, daß das was Beſon-
deres is! Das kann jeder!“

„Ich weiß, ſagte Höſelind. Dieſes ganze Land be-
ſteht überhaupt nur aus Sonderlingen.“

„Aus Sonderlingen und aus Trotteln! ſagte der alte
Radauner. Es tut einem die Wahl weh. In anderen
Ländern is doch auch noch dazwiſchen etwas!“

Höſelind ſtand auf und ſagte: „Wir können aber wirklich noch ein bißl plauſchen, wenn du willſt.“

Der Knabe bat leiſe: „Darf ich nicht noch einmal hinab?
Bitte! Ich komm dann wirklich gleich zurück. Nur bis zur
Mauer! Der Himmel ſchaut zu merkwürdig aus, mit den
fliegenden ſchwarzen Fetzen!“ In ſeiner Stimme war eine
ſolche Gier, daß Höſelind es ihm nicht verſagen konnte.

Und ſchon war der Knabe durchs Geländer geglitten

und ließ sich in den dunklen Garten hinab. Höfelind sah den schmalen Leib im Busch flimmern. Wie ein Irrlicht kams ihm vor.

Dann ging der Maler Höfelind zu seinem alten Freund Radauner hinein, in das leere Zimmer mit den sieben Bildern an der weißen Wand.

Drittes Kapitel

Das Fest der Weinlese mit Andacht zu begehen, sagte der Kammersänger Ignaz Fiechl in der Kegelbahn zu seinen Getreuen, ist ein guter alter deutscher Brauch, den wir in Ehren halten wollen!"

„Heil!" schrie der Student Franz Josef Kikinger und blickte trotzig um sich.

Und alle die jungen Kehlen schrien: „Heil!"

„Ich danke Ihnen, meine jungen Freunde, sagte der Kammersänger, mit der stillen großen Gebärde seines Königs Heinrich Ruhe heischend. Solange wir noch hier auf der Wacht stehen, soll deutsche Art in diesem Land unvergessen bleiben!"

„Das walte Gott!" sagte der Student Franz Josef Kikinger, der einen noch größeren Mund hatte als der Kammersänger.

Sie sangen die erste Strophe der Wacht am Rhein ab.

„Aber Kinder, fuhr der Kammersänger fort, den Wein von meinem Weinberg kann man halt nicht trinken. Und noch dazu is heuer überhaupt fast keiner. Weiß der Teufel! Das heißt, da brauche ich den Teufel gar nicht, ich weiß es auch! Wie soll denn hier ein deutscher Wein noch wachsen? Die ganze Gegend ist halt schon vertschecht, verjudet und versaut!"

„Vertschecht, verjudet und versaut!" jauchzten die hellen Stimmen.

„Dafür hab ich ein Faßl Bier kommen lassen, sagte der Kammersänger, das Bier ist auch ein edles deutsches Gewächs, und so wollen wir die Weinlese mit einem wackeren Preiskegeln feiern! Ein echter deutscher Mann fragt da nicht so genau, der nimmt alles symbolisch!"

„Heil!" schrie der Student Franz Josef Kikinger, das Faß anzapfend.

„Die Tenöre, sagte der Kammersänger zu den Getreuen, können saufen, soviel sie wollen! Aber die Bässe sollen sich mäßigen, weil die Erfahrung leert, daß der Bassist leicht vom Saufen Gehirnerweichung kriegt. Da haben's die Tenöre besser, da merkt man nix, die sind schon blöd."

Die jungen Leute lachten, der Student Franz Josef Kikinger schrie mit seiner tiefsten Stimme: „Heil!"

„Ja mein lieber Kikinger, sagte der Kammersänger, mit seiner kurzen fleischigen Hand den Studenten brackend, Ihnen kann unser Herrgott auch nur aus Versehen Ihren Baß gegeben haben!"

Vom Kammersänger einer Ansprache gewürdigt zu werden, schmeichelte dem Studenten Franz Josef Kikinger

so, daß der Kammersänger ihn warnte: „Gebens acht,
sonst rutscht Ihnen der Zwicker herab, fällt in Ihr Maul
und is verloren!" Des Studenten Franz Josef Kikinger
größter Stolz war es, dem Kammersänger Ignaz Fiechl
zum Verwechseln ähnlich zu sehen. Er trug sich wie
dieser, mit den buntesten Westen und enorm ver-
schlungenen Krawatten, in die sein kurzer Hals ganz
versank, hielt sich wie er, stets den grimmigen Blick auf
den überwallenden Bauch gesenkt, und hatte schon ganz
seinen watenden, knieweiten Gang erlernt, so daß es ihm
gelang, in der Nacht aus der Ferne manchmal unter seinem strahlenden Zylinderhut für den Kammersänger gehalten zu werden.

„Und jetzt, Kinder, sagte der Kammersänger vergnügt, bevor wir anfangen, wollen wir noch einmal
die Wacht am Rhein singen, damit der Herr, der dort
mit der Annalis spaziert, auch eine Freud hat, das is
nämlich ein Hofrat! Hut ab, meine Herren!" Und er
zog feierlich seinen hohen Zylinderhut mit der breiten
Krempe zum Garten hin, wo der Hofrat Stelzer mit
dem Fräulein Annalis ging.

Die Studenten lachten und sangen.

Dann zog der Kammersänger seinen langen schwarzen
Rock aus, spuckte in die Hand und sagte: „Also gehn wir's
an, hurra!" Und schon flog die Kugel, die Kegel fielen
im Kranz, aber es zeigte sich, daß kein Kegelbub da war.
„Freudenbecher! schrie der Kammersänger. Wo steckt denn
der Kerl wieder? Kikinger, holens den Freudenpokal!"

Und mit hellen Stimmen scholl es in den Garten hinein: „Freudenbecher! Freudenstrom! Freudenmeer! Freudenfaß! Freudenpokal!"

Ein Gerippe, mit einem schäbigen langen Salonrock behängt, tauchte hinter den Kegeln auf, sträubte den Kamm seiner dünnen gelblichen Haare, schlug die Hacken zusammen, legte seine Hand aufs Herz und sagte: „Meine Verehrung, hochansehnliche Versammlung!"

„Freudenbecher! sagte der Kammersänger, tief bekümmert und gekränkt. Wo warens denn?"

Der Salonrock beteuerte, mit ausgestreckten Armen: „Ich habe nur noch die Hendln abstechen müssen. Was tut man nicht aus Liebe zur Kunst?"

Die Studenten schrien. Der Kammersänger wurde zornig und sagte: „Ihre Hendln kenn ich schon! Aber, Freudenbecher, das sag ich Ihnen! Wenns mir jetzt der neuen Köchin auch wieder ein Kind machen, is es aus zwischen uns!"

Der Salonrock knickte ein und räusperte sich. „Hochzuverehrender Herr Kammersänger! Nie!"

„Kusch! schrie der Kammersänger. Ihre Liebe zur Kunst kenn ich! Oder wollen Sies vielleicht noch ableugnen?"

„Bitte, sagte der Salonrock. Jenes Kind, auf das der Herr Kammersänger anzuspielen geruhen, ist nur auf speziellen Wunsch der verehrungswürdigen Köchin selbst geschehen. Wenn dies der Fall ist, kann ein edles Mannesherz nur schwer widerstehen. Aber ungewünscht hab ich noch nie!"

„Kusch! schrie der Kammersänger. Stellens endlich auf!"

„Meine Devotion!" sagte das Gerippe. Und es hob
die gefallenen Kegel auf. Die Studenten sangen: „Freudenbecher! Freudenstrom! Freudenozean! Freudenhektoliter! Freudenkelch!"

Eigentlich hieß er Freudenbach und war eigentlich
Tapezierer, lieber aber Verehrer von Künstlern, denen
er sich auf alle Weise anzuhängen trachtete, hauptsächlich
aber Claqueur in der Oper, wofür er jedoch kein schnödes
Geld nahm, sondern sich in Naturalien entlohnen ließ,
durch Verwendung im Hause der Künstler und gewisse
Vertraulichkeiten, zu denen er sich dadurch berechtigt
glaubte. Wenn er auf der vierten Galerie vom Kammersänger Fiechl geheimnisvoll erzählen konnte: „Ich weiß
nicht, mein guter Ignaz muß wieder mit dem Direktor
was haben, er hat mir gestern so etwas angedeutet, aber
er hat sich mit mir nicht aussprechen können, weil grad
ein Besuch kommen is," dies beglückte ihn, dafür war er
dann zu allem bereit. Er stellte sich jetzt immer so vor:
„Freudenbach, über Wunsch des Herrn Kammersängers
Fiechl genannt Freudenbecher, Amateurclaqueur!" Und
er stellte sich ja fortwährend vor, in der Elektrischen,
wenn er einem auf den Fuß trat, auf der Straße, wenn
er einem Feuer gab, im Theater, wenn er einen im
Gedränge stieß. Und wenn er an einen Wandspiegel
irgendwo kam, blieb er stehen, die Hacken zusammen-
klappend, zog den Hut und sagte zu seinem eigenen
Spiegelbild: „Freudenbecher, Amateurclaqueur, acht,

Strozzigasse siebzehn!" Die Künstler hatten ihn gern, mißhandelten ihn und beuteten ihn aus, als billiges Faktotum, das zu jeder Arbeit zu haben war, wenn es dafür nur schließlich das Lied an den Abendstern vorsingen durfte; denn er sang auch selbst, auch dichtete er, dies jedoch, wie er sagte, nur zum eigenen Vergnügen. Seine Stellung in der Kunstwelt war aber nicht ohne gewisse Schwierigkeiten, weil nämlich die Künstler aufeinander eifersüchtig waren und jeder ihn für sich allein haben wollte. Eine andere Schwierigkeit lag darin, daß stets, wenn er einige Zeit in einem Haus war, die Köchin ein Kind bekam. Er benahm sich übrigens als Vater sehr gut, sorgte für die Kinder und war sehr stolz auf sie. Er hatte die Gewohnheit, sie nach dem Künstler zu benennen, in dessen Haus die Mutter damals bedienstet gewesen war. Er erzählte: „Ich hab mir was ausg'standen, die letzte Zeit! Mein armer kleiner Slezak hat den Keuchhusten gehabt!" Und wenn man ihn fragte, weil man das nicht verstand, erklärte er: „Ich mein nämlich den Buben, den ich vom Kammersänger Slezak hab!" Deswegen war ja Fiechl insgeheim noch immer auf ihn erzürnt, weil er erfahren hatte, daß der Freudenbecher im Volksgarten ein Kind spazieren trug und allgemein als seinen kleinen Fiechl bewundern ließ. Aber da hörte bei Fiechl der Spaß auf, er hielt sehr auf seinen tadellosen Lebenswandel, wie er denn selbst der Gräfin nicht erlaubte, ihn vor Leuten zu duzen, und auch jetzt von ihr verlangt hatte, daß sie mit ihren zwei Mädln drüben bei seiner Schwester und dem

Hofrat blieb, statt mit Kegel zu schieben, was sie sich so gewünscht hätte, er aber fand es unpassend.

„Freudenbecher! schrie der Kammersänger. Ziehen Sie sich den Rock aus!"

Die Studenten lachten, weil sie den Spaß schon kannten.

„Hochansehnlicher Herr, sagte Freudenbecher, dies verbietet mir mein Respekt vor Ihrer fleckenlosen Kunst."

„Freudenbecher, schrie der Kammersänger. Beim Kegeln zieht man den Rock aus."

„Rock aus, Freudenbecher!" schrie der Student Franz Josef Kikinger.

„Herr Studiosus Kikinger, sagte Freudenbecher, vor der Wissenschaft hab ich gar keinen Respekt! Und wollen Sie ergebenst bemerken, daß Sie noch gar keine Prüfung gemacht haben, ich aber alle, und zwar die Prüfungen des Lebens! Also ich bitte!"

„Also dann, Freudenbecher! sagte der Kammersänger. Dann ziehen Sie sich die Hosen aus!"

Freudenbecher griff erschreckt an die Schöße des Salonrocks, ängstlich die Hose bedeckend.

„Freudenbecher! sagte der Kammersänger. Was ist wieder aus der Hosen von mir geworden, die Ihnen die Annalis vorige Woche geschenkt hat? Wohin verschwinden meine Hosen alle bei Ihnen, Freudenbecher? Und Sie tragen noch immer die alte, die ganz zerrissen ist!"

„Ich sammle die verehrungswürdigen Hosen des Herrn Kammersängers, sagte Freudenbecher, denn mein Ehrgefühl!" Er legte zwei Finger jeder Hand zusammen, bog

die vier Finger um und stach mit dieser Schere in sein
Herz, vorwurfsvoll wiederholend: „Mein Ehrgefühl!"

„Was habens denn mit Ihrem Ehrgefühl?" fragte der
Kammersänger.

„Mein Ehrgefühl, sagte Freudenbecher, verbietet mir,
die geschätzten Hosen des Herrn Kammersängers an meinem
dürftigen Leib zu tragen, solange ich mich selbst noch nicht
genügend künstlerisch ausgereift fühle. Wenn ich zum
ersten Male öffentlich auftreten werde und die Gloriole
der Kunst um mich strahlt, sollen auch die verehrten Hosen
des Herrn Kammersängers strahlen. Früher nicht, weil
ich mich noch unwürdig fühle!" Er sprang plötzlich mit
einem Satz in die Luft, der Kammersänger hatte ge-
schoben, die Kugel streifte den Schoß des grauenden
Salonrocks. Freudenbecher brach in ein Freudengeheul
aus. Dann schlug er die Hacken zusammen, schob sein
dünnes Gesicht mit dem Bocksbart vor und sagte, die
Hand auf dem Herzen: „Meine Devotion!"

„Auch Freudentanz könnte man ihn nennen", sagte
der Kammersänger, vergnügt.

Und nun hörte man die Kugeln rollen und die Kegel
fallen, Freudenbecher meckerte, die Studenten schrien.
Der Student Franz Josef Kikinger in seinem hohen
steifen Kragen fehlte stets, worauf Freudenbecher stets
fragte: „Bitte, was kann also der Herr Studiosus
Kikinger eigentlich?" Der Student Franz Josef Kikinger
ärgerte sich und sagte, den Freudenbecher verachtend:
„Es ist ja nicht einmal sicher, ob er ein Germane ist."

Der Kammersänger sagte, beschwichtigend: „Kikinger,
Sie haben nichts zu reden, Sie sind auch ein Wiener,
und da is es nie sicher, in der Tiefe is jeder Wiener
ein Jud!" Die Studenten lachten, die Kugel rollte,
die Kegel fielen. Durch die Fenster der Kegelbahn trug
der Wind ein Singen und ein Fiedeln her, aus den
kleinen Schänken unten rings, wo ausgesteckt war. Ein
heiseres Klavier half einer öligen Frauenstimme; dann
wurde geklatscht und gestrampft. Aber der Wind nahm
alles, und so war es nur ein fernes Hallen. Manchmal fing
einer der Studenten leise mitzusummen an, einer nach
dem anderen fiel ein, und alle sangen mit, während die
dumpfen Kugeln in die schmetternden Kegel rollten. Es
war ein Wiener Sonntag.

„Das is aber noch gar nix gegen früher, wo die Frau
Doktor Jura den ganzen Tag das Meistersingervorspiel
gespielt hat, da drüben! sagte der Kammersänger, seufzend. Mir zu Ehren! Der Unverstand der Weiberleut
schreit zum Himmel." Und zu seinem Hause hinblickend,
sagte er listig: „San mer froh, daß mer den Herrn Hofrat
haben! Ein Hofrat ist der beste Blitzableiter für Weiberleut. Ein Hofrat is wie ein Fliegenpapier, da pickens
alle fest. Heil! Ihr Mannen, Heil!" Er schwang seinen
Krug und trank ihn aus.

Die Studenten schrien: „Heil!"

„Schön is es schon hier! sagte der Kammersänger.
Aber dort oben sollt halt der Teutoburger Wald sein,
statt dem dummen Tiergarten!"

„Heil!" schrien die Studenten.

„No alles kann man halt nicht haben, sagte der Kammersänger, verzichtend. Wer schreibt? Ich schreibe. Immer der, der fragt! Haha!" Und er nahm die Kugel, hockte sich in die Knie, schupfte die Kugel in seiner kurzen fleischigen Hand, kniff seine schlauen kleinen Bauernaugen ein und zielte, blinzelnd. Die Kugel schoß, die Kegel flogen, der Freudenbecher sprang, und durch die Fenster warf der Wind ein paar abgerissene Fetzen von einem schmachtenden Lied herein. Die Studenten jauchzten dem Kammersänger zu, der, mit der Kreide auf die Tafel schreibend, stolz sagte: „Soll der Herr Kollege, der immer glaubt, daß er auch den Hans Sachs singen kann, doch einmal herauskommen und mitschreiben! Da möcht sichs ja zeigen! Denn das, Kinder, gehört dazu! Mit dem Mäul singt bald einer! Aber den Hans Sachs singt man nicht mit dem Mäul, sondern da muß eine deutsche Seele mitschwingen! Aber woher nehmen, verehrter Herr Kollege?"

„Heil!" schrien die Studenten.

„Zieht es den Damen nicht vielleicht?" fragte der Hofrat Stelzer, besorgt seinen Kragen aufschlagend.

„Aber Herr Hofrat, sagte Fräulein Annalis, vergnügt. Wie kann es denn im Freien ziehen?"

„Es kann auch im Freien ziehen, Fräulein Annalis, belehrte sie der Hofrat. Wenn nämlich wie hier die Luft sich an einer Wand des Hauses bricht und folglich aus ihrer Richtung geworfen wird, wodurch natürlich ein Zug entstehen muß, wenn auch, wie ich zugebe, ein so geringer, daß man ihn vielleicht gar nicht spürt, was aber ja keineswegs beweist, daß man sich nicht doch verkühlen kann."

„Wenn Sie glauben, sagte Fräulein Annalis, können wir ja hineingehen." Sie sah den Hofrat an. Sie sah die ganze Zeit den Hofrat an, ihren Julius suchend. Aber der Hofrat trug dunkle Brillen, da waren keine blauen Augen mehr zu sehen.

„Ich meine nur wegen der Damen!" sagte der Hofrat.

„Kinder, sagte die Gräfin mit einem raschen Entschluß, wir müssen ja jetzt überhaupt zurück! Wir haben doch dem Onkel versprochen! Das heißt, versprochen haben wirs ja nicht, ich hab ihm gestern noch ausdrücklich gesagt, daß es gar nicht sicher ist, ob wir heut kommen können, aber der alte Herr ist es einmal so gewöhnt, daß wir jeden Sonntag kommen, und vorigen Sonntag sind wir doch auch nicht gekommen, und seit wir heuer zurück sind, waren wir ja noch keinen Sonntag dort, also da müssen wir heute doch wirklich — und wenn der Herr Kammersänger seine jungen Leute bei sich hat, da hat man ja doch nichts von ihm, Frauen ist ja nun einmal der Eintritt in die Kegelbahn verboten! Gott, er hat doch recht! Das heißt, daß ein Mann wie er an diesen Burschen Geschmack hat? Ich finde das rührend! Und da bin ich ganz Ihrer Meinung, daß man seinen Wunsch einfach respektieren muß, aber vielleicht, Fräulein Annalis, könnten Sie ihn doch für einen Augenblick rufen? Nur für fünf Minuten, die sollen einstweilen allein Heil schreien! Denn Sie, Fräulein Annalis, können doch alles bei ihm! Das heißt, ich weiß schon,

wenn er einmal was nicht will, da gibts nichts! Das
brauchen Sie doch mir nicht erst zu sagen, nicht wahr?
Aber vielleicht doch, Fräulein Annalis, nicht? Nur auf
fünf Minuten, wirklich! Die Kinder möchten ihm so gern
wenigstens Adieu sagen!"

Die Kinder bedrängten Fräulein Annalis, kichernd und
zwitschernd: „Ja bitte, Fräulein Annalis, bitte schön!"
Die Kinder waren größer als die Mama. Abends hielt
man sie für Schwestern. So gut hatte sie sich erhalten.
Nur das klassische Profil war bei der Mama schon etwas
schärfer. Auf ihr klassisches Profil war sie sehr stolz. Sie
behauptete der Rahl ähnlich zu sehen; und die Rahl ärgere
das so, daß sie sich bloß deshalb geweigert hätte, mit ihr
bekannt zu werden. Die Rahl hatte sich wirklich geweigert.

„Liebe Gräfin, sagte Fräulein Annalis, Sie wissen
doch, für Sie tät ich alles, aber in die Höhle des Löwen,
noch dazu wenn der Löwe Kegel scheibt — nein, soviel
Courage hab nicht einmal ich!"

Die Gräfin fing zu lachen an. Dann nahm sie Fräulein Annalis bei der Hand und lachte noch immer. Sie
sagte: „Ja das Fräulein Annalis!" und lachte weiter.

Die Kinder sagten: „Ja das Fräulein Annalis!" und
lachten mit.

„Da gibts gar nichts zu lachen! sagte Fräulein Annalis.
Versuchen Sie's!"

„Um Gotteswillen, nein! rief die Gräfin, lachend.
Denn da gibts wirklich nichts zu lachen!" Aber sie lachte
noch immer.

„Ich fürchte nur, daß sich die jungen Damen verkühlen
werden", sagte der Hofrat, durch seine grauen Brillen die
langen Hälse der Kinder betrachtend.

„Meine Mädeln? sagte die Gräfin, lachend. Gott,
Hofrat, da kennen Sie die Mädeln schlecht! Die sind ab-
gehärtet wie Eskimos! Das heißt, ich weiß nicht, ich kenn
ja die Eskimos nicht, ich mein nur, denn meine Mädeln
laufen ja zu Haus im Garten auch fast nackt herum."

„Sie werden die Indianer meinen, nicht die Eskimos",
sagte Fräulein Annalis.

„Gott, wissen Sie, Fräulein Annalis, in der Geo-
graphie! sagte die Gräfin. Aber natürlich nicht, daß ich
nicht den Wert einer gründlichen Bildung zu schätzen
wüßte! Im Gegenteil, ich sag den Kindern alle Tag:
Kinder, wenn ihr auch Komtessen seids, ihr müßts was
lernen, ihr dürfts nicht so blöd bleiben, die Zeit ist vorbei!
Aber doch hauptsächlich eine künstlerische Bildung, nicht?
Es muß doch noch ein Unterschied sein! Rein wie die
Judenmädeln kann man sie ja schließlich nicht aufwachsen
lassen! Das heißt, glauben Sie nur nicht! Ich bin die
erste, die anerkennt, was an den Juden ist! Ich sag den
Kindern immer: Lachts nicht, nehmts euch lieber ein
Beispiel! Nur natürlich, was für ein Judenmädel paßt,
paßt doch deswegen noch lang für eine Komteß nicht!
Und schließlich wärs endlich Zeit, den Herrschaften ein-
mal zu zeigen, daß wir auch noch da sind! Ich bitt Sie,
da heißts immer, wir sind exklusiv! Wo denn? Wie denn?
Ich wollt, wir wärens! Natürlich hochmütig zu sein haben

wir ja gar keinen Grund! Da bin ich die erste, die das
verwirft! Ich sag den Kindern immer: Nur nicht hochmütig sein, die Zeit ist vorbei!"

„Ich glaube wirklich, sagte Fräulein Annalis, es
wird für den Herrn Hofrat besser sein, wir gehen hinein.
Wenn man unsere scharfe Luft da heraußen nicht gewöhnt
ist! Wir haben doch hier das reine Hochgebirg!" Und indem sie sich mit ihren schweren Schultern langsam zum
Hause wendete, sagte sie zur Gräfin: „Kommen Sie nicht
doch noch ein bißl mit?"

„Unmöglich! beteuerte die Gräfin. Wir müssen hinein,
es ist die höchste Zeit!"

„Also dann! sagte Fräulein Annalis, ihr die Hand
reichend. Und hoffentlich recht bald auf Wiedersehen!"

„O ich komm schon noch, sprudelte die Gräfin, Ihnen
Adieu sagen! Ich geh nur noch mit den Kindern ein bißl
durch den Garten. Was sollen wir denn schon in der
Stadt? Ich bin ja so froh hier heraußen, ich liebe das
Landleben! Das heißt, die Stadt hat ja natürlich auch
manches für sich, gar unser Wien, ich sag den Kindern
immer: Es geht doch nichts auf der Welt über Wien!
Und wirklich leben kann man ja nach meinem Gefühl nur
in einer großen Stadt! Das gewisse Fluidum in einer
großen Stadt, also ich kenne nichts, was meinen Nerven
so gut tut! Ich vergöttere Wien! Das heißt, natürlich
darf man nicht blind sein, es ist ja schrecklich, wie bei uns
alles zurückbleibt! Wenn man da nur irgendeine mittlere
deutsche Stadt nimmt, also Wien muß sich ja wirklich

schämen, ich sag immer: Wien ist ja nur noch ein großes
Dorf!"

„Ich sehe Sie dann also noch?" sagte Fräulein Annalis
lächelnd und ging mit dem Hofrat ins Haus.

„Aber natürlich! rief die Gräfin. Hoffentlich wird
bald genachtmahlt, daß es nicht wieder gar so spät wird,
bis man nach Haus kommt! Ich muß nur noch mit den
Mädeln ein bißl durch den Garten laufen. Zum Ententeich mit der lieben kleinen Hendelvilla! Nein, das ist
entzückend! Kommts, Kinder!" Sie nahm die zwei lang
aufgeschossenen Mädeln, eine rechts und eine links, hängte
sich ein und marschierte mit ihnen los, sie war von den
drei schmalen Gestalten die kleinste und ihr fester Schritt
der jüngste. Sie kamen aber nicht bis zum Ententeich,
sondern bogen ein, in den schmalen Weg hinter der Kegelbahn. Dort wandelten sie hin und her, im knirschenden
Kies. Die Mädeln waren so froh, weil die Mama so lustig
war, da war sie so lieb! Und die Mama erzählte in einem
fort und lachte; und die Mädeln hörten zu und lachten
mit. Durch die Bretterwand hörten sie nebenan in der
Kegelbahn die rollenden Kugeln, und wie dann ins Meckern
des Freudenbechers und mitten durch den Tumult der
zechenden Studenten wieder des Kammersängers schwarz
einschlagende Stimme fuhr. Oft schrie die Mama plötzlich, riß die Mädeln an sich und zeigte ihnen was auf der
Wiese, die Mädeln liefen hin, fanden aber nichts, die
Mama mußte sich getäuscht haben! Die Mama hatte
sich aber nicht getäuscht, sondern es war nur, weil der

Kammersänger nebenan eine seiner saftigen Geschichten
mit zu germanischen Ausdrücken begann. Da schickte sie
die Mädeln auf die Wiese weg, und bis sie wiederkamen,
stand sie, sich auf den Zehen streckend, durch die Bretterwand horchend, auf die geliebte schimpfende Stimme.

Als Fräulein Annalis mit dem Hofrat ins Haus trat,
fragte sie, in ihrem unkenntlichen Ton: „Nun? Wie gefällt Ihnen die berühmte Gräfin?"

„Die Dame korrigiert ihre Meinungen etwas rasch",
sagte der Hofrat, lächelnd. Aber er bereute gleich, so unvorsichtig zu sein, und fügte besorgt hinzu: „Übrigens soll
sie ja einen ziemlichen Einfluß haben? Ich höre wenigstens. Sie scheint ja auch sehr regen und lebhaften Geistes
zu sein, und gewisse Widersprüche liegen wohl mehr in
der weiblichen Natur überhaupt."

„Ja, nehmen Sie sich in acht! sagte Fräulein Annalis. Sie hält sich immer in der Nähe von einflußreichen
Leuten auf, da kann man nie wissen!"

„Ich höre, sagte der Hofrat behutsam, daß Ihr
Bruder ihr sehr freundschaftlich gesinnt ist."

„Vielleicht sie mehr ihm", sagte Fräulein Annalis.
Sie ging auf der Stiege voraus, der Hofrat konnte ihr
Gesicht nicht sehen, und wenn man nicht ihr Gesicht sah,
wußte man schon gar nicht, was sie meinte. Sie fuhr
fort: „Sie hat übrigens mehreren Vorgängern meines
Bruders die eiserne Krone verschafft, das scheint fest-
zustehen."

„Vorgängern?" wiederholte der Hofrat fragend.

„Ich meine, sagte Fräulein Annalis, einigen Herrn, die meinem Bruder bei ihr vorangegangen sind."

Der Hofrat verstand sie jetzt erst und sagte mit einem trockenen Lächeln um den enttäuschten Mund: „Ach so!"

„Die eiserne Krone soll ja ziemlich verbreitet sein", sagte Fräulein Annalis, die Tür in ihr Zimmer öffnend.

Der Hofrat trat ein und sagte: „Ich hätte Ihrem Bruder so loyale Wünsche gar nicht zugetraut."

„Ja die Wünsche der Männer sind wunderbar, sagte Fräulein Annalis. Eine Frau versteht das gar nicht so. Außer Frauen wie die Gräfin. Und Sie, lieber Hofrat, müßten es doch auch verstehen? Nicht?"

Sie sah ihn mit ihren großen grauen Augen an. Ihm wurde klar, daß sie sich doch sehr verändert hatte. Dies verwirrte ihn, und er sagte melancholisch: „Darüber wäre ja nun manches zu sagen! Mir ist das auch nicht leicht geworden, aber das Leben ist eben doch anders, als die Jugend denkt. Ich bin gern bereit, Ihnen gelegentlich zu erklären, wie das eigentlich alles so gekommen ist mit mir." Und zögernd fügte er dann mit leiser Stimme noch hinzu: „Mir wäre das sogar recht erwünscht." Er sah weg. Ihre große Gestalt blieb unbeweglich und sie betrachtete den nachdenklichen, ein wenig vorgebeugten Herrn, der die graue Brille jetzt abnahm, die Gläser anhauchend und auswischend. Aber seine blauen Augen waren müd und hatten rote Ränder, es waren nicht mehr ihre blauen Augen. Dann sagte er auf einmal noch, als wenn er allein im Zimmer wäre: „Es kann nie zu spät sein, etwas gut zu machen."

„Ich muß noch einen Moment in die Küche, sagte Fräulein Annalis. Ich komme gleich wieder. Dann, Herr Hofrat, könnens mir das Leben erklären."

Er sagte, von ihrem Ton irritiert: „Ja, Sie sind halt immer gut aufgelegt, Fräulein Annalis, immer noch!"

„Warum denn nicht? fragte Fräulein Annalis, schon an der Türe. Und wissens, was ich find, Herr Hofrat? Man wird doch eigentlich von Jahr zu Jahr immer besser aufgelegt, nicht?"

Er hörte noch ihren ruhigen vollen Schritt auf der Stiege. Er hatte sie sich anders erwartet! Er fand in ihr nichts mehr von damals, vor zwanzig Jahren. Seltsam war das! Bevor er sie heute wiedergesehen hatte, sah er sie noch immer ganz, wie sie damals gewesen war. Jetzt aber wich das Bild zurück, und es war ihm, als hätte er sie jetzt erst verloren.

Er fand das Zimmer lieb. Lauter alte Sachen. Ein großer Bauernkasten, aus dem es so gut nach Wäsche roch. Die Sesseln waren wohl auch ihre sechzig, siebzig Jahre alt. Eine Biedermeieruhr; sie ging falsch, schlug aber so tief und so voll, fast wie eine Kirchenuhr. Unter einem Glassturz der Myrtenkranz ihrer Mutter mit dem Datum der Hochzeit: siebenten Dezember 1874. Als die Mutter diesen Kranz trug, fiel dem Hofrat ein, war die kleine Annalis schon zwei Jahre alt; der gute alte Tierarzt hatte sich bitten lassen und gab erst nach, als sich der künftige Ignaz schon leise zu melden begann. Da hing der dicke Tierarzt Fiechl aus Henndorf an der Wand, mit dem pfiffig vergnügten Jägergesicht; er hatte jedes zweite Jahr ein kleines Schlagerl und lebte noch immer vergnügt, war wohl noch immer hinter den Mädeln her und ließ das Saufen noch immer nicht! Und neben ihm hing ihre Mutter an der Wand, im großen schwarzen Kopftuch, ein tüchtiges Stück von einer handfesten und rigelsamen Weibsperson, sie hieß nicht umsonst die resche Marie, als sie noch Kellnerin im Bräuhaus war, sogar den schlauen Alten hatte sie doch zuletzt untergekriegt. Und da hing auch die Annalis, als ganz junges Mädl! Ja so war sie damals, in der Trafik im Bogen an der Brücke. Ja das war die Annalis!

„So!" sagte Fräulein Annalis. Sie fand den Hofrat vor ihrem Bild. Sie nickte und sagte: „Ja die schönen blonden Zöpf sind weg. Schauns, wie grau ich schon werd!" Ganz stolz bog sie ihren schweren Kopf vor und ließ die paar weißen Fäden an den starken Schläfen sehen. „No vor Ihnen brauch ich mich ja aber nicht zu genieren! Das bißl, was's noch haben, schaut auch schon recht herbstlich aus, im Garten hat man das gar nöt so bemerkt! Ja mein Gott, Herr Hofrat!" Und sie seufzte, lachend, und setzte sich behaglich. Da der Hofrat schwieg, wiederholte sie nickend: „Ja ja, Herr Hofrat! Es is schon nicht anders! Jünger sind wir alle zwei nicht worden!"

Der Hofrat saß neben ihr, sie schwiegen. Da schlug

die alte Uhr, mit ihrer tiefen Stimme einer ernst ermah-
nenden Glocke. Der Hofrat fuhr auf und sagte plötzlich:
„Ich habe meinen Irrtum schwer genug gebüßt."

Fräulein Annalis sagte: „Erschrecken Sie nicht, die Uhr
geht ganz verrückt, aber ich hab ihren Klang gern."

„Annalis!" sagte der Hofrat, gekränkt.

Ihre Stimme wurde hart, als sie fragte: „Ja was
meinens denn eigentlich? Was für einen Irrtum?"

Der Hofrat sah sie an, als ob er es nicht glauben könnte.
Dann bat er noch einmal: „Annalis!"

„Nein, Herr Hofrat, sagte sie langsam, geannalisst
wird jetzt nix mehr! Möchten uns doch die Leut auslachen, in unseren Jahren, nicht?"

Der Hofrat schwieg, vor ihrem steinernen Gesicht mit
den sprachlosen grauen Augen. Durchs Fenster kam der
Gesang der Studenten herein. Der Hofrat verzog den
ärgerlichen Mund und sagte mit seinem bitterlichen Lächeln:
„Noch einmal! Seit ich hier bin, singen die das jetzt schon
zum viertenmal!"

„Ja, Herr Hofrat, sagte Fräulein Annalis. Man
singt noch immer die Wacht am Rhein! Es bleiben dieselben
Lieder, nur halt die Leut werden anders." Und lustig fragte
sie: „Erinnern Sie sich noch an die Sedanfeier in Freilassing damals? Wo der Ignaz so viel Würst gefressen
hat, daß ihm schlecht geworden is? Der is damals grad
in die sechste Klaß kommen, es war sein erster großer Rausch,
und alle zwei hab ich euch führen müssen, da habts den
ganzen Heimweg ununterbrochen die Wacht am Rhein

gebrüllt, bis dann in Mülln endlich ein Wachmann kommen is! Ja ja, Herr Hofrat, erinnern Sie sich nur!"

Der Hofrat fragte: „Frißt Ihr Bruder heute auch noch so viele Würste?"

Fräulein Annalis lachte verneinend.

„Sehen Sie! sagte der Hofrat. Und es wird auch gar nicht von ihm verlangt! Weil er eben ein Künstler ist, die habens gut! Bei Politikern aber besteht man darauf, wenn einer sich einmal als Gymnasiast an Knackwürsten überfressen hat, daß er dann bis an seine selige Sterbensstund immer wieder genau die nämliche Anzahl von Knackwürsten frißt, sonst ist man nämlich kein Charakter! Ich hab, als ich älter wurde, gefunden, daß mein Magen die vielen Würste nicht mehr vertrug. Das ist das ganze Geheimnis meiner sogenannten politischen Wandlungen, über die sich die Herren Journalisten so aufregen! Verstehen Sie, was ich meine, Fräulein Annalis?" Er hatte das hochmütige Lächeln aus seiner parlamentarischen Zeit.

„Aber dafür sinds ja dann auch Hofrat g'worden, zur Belohnung", sagte Fräulein Annalis, ungerührt.

Der Hofrat fühlte sich ihr jetzt überlegen und erklärte lebhaft: „In Österreich hat jeder irgendein Lied, das er singt, der singt die Wacht am Rhein und der das Hej Slovane, der den Luegermarsch und der den Garibaldimarsch, und jeder glaubt, es kommt sonst auf gar nichts anders an, als daß sein Lied gesungen wird. Wer aber der Meinung is, daß schließlich der Staat davon allein nicht leben kann, der wird sogleich in Acht und Bann getan. Da ist man dann ein Verräter! Es ist nämlich merkwürdig, wie gut sich diese politischen Sänger eigentlich doch untereinander alle vertragen, obwohl jeder was anderes singt! Verlangt wird eigentlich nur, daß man irgendwo mitsingt. Dann ist es schon gut; was, ist ganz gleich. Man nennt das: seine nationale Pflicht erfüllen. Wenn aber jemand einmal so unvorsichtig ist zu fragen, was denn aus dem Staat dabei werden soll, der doch schließlich auch noch da ist und auch noch leben will und ja leben muß, damit die Herren Sänger ungestört weitersingen können, über den stürzen alle her. Das war mein Verbrechen! Ich habe es für unerläßlich gehalten, erst den Staat in Ordnung zu bringen, ja da man das jetzt doch eigentlich gar nicht mehr einen Staat nennen kann, überhaupt erst wieder den Staat herzustellen, bevor man sich auf ein so zweifelhaftes Experiment einläßt, und da man doch nicht einmal mit der Intelligenz fertig geworden ist, nun auch noch, um die Verwirrung ins Grenzenlose zu steigern, den ungebildeten Massen das Wahlrecht gibt! Nun es wird sich ja zeigen, wir werdens ja sehen! Mein einziger Fehler war der, daß ich schon vor drei Jahren gewußt habe, was die anderen erst in zehn Jahren wissen werden, aber dann wirds zu spät sein! In Österreich tut man nämlich immer entweder das, was erst in hundert Jahren möglich sein wird, oder das, was man schon vor hundert Jahren hätt tun müssen, nur nie das, was gerade jetzt notwendig und vernünftig wär! Aber ich langweile Sie,

Fräulein Annalis! Sie interessieren sich wohl nicht für
Politik?

„Ich interessiere mich nicht besonders für Politik,
sagte Fräulein Annalis, in ihrem verhüllten Ton. Aber
ich kann mir schon ungefähr denken, wie das eigentlich
war. Sie sind halt auch in der Politik zu gescheit gewesen.
Oder zu früh gescheit. Man soll lieber nicht zu früh so gescheit sein, Herr Hofrat! Das bereut man dann manchmal.“

„Ich bereue nichts, sagte der Hofrat mit seiner aus-
getrockneten Stimme. Warum denn? Ich kanns ab-
warten. Ich schaue jetzt ruhig zu, das ist sogar ganz lustig.
Die Rolle des ruhigen Zuschauens ist die einzige, in der
man sich hierzulande nicht blamiert. Ich bin ganz zufrieden, es geht mir ganz gut.“ Er hielt ein, sah vor sich
und wiederholte dann, die Stimme senkend: „In poli-
tischer Beziehung gehts mir ganz gut, da habe ich wirklich
nicht das geringste zu bereuen.“

„Recht haben Sie, sagte Fräulein Annalis. Das
mein ich auch! Nichts bereuen und nichts bedauern, so
wies kommt, ists immer am besten, und was nicht ist,
soll halt einmal nicht sein, vorbei ist vorbei und morgen
ist auch noch ein Tag, nicht wahr? Da werden wir uns ja
sehr gut verstehen, Herr Hofrat!“

„Wohl dem, der sich so heiter resignieren kann! sagte
der Hofrat. Und ich wünsche Ihnen nur, daß es aufrichtig
ist!“ Er wartete. Sie sagte nichts. Es klang gereizt, als
er fortfuhr: „Aber nicht jeder hat halt Ihre Begabung,
so leicht zu vergessen und zu verschmerzen.“

„Ich habe nichts vergessen, sagte Fräulein Annalis in ihrem undurchdringlichen Ton, o nein. Und was hätt ich denn zu verschmerzen? Was denn?"

Der Hofrat fragte: „Haben Sie sich vor zwanzig Jahren eigentlich gedacht, daß Sie in zwanzig Jahren —" Er stockte, suchte, fand das rechte Wort nicht oder vermied es und wich aus, indem er sagte: „Noch immer Ihrem Bruder die Wirtschaft führen werden?"

„Es geht mir ganz gut dabei", sagte Fräulein Annalis.

„Ich zweifle nicht daran, sagte der Hofrat, aber interessieren möchte mich, ob Sie sich vor zwanzig Jahren das so gedacht haben!"

„Das wär doch fad, sagte sie, wenn alles immer so käm, wie man sichs denkt."

Heftig sagte der Hofrat: „Jedes Mädchen wünscht sich doch —" Er hielt ein und ermahnte sie: „Sei'n wir doch aufrichtig! Nicht?"

„Daß sie nicht eine alte Jungfer wird, meinen Sie? sagte Fräulein Annalis. Herr Hofrat, es ist nicht so arg."

„Gewiß", sagte der Hofrat begütigend. „Sie sind ja noch nicht alt, gewiß! Aber —"

Sie fiel ihm ins Wort: „Eher noch alt."

Er sah auf, er verstand nicht recht, was sie meinte; und als er es dann zu verstehen glaubte, konnte er sich nicht denken, daß sie das gemeint haben könnte. Er sah sie an, aber auf ihrem großen unbeweglichen Gesicht war nichts zu erkennen. Er wurde unsicher, sie sagte: „Wenn Sie im Parlament nicht geschickter gewesen sind, wunderts mich nicht, Herr Hofrat!"

Ertappt sagte der Hofrat: „Ich weiß nicht, warum Sie es einem alten Freunde so erschweren wollen, sich mit Ihnen ruhig auszusprechen."

„Ich anerkenne ja, sagte Fräulein Annalis, daß Sie das Bedürfnis haben, mir Trost zu spenden. Das Malheur is nur, daß sich herausstellt, daß ich gar nicht trostbedürftig bin. Aber dafür können Sie ja wirklich nichts, es is meine Schuld"

„Sie sind nicht mehr dieselbe", klagte der Hofrat

„Und Sie?" fragte Fräulein Annalis.

Ganz leise sagte der Hofrat: „Ich seh Sie noch immer, wie dann, wenn ich beim Glockenspiel gewartet hab, auf einmal unter der Latern das blonde Kopferl aus der Kaigasse schoß!"

„Wünschen Sie sich doch das nicht! sagte Fräulein Annalis. Das wär heut gar nichts für Sie! Beim Glockenspiel ziehts zu stark!" Er stand auf. Sie ließ sich nicht rühren und sagte noch: „Denkens nur, wies da manchmal den Wind von der Salzach her an den Mozart haut! Nein nein, Herr Hofrat! Das wär heut wirklich nix mehr für uns!"

„Nun ja", sagte der Hofrat. Er irrte durch das Zimmer wie jemand, der vergessen hat, was er eigentlich sucht.

„Habens was verloren?" fragte Fräulein Annalis.

Der Hofrat erschrak und sagte schnell, indem er sich wieder setzte: „O nein, danke sehr!" Er wartete, dann sagte er plötzlich, hastig: „Und so hab ich mich jetzt wenigstens überzeugt, daß es Ihnen immer gut geht und daß Sie zufrieden sind, das freut mich sehr! Glücklich, wer das von sich sagen kann! Und Sie können sich ja sagen, daß Sies verdienen! Sie haben Ihr Leben Ihrem Bruder zum Opfer gebracht! Und mit freudigem Sinn, wie ich sehe! Und das wird eben immer belohnt!"

„Sans so gut und sagens das dem Ignaz! rief Fräulein Annalis, lachend. Da könntens was erleben! Nein, Herr Hofrat! Er hat mir ein Opfer gebracht. Er bringt mir sogar das Opfer, nicht zu heiraten. Ohne ihn wär ich ein armes Waserl! Aber so kann ich mich ja wirklich nicht beklagen. Ich hätts gar nicht besser treffen können. Tut mir leid, Herr Hofrat!"

„Es heißt doch aber, sagte der Hofrat, daß er die Gräfin heiraten wird?"

Fräulein Annalis schloß ihren Ton wieder ein und zog ihr Gesicht zu. „Die Leute reden viel. Warten wirs halt ab!" Und ihre Stimme wurde wieder hell, als sie noch sagte: „Warten muß man halt können. Dann kommt alles einmal, Herr Hofrat! Mancher aber verpaßts auch wieder mit dem Warten. Und so hat jede Lebensregel ein Loch, es is schon ein Gfrett. Am besten wirds noch immer sein, wenn man keine Künste macht, sondern sich einfach sagt: Gestern is vorbei, morgen is ungewiß, aber heut is heut!" Sie zeigte durchs Fenster auf die Stadt, in der Sonne glänzten die Dächer aus dem Dunst, sie sagte: „Und schauns, wie schön's heut is, nicht?"

„Sie haben halt ein glückliches Naturell, von jeher", sagte der Hofrat, leise.

„Von jeher", wiederholte Fräulein Annalis ernst. Dann lachte sie, fragend: „Was hätt man' denn auch sonst?"

„Nun ja", sagte der Hofrat.

„Machens mirs nach!" sagte Fräulein Annalis lustig.

„Wer das so könnte!" sagte der Hofrat.

„Und wenn ich Ihnen noch einen Rat geben darf, sagte Fräulein Annalis. Nur nicht alte Sachen aufwärmen wollen! Was einmal abg'standen is, verliert den Geschmack."

„Ihr Bruder hat recht, sagte der Hofrat, mit seinem grauen Lächeln. Ihr Oberösterreicher seid ein merkwürdiger Schlag, euch kann nichts geschehen."

„Sinds nöt neidig! sagte Fräulein Annalis. Salzburg is ja ganz in der Näh. Das sind nur Ausreden."

„Ich bin kein Salzburger, sagte der Hofrat. Ich war ein Kind von zwei Jahren, wie der Vater nach Salzburg versetzt worden ist. Ich bin aus Mähren, wie mein Vater und meine Mutter auch. Und mein Vater war ein Beamter, sein Vater auch und der Vater meiner Mutter auch, die ganze Familie lauter kleine Beamte in Mähren. Erst ich bin ausgesprungen."

„No da wär ich dann halt überhaupt ausg'sprungen, sagte Fräulein Annalis. Aus der ganzen mährischen Melancholie mein ich."

„Wenn man das so könnt! sagte der Hofrat. Ich habs ja versucht!"

„Aber das sind ja lauter Ausreden! sagte Fräulein Annalis, ungeduldig. Und was wollens denn eigentlich? Bloß weils nicht Minister geworden sind? Ich kenn Menschen, Herr Hofrat, die ärgere Schicksalsschläge überwunden haben! Und schließlich sinds ja dafür zum Hofrat ernannt worden, damit Sie sich ungestört ausweinen können. Was wollens denn noch?"

„Ich will gar nichts mehr, sagte der Hofrat, als mein versäumtes Leben nachholen." Er sah vor sich auf den Boden hin und sagte dann noch, ungläubig: „Wenn das nämlich möglich wäre!"

„Sie können nicht noch einmal vierundzwanzig Jahre alt sein, sagte Fräulein Annalis. Das möcht mancher! Und ich wett, Sie hätten erst nichts davon, es wär wieder dasselbe!"

„Nein, sagte der Hofrat. Nein, Fräulein Annalis! Es wär nicht dasselbe. Denn —"

„Ich werd Ihnen was sagen! fiel Fräulein Annalis ein. Ich hab gar nichts dagegen, wenn Sie mir Ihr Herz ausschütten; ich hab mir das ja gleich gedacht. Bitte, wenn Ihnen dann leichter wird! Aber schleichens mir nur nicht so mit einer verschlagenen Liebeserklärung in einem fort um mich herum, das vertrag ich nicht!"

„Sie können nicht von mir verlangen, sagte der Hofrat, daß ich das alles vergessen haben soll! Das war doch einmal!"

„Es war einmal, sagte Fräulein Annalis, fangen
die Märchen an. Aber ich bin nicht für Märchen. In
meinen Jahren!"

„Es war die schönste Zeit meines Lebens, die einzige!"
sagte der Hofrat leise.

„Reden wir deutsch! sagte Fräulein Annalis. Damals waren Sie die gute Partie, aber Sie haben sichs
halt überlegt. Nein, Herr Hofrat, ich trag Ihnen das ja
gar nicht nach, im Gegenteil! Nur jetzt — ja, jetzt wär
ich eine gute Partie, aber jetzt hab ich mirs inzwischen
halt auch überlegt. Und so sind wir quitt, haben einander
nichts vorzuwerfen, und wenn Sie vernünftig sind, könnten wir die besten Freund sein. Ist Ihnen das klar?"

„Es war doch einmal!" wiederholte der Hofrat, klagend.

„Aber wenn ein jeder, mit dem einmal was war, sagte
Fräulein Annalis, einem deswegen nach neunzehn Jahren noch vorraunzen dürft, hätten wir das ganze Haus
voll. Das müssens doch einsehen, daß das nicht geht!"

„Nun ja, sagte der Hofrat. Sie haben sich sehr verändert."

„Schaun Sie sich in Spiegel, Herr Hofrat, sagte
Fräulein Annalis, und dann redens über mich!"

Nach einer Weile sagte der Hofrat: „Es ist ja vielleicht
überhaupt nicht recht von mir, gleich einen ersten Besuch
so ungebührlich auszudehnen."

„Da machen Sie sich nur keine Sorgen, sagte Fräulein Annalis. Mein Bruder hat seine Studenten, die
Gräfin horcht an der Bretterwand, der Höfelind trutzt

wieder einmal und scheint überhaupt nicht zu kommen, also wenns Ihnen recht ist, ich hab Zeit!"

„Mit diesem Höfelind scheinen Sie ja recht befreundet zu sein", sagte der Hofrat.

„Warum sagens das so beleidigt? fragte Fräulein Annalis. Sinds eifersüchtig?"

„Ich habe leider kein Recht dazu", sagte der Hofrat, mit einem Versuch zu scherzen.

„Sie hätten auch leider keinen Grund dazu", sagte Fräulein Annalis.

„Leider?" wiederholte er.

„Leider!" wiederholte sie.

Er sah sie nachdenklich an. „Sie sind sehr aufrichtig geworden, Fräulein Annalis!"

Sie antwortete: „Ich wars immer. Ich immer, Herr Hofrat!" Dann sagte sie, vergnügt: „Mit keinem Menschen auf der Welt laßt sichs besser streiten als mit dem verrückten Höfelind! Außerdem braucht er mich. Wenn ich nicht jede Wochen einmal aufräumen käm, schauets da drüben bald schön aus!" Sie lachte. „Ja ja, Herr Hofrat, da heraußen gibts noch Menschen, von denen man sich bei Ihnen in der Stadt nix träumen läßt! Aber einem so ernsten Menschen wie Ihnen käm das wohl zu verrückt vor! Sie haben ja schon Augen über den Ignaz gemacht!' Da müßtens erst einmal die ganze Menagerie beisammen sehn! O je!"

„Das ist es ja, sagte der Hofrat nachdenklich, daß sich in Östreich keiner vom andern was träumen läßt und daß in Ostreich immer einer dem andern verrückt vorkommt! Sie haben damit das eigentliche Kennzeichen Ostreichs getroffen! Der eine weiß vom andern nix, wies in dem alten Lied heißt."

„Der eine heißt den andern dumm, auf d'letzt weiß keiner nix", verbesserte Fräulein Annalis.

„Oder so! sagte der Hofrat. Es kommt auf dasselbe hinaus. Wenn bei uns fünf Menschen beisammen sind, ist es, als wenn sie aus fünf Weltteilen wären. Jeder redet eine andere Sprache, sie können sich nicht verstehen. Ich habs aufgegeben!" Und er wiederholte, noch heftiger: „Ich habs aufgegeben, ich tu nicht mehr mit, man wär ja ein Narr!"

„No wenns jeder aufgibt und keiner mehr mittun will, dadurch werden sich ja die Menschen auch grad nicht näher kommen, sagte Fräulein Annalis. Mich gehts ja nix an, aber ich mein nur!"

„Ich hab Opfer genug gebracht, sagte der Hofrat. Ich hab mein ganzes Leben dargebracht. Ich Narr! Wenn man unser Land sieht und wenn man denkt, was da geleistet werden könnte, mit dem Reichtum unseres Landes und der Begabung unserer Menschen! Das war es ja, das hat mich gereizt! Einmal zu zeigen, was Ostreich ist, was es sein könnte! Als junger Mensch spürt man das doch so stark und da glaubt man ja, man braucht bloß den Mund aufzumachen und alle werdens wissen und alles wird gehen! Das war es ja, Fräulein Annalis! Ich hab das Gefühl gehabt, mein ganzes Volk wartet

auf mich, da darf ich nicht an mein eigenes Glück denken,
da darf ich nicht feig sein, und wenn ich grausam sein müßt!
Deshalb, Fräulein Annalis, deshalb doch!"

„Hoffentlich, sagte Fräulein Annalis, gelassen. Und
wenns so war, dann können Sie ja ganz mit sich zufrieden sein."

„Ein Narr war ich! rief der Hofrat. Denn zuerst
hab ich gesehen, daß mit den Deutschen nichts zu machen
ist. Die Deutschen singen die Wacht am Rhein. Und was
immer auch geschehen mag, sie singen die Wacht am Rhein.
Für was anderes sind sie nicht zu haben, sie singen die
Wacht am Rhein, weiter gehts nicht. Also für einen
Menschen, der irgendwas schaffen will, was es auch
immer sei, der irgendwie wirken will, ist da kein Platz.
Und so hab ich es dann mit einem idealen Östreichertum versucht, das es ja wohl irgend einmal irgendwo gegeben haben muß, woher hätten wirs denn sonst? Woher
denn unsere Sehnsucht danach? Und das es ja wohl auch,
wenn wir nicht bis dahin gestorben sind, wieder einmal
irgendwie geben wird! Dieses Östreichertum ist ja nun
was sehr Schönes, und eigentlich hats ja jeder, ich kenn
keinen anständigen Menschen bei uns, ders nicht hätt,
nur wissen es die meisten halt nicht und gebens nicht zu!
Die paar aber, dies wissen, daß sie's haben, und dies
zugeben, ja schauns, die machen wieder nur ein Geschäft damit. Die wahren Östreicher, in denen Östreich ist,
wollen von Östreich nichts wissen, und die anderen, die
Patrioten, die wollen doch nur was daran verdienen.

Und zwischen diesen beiden ist man eingezwickt! Nur daß
die Patrioten wenigstens noch gescheiter sind, die spürens
wenigstens, wenn einer ein fähiger Mensch ist, und wollen
ihn haben und bieten ihm etwas, während die anständigen
Menschen bei uns, wie sie den Verdacht haben, daß einer
Talent haben könnt, so lang auf ihn losdreschen, bis es
ihm vergeht. Zwischen den beiden aber aufrecht zu bleiben, nein, so stark ist noch keiner gewesen! Der alte
Walterskirchen sitzt hinter einer hohen Mauer versteckt
und wirft mit Steinen auf jeden, der in die Nähe kommt;
irgendwo bei Salzburg haust er ja, hör ich, und in der
ganzen Umgegend habens Angst vor ihm. Und der Burck-
hard geht mit seinen Hunden auf der Franzosenschanz
herum, im Wald am Wolfgangsee, und hat nicht einmal
eine Glocken, damit ihm nur ja niemand hereinkommen
kann. So sehen bei uns die paar starken Menschen aus,
die wir gehabt haben oder die wir hätten haben können,
so sehen nach einiger Zeit die starken Menschen aus, nach
Gebrauch: Einsiedler, Sonderlinge! Ich aber, Fräulein
Annalis, ich bin kein starker Mensch." Er sah auf und
fragte: „Warum lachen Sie mich aus?"

„Nein, sagte Fräulein Annalis, ich lach nicht über
Sie, mir fällt nur was ein. Nämlich der Prinz Adolar,
der beim Ignaz lernt und mit dem ich manchmal
plausch, klagt mir auch immer vor, daß er kein starker
Mensch ist, und wenn der alte Radauner, wissens, der
den ewigen Klee malt, sich über den Höfelind ärgert,
nennt er ihn immer einen Sonderling. Drum kommts

mir komisch vor, dieselben Worte jetzt auch von Ihnen
zu hören."

„Das ist es halt, sagte der Hofrat. Wer bei uns
etwas ist, aus dem wird entweder ein Sonderling oder
er fühlt, daß er dazu nicht stark genug ist, und kriecht halt
unter. Ich bin untergekrochen. Schön ist das ja nicht,
Fräulein Annalis! Und wenn ich damals gewußt hätt,
wie's einem in Östreich ergeht, wärs anders gekommen.
Dann säßen wir heut irgendwo auf dem Land und ich
wär ein vergnügter Bauernadvokat."

„Wer weiß? sagte Fräulein Annalis leise. Wer
weiß, ob Sie so vergnügt wären?"

„Jedenfalls mehr als jetzt!" sagte der Hofrat.

„Wer weiß? wiederholte Fräulein Annalis. Sie
sagen doch selbst, Sie sind kein starker Mensch! Denen
machts das Schicksal halt nie recht!"

„Sie glauben mir nicht!" sagte der Hofrat, achselzuckend.

„Ich glaub Ihnen schon, sagte Fräulein Annalis.
Aber Östreich umändern kann ich auch nicht, sinds mir
nicht bös!"

„Ich hab Ihnen ja nur erklären wollen, sagte der
Hofrat, wie aus mir schließlich nichts als ein alter Hofrat
geworden ist. Nein, schön ist es nicht. Aber meine ehemaligen Freund, die noch immer die Wacht am Rhein
singen, habens nicht nötig, mich zu verachten! Die nicht!"

Die närrische Uhr schlug wieder an, mit ihrem tiefen
warnenden Klang.

Der Hofrat sagte: „Wenn ein Mensch sein ganzes Leben zum Opfer bringt, muß er wenigstens wissen wofür. Ich aber weiß jetzt, daß es für nichts war. Es ist bei uns nichts da, wofür man sich opfern könnt. Das Opfer bleibt liegen, niemand hat was davon. Und man steht am Ende vor sich selbst so grenzenlos lächerlich da. Dann aber fragen Sie: was wollens denn noch? Und alle meine ehemaligen Freund sagen: Der hats erreicht! Wenn nämlich bei uns einer zuletzt aufs Trockene gesetzt wird, heißts, daß er es erreicht hat. Ein Titel, eine Pension, und man hats erreicht! Ja, ich habs erreicht, daß ich nichts mehr will. Denn das ist ja bei uns verboten, etwas zu wollen. Nein, ich will nichts mehr. Aber halt nur Whistspielen mit der alten Exzellenz Klauer und dem Hofrat Wax und dem kleinen Chrometzky, jeden Abend, is doch eigentlich ein bißl wenig, wenn man noch nicht einmal fünfzig ist."

„Ich kann aber Whist nicht", sagte Fräulein Annalis.

„Nein", sagte der Hofrat in einem so traurigen und untröstlichen Ton, daß sie lachen.mußte, laut heraus. Aber sie wurde still, als sie seine verstaubte Stimme sagen hörte: „Hören Sie nicht, daß es mir sehr ernst ist?" Und ganz leise fuhr er fort: „Seit dem Tod meiner Frau irre ich herum. Solang sie gelebt hat, gings noch. Romantische Gefühle haben wir ja nicht füreinander gehabt. Sie war immer krank, ich hatte keine Zeit, sie wär auch erschrocken, wenn ich ihr je was von meinen Plänen, Sorgen oder Wünschen gesagt hätte, das konnte man nicht,

sie nahm gleich alles zu schwer, sie war merkwürdig.
Heiter ist das nicht gewesen, es war vielleicht auch meine
Schuld, sie war ein so ganz eingezogenes und verkrochenes
Ding, man hätt ihr erst Mut machen müssen, herauszu-
kommen, aber ich hatte ja nie Zeit. Jetzt denk ich freilich
manchmal, ich hätte mir mit ihr ein bißchen Mühe geben
müssen, vielleicht war sie mehr, als man ihr angesehen hat.
Gerade in den letzten Wochen, unmittelbar vor ihrem
Tod, hatte ich ein Gefühl, als ob sie was quälte, vielleicht
eben, daß wir nie dazu gekommen waren, uns einmal
eigentlich auszusprechen. Da war sie aber schon zu schwach.
Nun ich wollte ja nur sagen, wir sind einander bis zuletzt
ziemlich fremd geblieben, bei aller Hochachtung, die ich
vor ihrem Charakter gehabt habe, sie hat es ja mit ihren
Pflichten sehr streng genommen und ich kann nur sagen,
sie ist eine ausgezeichnete Frau gewesen. Ob zu mir
nicht vielleicht eine weniger ausgezeichnete Frau besser
gepaßt hätte, ich meine eine, die eher etwas Ungebunden-
heit und einen gewissen Leichtsinn in mein Haus gebracht
hätte, das gehört ja nicht hierher, und jedenfalls konnte
dafür sie nichts. Ich hatte nicht viel von ihr und doch —"
Er hielt ein und dachte nach. Dann sagte er langsam:
„Ja, ich verstehs eigentlich selbst nicht, aber als sie gestorben war, fehlte sie mir doch. Bis dahin hatte ich mir
wenigstens sagen können, daß ich mich für sie plage. Nun
ist sie tot, unser kleines Mädl ist auch gestorben, da muß
ich mich fragen: Wozu? Wozu war das eigentlich alles?
Wozu plagt man sich und erniedrigt sich und läßt sich sein

Leben entgehen? Aber jetzt wirds wohl freilich nicht mehr zu ändern sein." Er sah auf und sagte, mit seinem ausgegangenen Lächeln um den alten Mund: „Und so, Fräulein Annalis, kanns einem passieren, daß man noch auf seine alten Tag ein Wagnerianer wird und keinen Abend des Herrn Kammersängers Fiechl ausläßt. Man sucht halt so herum, ob sich nicht doch noch was für einen findt. Aber das können Sie sich wohl nicht vorstellen, Sie sind anders."

Nach einiger Zeit sagte Fräulein Annalis: „Sie haben doch auch einen Buben?"

„Ja", sagte der Hofrat, in einem leeren Ton. Dann erzählte er: „Mein Bub is im Theresianum. Er ist recht begabt, die Herrn sind alle mit ihm sehr zufrieden. An dem Buben können Sie Ihre Freude haben, sagen mir die Herrn immer. Aber nein. Er macht mir keine Freude. Ich weiß nicht. Aber ich kann halt mit ihm nicht reden. Nun vielleicht liegts auch an mir. Die heutigen Kinder, die heutigen jungen Leute sind mir gar zu klug. Und kalt sind sie, eiskalt."

Fräulein Annalis sah durchs Fenster zur Kegelbahn hin und fragte lächelnd: „Finden Sie?"

„Sie meinen die dort unten? sagte der Hofrat. Da weiß ich aber nicht, ob mir nicht mein Bub noch lieber ist als der Herr Studiosus Kikinger. Mein Bub macht jedenfalls weniger Lärm."

„Ja, Herr Hofrat, sagte Fräulein Annalis. Klug und kalt sollen die jungen Leute nicht sein, aber wenns

Lärm machen, weil ihnen warm wird, is es Ihnen dann auch wieder nicht recht! Mir kommt vor, Sie verlangen ein bißl zuviel, vielleicht überhaupt. Der Mensch muß wissen, auf welche Seiten er gehört."

„Nun ja, sagte der Hofrat mechanisch. Jedenfalls danke ich Ihnen sehr. Aber jetzt hab ich Sie wirklich wohl schon über Gebühr aufgehalten." Er erhob sich und stand verlegen da.

Fräulein Annalis schien es nicht zu beachten und sagte: „Also nicht wahr, dem Ignaz sein Hans Sachs, das is schon was?"

„Ja, sagte der Hofrat. Ich fehle nie, wenn er singt."

„Aber wie Sie früher mit dem Ignaz politisiert haben, sagte Fräulein Annalis, da habens ein recht saures Gesicht gemacht."

„Nein, sagte der Hofrat mit seinem mühsamen Lächeln, politisieren darf man mit ihm wohl nicht. Aber es ist ja genug, daß er singt."

„Sehns!" sagte Fräulein Annalis; es klang vorwurfsvoll.

„Was meinen Sie?" fragte der Hofrat.

„Ich mein, sagte Fräulein Annalis, man darf von einem Menschen nicht alles verlangen. Am End is keiner viel nutz, aber irgendwas kann jeder. Daran halt ich mich. Aber Sie wollen die Welt verbessern! Und Östreich auch noch! Ich glaub, das is zu schwer." Und bevor er antworten konnte, sagte sie noch: „Und mich möchtens auch verbessern! Sie haben sich eine Annalis ausgemalt, und

jetzt soll ich genau so sein oder Sie sind beleidigt! Aber
Ihre Annalis bin ich halt nicht, ich meine die, wie Sie
mich gern möchten. Wenn Sie aber g'scheit wären, wür-
dens finden, daß man schon diese Annalis auch ganz gut
brauchen kann, die da, wie sie halt jetzt einmal ist." Leise
wiederholte sie: „Sie könnten mich ganz gut brauchen.'
Dann sagte sie: „Setzen Sie sich nur wieder hin! Was
wollens denn in der Stadt? Tut Ihnen ganz gut, sich
einmal ein bissel auszulüften. Und jetzt hab ich schon
für Sie decken lassen, also machens mir keine Unordnung.
Aber Whist wird nicht gespielt! Kegelscheiben könnens
wenns Lust haben. Man muß sich an den Hausgebrauch
halten, Herr Hofrat!"

Der Hofrat setzte sich wieder, sah sie zweifelnd an und
sagte leise: „Wenn ich hoffen könnte —?"

„Hoffen könnens gar nix, sagte Fräulein Annalis.
Zum Hoffen sind wir alle zwei schon ein bißl zu alt. Und
Sie haben mir doch auch grad erzählt, was dabei heraus-
kommt! Sinds froh, wenns von Zeit zu Zeit zum
Kammersänger Fiechl kommen dürfen, das ist eine Ehre,
für die sich mancher Hofrat die Finger abschlecken möcht.
In dem Haus ißt und trinkt man ganz gut, und außerdem
hat er eine Schwester, die wirklich eine sehr nette Person
sein soll, die wird Ihnen manchmal den Kopf waschen.
Sie werden sehen, wie gesund Ihnen das ist! Also was
Besseres werdens ja nicht so leicht finden, Herr Hofrat!"

Der Hofrat sagte: „Man weiß nie recht, wie Sie's
meinen, Fräulein Annalis."

„Gott sei Dank! sagte Fräulein Annalis. Das fehlet mir noch, daß sich die Mannsbilder mit mir auskennen möchten! Nein, nein, das ist vorbei, Herr Hofrat, damit müssen Sie sich schon abfinden, das ist jetzt alles vorbei!"

Es klopfte. Sie fragte verwundert: „Was is denn? Herein!" Der Prinz steckte seine lange Nase durch die Türe. Sie schlug die Hände zusammen: „Um Gotteswillen! Der Ignaz hat Ihnen doch ausdrücklich verboten?"

„Verratens mich nicht, Fräuln Annalis!" bat die frohe Knabenstimme.

„Jetzt da hört sich doch alles auf!" sagte Fräulein Annalis. Und da der Hofrat aufstand, fuhr sie fort: „Erlauben Hoheit, daß ich Ihnen den Hofrat Stelzer vorstelle!"

„Ich freue mich sehr", sagte der Prinz neugierig. Aber plötzlich ärgerte er sich und sagte: „Wie oft soll ich Sie noch bitten, mich einfach als Doktor vorzustellen?"

„Ja wie denn? sagte Fräulein Annalis. Soll ich sagen: Doktor Adolar? Da müßt ich dann auch sagen: Hofrat Julius. Wenn ich aber sag: Doktor von Östreich, glaubt man noch, Sie sind ein Jud. Es geht halt nicht, Hoheit!"

„Die einfachsten Dinge gehen bei mir nicht!" klagte der Prinz. Und eilig bat er den Hofrat: „Aber behalten Sie doch Platz, lassen Sie sich gar nicht stören! Es is ein schreckliches Gefühl, wenn man in kein Zimmer kommen kann, ohne gleich die größte Unordnung anzurichten."

„Hoheit, sagte Fräulein Annalis, wenn das der Ignaz

erfährt! Er hat Ihnen doch ausdrücklich sagen lassen, daß
er Sie heut nicht brauchen kann!"

„Ich hab ihn so gebeten!" klagte der Prinz.

Fräulein Annalis sagte: „Da läßt sich nichts machen,
heut hat er halt seine jungen Leut bei sich."

„Ich gehör doch auch zu den jungen Leuten!" schrie
der Prinz, zornig aufstampfend.

„Aber doch in ein anderes Fach", sagte Fräulein
Annalis.

„Ich weiß schon, sagte der Prinz traurig. Er geniert
sich vor den Studenten, mit mir bekannt zu sein."

„Wenn man sich wen einladet, sagte Fräulein Annalis, muß man alles vermeiden, was ihm ungemütlich
wär. Das müssens doch einsehen, Hoheit!"

„Warum bin ich denn den Studenten aber ungemütlich? sagte der Prinz. Ich will ja gar nichts als mit
ihnen lustig sein, halt genau wie die andern auch! Sie
wissen doch, Fräulein Annalis, daß ich ganz bescheiden bin!"

„Hoheit, sagte Fräulein Annalis ungeduldig, wenn
die Studenten lustig sind, singens die Wacht am Rhein."

„So?" sagte der Prinz, kleinlaut.

„Das gehört einmal dazu", sagte Fräulein Annalis.

Nachdenklich sagte der Prinz: „Ich kann ja meinetwegen auch die Wacht am Rhein singen. Das heißt, ich
müßt sie halt lernen."

„Lieber nicht! sagte Fräulein Annalis. Die Studenten hätten keine Freud."

„Wieso?" fragte der Prinz, erstaunt.

Fräulein Annalis sagte zögernd: „No, den Studenten
käm vielleicht vor, daß die Wacht am Rhein dadurch grad
nicht besser würde. Bevor man einen den Rosenkranz
mitbeten läßt, schaut man sich ihn halt auch erst genauer
an, wer er ist."

„Ja so", sagte der Prinz und war still.

„Und auch: ein Prinz, der Kegel scheibt! sagte Fräulein Annalis. Schauns, Hoheit, gewisse Sachen gehen
halt nicht. Habens gar kein Stilgefühl?"

Der Prinz wurde heftig: „Wenn wir aber, wir, den
Leuten sagen würden: gewisse Sachen gehen halt nicht?
Ich werde noch finden, daß mein Onkel weniger Vor-
urteile hat als irgendeiner seiner Untertanen."

„Sehns, nach und nach kommens schon auf den richtigen Weg! sagte Fräulein Annalis. Zuletzt kommt
ein Prinz immer wieder auf seinen richtigen Weg. Deshalb traut man ja keinem."

„Ich weiß schon, sagte der Prinz. Ihnen sind auch
die Studenten lieber! Und ich bin Ihnen gar nichts!"
Und mit seiner kindischen Heftigkeit sagte er: „Bitte!
Sie können das ja ganz offen sagen, Sie werden nicht
eingesperrt!"

Fräulein Annalis sagte, gelassen: „Die Sache ist die,
mir ist der Prinz Adolar, dieser hier, viel lieber als
der Student Kikinger, aber Studenten sind mir lieber
als Prinzen! Außer wenn das vielleicht verboten ist, das
wär mir unangenehm, denn eingesperrt möcht ich wirklich nicht werden! Is es vielleicht verboten, Herr Hofrat?"

„Was in Östreich eigentlich verboten und was in einem gegebenen Fall grad erlaubt ist, sagte der Hofrat, das kann Ihnen kein Mensch sagen, Fräulein Annalis! Da müßtens schon den lieben Gott fragen. Und ich fürcht, der weiß es auch nicht!"

Der Prinz freute sich über den Hofrat und sagte listig: „Aber wenn ein Hofrat dabei is, Herr Hofrat, da is doch bei uns überhaupt alles erlaubt, nicht?"

„Hoheit scheinen einen in der Bevölkerung weitverbreiteten Irrtum zu teilen, sagte der Hofrat trocken. Nämlich, daß wir die Dynastie sind, wir Hofräte. Ich kann Hoheit aber versichern, es sieht nur so aus!"

In seiner Art, oft plötzlich grundlos zu erschrecken, sagte der Prinz: „Ich habe Ihnen durchaus nicht zu nahe treten wollen, Herr Hofrat!"

Nun erschrak der Hofrat und sagte: „Hoheit müssen mich mißverstanden haben, ich habe mir bloß einen ja vielleicht nicht ganz passenden Scherz erlaubt, wozu man sich von Fräulein Annalis leicht verleiten läßt."

„Jetzt bin natürlich ich wieder schuld!" sagte Fräulein Annalis, lachend.

„Mir ist das aber eigentlich alles sehr ernst, sagte der Prinz, traurig. Es ist ja sehr lieb von Ihnen, Fräuln Annalis, daß Sie den Prinzen Adolar wenigstens gelten lassen, wenn Sie schon die Prinzen nicht mögen. Ich mag sie ja auch nicht! Und grad darum möcht ich ja so gern mit den Studenten zusammen sein, damit sie sehen: A das ist ja gar kein Prinz, das ist doch einer wie wir!

Aber dazu läßt man mich nie kommen! Hundertmal hab ich Sie gebeten, ich möcht so gern den Nußmenschen kennen lernen, von dem Sie mir immer erzählen! Aber wies heißt, ein Prinz is in der Näh, macht sich jeder aus dem Staub, wenigstens grad die, von denen man was haben könnt! Ich muß aber zu Menschen kommen, ich muß, ich kann nicht weiter allein so durchs Leben stolpern! Gehts denn wirklich nicht, Fräuln Annalis, daß ich ein bißl in die Kegelbahn darf?"

„Ich kann Ihnen nicht helfen, Hoheit! sagte Fräulein Annalis. Sie wissen doch, wie der Ignaz is, wenn er einmal was nicht will! Und schauns, Hoheit, ich glaub wirklich, Sie überschätzens auch, Sie Menschensucher, Sie überschätzen die Kegelbahn! Mit dem Nußmenschen aber wird sichs schon einmal machen lassen. Jetzt ist er fort."

„Fort?" fragte der Prinz, gierig.

„Ja, sagte Fräulein Annalis. Wie die Schwalben fort sind, ist er auch fort. Aber eines Tages steckt er schon wieder den Kopf zur Türe herein und tut, als wärs gestern gewesen, daß er einen zum letztenmal gesehen hat."

„Sehen Sie, sagte der Prinz, neidisch. Er geht einfach fort! Der kann fort."

„Gehns doch mit!" sagte Fräulein Annalis, spöttisch.

„Ich kann nicht, sagte der Prinz, arglos. Ich hab mein Ehrenwort geben müssen, wie das letztemal meine Schulden bezahlt worden sind. Es is schon viel, daß ich zu Ihnen heraus darf. Was ich da schon oft zusammen-

lügen muß! Man glaubt, ich hab eine Geliebte!" Er
lachte vergnügt. Und er wiederholte, mit einem listigen
Gesicht: „Man kann sichs nicht anders erklären, als daß
ich irgendwo da heraußen eine Geliebte haben muß."

„Ich werd noch in einen guten Ruf kommen!" sagte
Fräulein Annalis.

Ganz bestürzt sagte der Prinz: „Das möcht ich nicht!
Das möcht ich wirklich nicht!" Er sah sie ratlos an. Und
zögernd, zweifelnd fuhr er fort: „Es wär Ihnen vielleicht
unangenehm?"

„No soll ich mich vielleicht noch freuen?" fragte Fräulein Annalis.

„Nein natürlich nicht!" sagte der Prinz, rasch. Und
er fügte zur Entschuldigung hinzu: „Aber die Auffassungen
sind da so verschieden!" Und er wiederholte noch einmal,
bekräftigend: „Natürlich nicht!"

„Sehns, sagte Fräulein Annalis, was Sie noch
alles anrichten werden!"

Der Prinz ließ seinen dünnen Hals hängen und sagte
kleinlaut: „Das wär mir aber sehr peinlich! Das wär mir
wirklich sehr peinlich! Was könnt man denn da nur tun?"
Er schlich durch das Zimmer. Plötzlich blieb er stehen und
sagte: „Aber nein, Fräulein Annalis! Wer Sie kennt,
traut Ihnen das doch nicht zu!"

„No mir vielleicht noch eher als Ihnen", sagte Fräulein Annalis.

Der Prinz wendete sich rasch nach ihr um und rief
überrascht: „Nicht wahr? Natürlich!" Er dachte noch

einmal darüber nach und sagte dann, die Worte dehnend:
„Ja das auch! Ich hab bei Frauen nie Glück gehabt.
Das weiß man doch, nicht wahr?"

„Schad", sagte Fräulein Annalis.

„Warum denn?" fragte der Prinz, verwundert.

„No das wär vielleicht noch der beste Weg für Sie,
sagte Fräulein Annalis langsam. Ich mein, um unter die
Menschen zu kommen. Was Sie sich ja doch immer so
wünschen!"

„Glauben Sie?" sagte der Prinz, nachsinnend.

„Schauns Ihre Herrn Vettern an! sagte Fräulein
Annalis. Die sind bei weitem nicht so vereinsamt, weil
sie das Ballett haben."

Der Hofrat lachte. Das wunderte den Prinzen, und
er sagte mit großem Ernst: „Nein, Herr Hofrat, darin
scheint mir doch ein ganz bemerkenswerter Gedanke zu
stecken. Ich kann mir schon denken, was die Fräuln Annalis meint! Denn dies könnte ja wirklich für unsereinen so
eine Art Brücke sein, zum Übergang ins Volk nämlich
und in die Menschheit. Von diesem Gesichtspunkte aus
hab ich es ja bisher noch gar nicht betrachtet."

„Ja die gewünschte Fühlung mit dem Volk, sagte
Fräulein Annalis, werdens noch am sichersten bei eim
Mädl finden. Jedenfalls eher als auf der Kegelbahn!"
Sie bemerkte seine Verlegenheit und sagte lachend: „Ja
wenn Sie aber schon so erschrecken, wenn man bloß da-
von redt! In Oberöstreich sin mir halt ordinare Leut!"
Sie lachte laut. „Dem Herrn Hofrat hats ja auch einen

Riß geben, weil er aus Mähren is, da sind die Menschen
schon viel zivilisierter."

„Nein, nein, rief der Prinz, halten Sie mich doch
nicht für zimperlich! Ich bin Ihnen im Gegenteil sehr
dankbar! Recht verstanden, kann das für mich eine ganz
neue Anregung werden! Was Sie da gesagt haben,
Fräuln Annalis! O ja, o ja!" Er sprang auf seinen
schwankenden Beinen durchs Zimmer, mit dem langen
Zeigefinger heftig die Verdickung seiner Nase reibend.

„Wieviel Anregungen, Hoheit, kommen bei Ihnen im
Tag eigentlich vor?" fragte Fräulein Annalis, ihren Ton
wieder so fest zuschließend, daß ihm nichts mehr an-
zuhören war.

Der Prinz blieb stehen, sah sie verlegen an und sagte:
„Mein Gott, man glaubt halt immer, vielleicht hilft dir
das, vielleicht wirds das sein! Und so versucht man halt
alles der Reihe nach! Und wenn Sie nun, was ja einiges
für sich zu haben scheint, meinen, daß das vielleicht ein
Weg wär, wenn ich auch wie meine Vettern —" Seine
Stimme sank herab, er strengte sich an nachzudenken, und
sein langes gelbliches Gesicht war auf einmal wieder
ganz alt.

„Es tät Ihnen vielleicht ganz gut", sagte Fräulein
Annalis.

„Nur läßt sich das halt aber auch nicht so forcieren!" sagte
der Prinz entschuldigend. Und seine helle Knabenstimme
bat: „Sie müssen schon Geduld mit mir haben, Fräulein
Annalis! Mit mir braucht man halt eine große Geduld!"

Ein Gong erscholl. Der Hofrat fuhr nervös auf. „Ja, sagte Fräulein Annalis. Wir haben jetzt auch ein Gong. Der Ignaz behauptet, das gehört zur wahren Eleganz." Und sie sah vergnügt auf den alten Tierarzt und ihre Mutter im schwarzen Kopftuch an der Wand.

„O! sagte der Prinz traurig. Da muß ich wohl jetzt fort? Nicht wahr, dem Herrn Kammersänger wärs nicht recht, wenn ich blieb?"

„Sans so gut! sagte Fräulein Annalis, erschreckt. Er möcht uns schön auszanken! Wenn er sich einmal einbildet, daß er was nicht will, da gibts nichts! Das könntens jetzt schon wissen, Hoheit! Vielleicht nächsten Sonntag! Da will er vielleicht!" Sie lachte. „Es kann ja sein, daß er schon heut auf einmal sagt: Warum kommt eigentlich der Prinz nie, wann die Studenten da sind? Das kann man ja bei ihm nie wissen. No da könnens dann nächsten Sonntag kommen!" Sie stand auf und sagte, den Prinzen ermahnend, der mit seinen verzagten großen Augen an dem Zimmer hing und sich nicht trennen konnte: „Also?"

„Ich geh schon, sagte der Prinz, gehorsam. Es ist aber schad! Ich hätt Ihnen grad heut noch so viel zu sagen gehabt, Fräuln Annalis!"

„Also schreiben Sie sichs halt auf, sagte Fräulein Annalis, daß Sies nicht vergessen! Fürs nächste Mal!"

„Und, sagte der Prinz, indem er sich zum Hofrat wendete, es tut mir leid, ich hätt auch gern die Gelegenheit benützt, mich bei Ihnen über manches zu unterrichten, Herr Hofrat!"

Der Hofrat verneigte sich. Fräulein Annalis sagte: „Bohren's doch nicht jeden Menschen an, Hoheit! Sie glauben rein, jeder ist bloß ein Konversationslexikon für Sie! Lassens schon einmal die Leut in Ruh!"

„Ich geh schon", wiederholte der Prinz, zur Türe springend, mit seinen knickenden Beinen.

Fräulein Annalis rief ihm nach: „Und gebens nur acht, daß Sie der Ignaz nicht erwischt! Wenn er Ihren Wagen sieht, kanns gut werden!"

Der Prinz drehte sich an der Türe noch um und sagte stolz: „Ich hab den Wagen gar nicht mit. Denken Sie! Ich bin gar nicht im Wagen gekommen. Ich bin in der Elektrischen heraus! Denken Sie, Fräulein Annalis! Einfach in der Elektrischen! Und jetzt fahr ich einfach mit der Elektrischen wieder hinein, ja!" Er lachte sie vergnügt an.

„Nein, was Sie für Heldentaten verüben!" sagte Fräulein Annalis.

„Nicht wahr?" rief der Prinz von der Stiege, glücklich. Und geheimnisvoll setzte er hinzu: „Ich schleich mich hinten im Garten herum, auf den Weinberg hinaus! Da erwischt er mich nicht!" Und sie hörten ihn über die Stiege springen, immer gleich drei Stufen auf einmal hinab, und seine helle Knabenstimme hallte noch herauf: „Adieu, Fräuln Annalis! Adieu!"

„Das scheint eigentlich ein sehr netter junger Mensch zu sein", sagte der Hofrat.

„Für einen Prinzen! sagte Fräulein Annalis, achselzuckend. „Oben sinds schließlich, wenn mans genau nimmt, ebenso Menschen. Man darf auch nicht ungerecht sein." Sie ging über die Stiege voraus. Dann sagte sie noch: „Wenn er nur nicht so verweichlicht wär! Daß ein Prinz das hohe C hat, is ja wirklich schön von ihm. Denn bei denen, die malen oder dichten, weiß man doch nie, aber beim hohen C gibts keinen Schwindel. Nur kommts ihm halt gar so wichtig vor!" Und sie wiederholte: „Er kommt sich zu wichtig vor. Und ein Latsch is er halt! Wenn man das aber vielleicht nicht sagen darf, nehm ichs zurück, Herr Hofrat!"

„Es scheint, daß sich die Leute von Ihnen alles sagen lassen", sagte der Hofrat.

„Weils spüren, sagte Fräulein Annalis, daß ichs gut mein."

„Oder daß Ihnen schließlich alles recht ist", sagte der Hofrat.

„Das is ja dasselbe, sagte Fräulein Annalis. Nur wenn einem jemand recht ist, meint man ihms gut. Und sehns, Herr Hofrat —" Sie lachte. „Sehns, wenn halt Ihre Wähler das gespürt hätten, wärens vielleicht nicht durchgeplumpst!"

„Nun ja", sagte der Hofrat, der sich an ihren Ton noch nicht recht gewöhnen konnte.

Sie traten in das Bauernzimmer. Niemand war da. „He, Hies! rief Fräulein Annalis. Was is denn? Wo sind denn alle?"

Der Diener meldete: „Der Herr Kammersänger hat

befohlen, daß ich für ihn und für die Herrn Studenten das Essen in die Kegelbahn bringen soll."

„Und die Gräfin?" fragte Fräulein Annalis.

Der Diener meldete: „Der Herr Kammersänger hat gesagt, daß ich die Frau Gräfin fragen soll, ob die Frau Gräfin abends hier bleibt. Da hab ich der Frau Gräfin gesagt, daß sie der Herr Kammersänger fragen laßt, und da hat die Frau Gräfin gesagt, daß sie hier bleibt. Dann aber hat der Herr Kammersänger gesagt, daß er da lieber mit den Herrn Studenten in der Kegelbahn bleibt, und er laßt der Frau Gräfin einen guten Appetit wünschen. Da hat die Frau Gräfin gesagt, daß sie doch jetzt schon in die Stadt muß, weils ihr sonst zu spät wurd, und sie laßt sich der Fräuln Annalis noch schönstens empfehlen. Und der Herr Radauner hat telephoniert, daß der Herr Höselind seinen schlechten Tag hat, und da muß ihn der Herr Radauner trösten."

„Bravo, Hies! sagte Fräulein Annalis. Jetzt ist die Sache nach allen Seiten hin klar! Und jetzt schauens nur, daß in der Kegelbahn alles am Schnürl geht! Unser Diner hier kann ich schon allein leiten, wir nehmens auch nicht so genau, wir zwei, nicht wahr, Herr Hofrat?" Und als der Diener fort war, sagte sie: „Ja so kommt man unverhofft zum schönsten Tete-a-tete. Glück muß der Mensch haben!" Und ihr großes unbewegliches Gesicht wurde ganz hell, sie neigte sich, wie von ihren schweren Schultern bedrückt, und sah mit ihren verschwiegenen grauen Augen den Hofrat an, der ihr gegenüber an der langen leeren Tafel saß, den Platz oben ließen sie für den Hausherrn frei.

Dem Hofrat wars eher ängstlich, er sagte nachdenklich: „Nun ja, das Leben ist manchmal recht seltsam."

„Jetzt fangen Sie, sagte Fräulein Annalis, nicht auch noch zu philosophieren an, Sie sind kein Prinz! Höchstens ein verwunschener, das könnt ja sein! Aber da müssens schon geduldig warten, bis ich Sie vielleicht entzaubern werd, ich glaub aber nicht!" Ihr frohes Gesicht paßte gar nicht zu der ernsten Stimme, die traurig sagte: „Ich glaub nicht, Herr Hofrat, ich glaubs halt nicht!"

„Freudenbecher, ein Bier!" schrie der Student Franz Josef Kikinger. Und gleich gings von allen Seiten wieder los: „Freudenbecher, warum krieg ich kein Bier?" Und: „Freudenbecher, wo bleibt mein Bier?" Und: „Freudenbecher, ich will ein Bier!" Und die Kegelbahn erdröhnte: „Freudenbecher, ein Bier, ein Bier, Freudenbecher, ein Bier!" Die Studenten hetzten das Skelett, das atemlos vom Tisch ans Faß und wieder zum Tisch sprang, in großer Sorge um seine Rockschöße, weil die Studenten durchaus verlangten, die Hauptpartie der Hose zu sehen. Aber plötzlich krachte des Kammersängers Baß schwarz ins helle Geschrei der jungen Stimmen: „Freudenbecher! Freudenhektoliter! Freudensündflut!"

„Meine Devotion!" sagte der Freudenbecher, schlug die Hacken zusammen und hielt die Bierkrügel salutierend an die Stirne.

„Hörrre!" sagte der Kammersänger, mit dem R schnarrend, um zu verbergen, daß er seiner Stimme nicht mehr ganz sicher war.

Der Freudenbecher riß seine flehentlichen Augen auf.

„Hörrre mit den Ohrwascheln, grunzte der Kammersänger. Wedel nicht mit den Augen, sondern hörrre! Wedle mit den Ohrrren, Freudenbecher!"

„Könnt mir vielleicht der Herr Studiosus Kikinger seine leihen? sagte das Skelett. Die sind größer!"

Der Student Franz Josef Kikinger fuhr auf, der Kammersänger riß ihn zurück und sagte: „Kusch! Du bist betrunken! Ich bin auch betrunken! Alle sind betrunken! Wer is nicht betrunken? Warum is mein Direktor nicht betrunken? Wo is mein Direktor? Ich will meinen Direktor hauen! Wo is der Hund?" Plötzlich saß er aber wieder aufrecht, es stieß ihn auf, er sprach schluckend: „Freudenbecher, hörrre!"

„Auserlesener Herr Kammersänger!" sagte der Freudenbecher.

„Richtig! sagte der Kammersänger. Also höre, Freudenausguß! Wer bin ich?"

„Der Herr Kammersänger Ignaz Fiechl", sagte der Freudenbecher, stramm.

„Das wundert mich nicht, sagte der Kammersänger. Jetzt aber! Was bist du?"

„Ein Nichts", sagte der Freudenbecher.

„Richtig!" sagte der Kammersänger.

„Richtig!" brüllte der Student Franz Josef Kikinger.

„Ein Nichts! wiederholte der Freudenbecher. Aber ich weiß es von mir. Dagegen der Herr Studiosus Kikinger weiß es von sich nicht!"

„Kusch!" sagte der Kammersänger zu dem Studenten Franz Josef Kikinger und hielt ihn zurück. Dann maß er mit seinem wankenden Blick das regungslose Skelett und sagte dumpf: „Ein Nichts! Ferner aber bist du noch etwas! Denn ich ernenne dich hiermit! Freudentropfen, ich ernenne dich zu meinem Bruckner!" Und ihn mit seiner kurzen fleischigen Hand segnend, fuhr er feierlich fort: „Der Bruckner, unser großer Anton Bruckner, du Viech, ein Oberöstreicher, während du nur so ein windiger Wiener bist, hanba! Der Bruckner hat dem Richard Wagner in Wahnfried Bier einschenken dürfen! Und du darfst mir Bier einschenken, du bist mein Bruckner! Heil der Mutter, die dich gebar! Seliger Held!"

Die Studenten schrien: „Heil!"

„Und jetzt bring mir aber einen Enzian! lallte der Kammersänger. Das Bier muß sich setzen!"

„Meine Devotion!" sagte der Freudenbecher, zwei Finger mit den Spitzen an seinen Mund legend.

„Und dann, sagte der Kammersänger nach dem dritten Enzian, dann mußt jetzt aber deine Hosen herzeigen! Sonst kriegst kein Dekret als Bruckner! Wenn einer ein Dekret kriegen will, muß er was hinunterschlucken! Die Hosen! Wir müssen heut die Hosen sehn!"

„Die Hosen!" schrie der Student Franz Josef Kikinger, auf das Skelett stürzend.

„Die Hosen!" schrien die Studenten und hielten ihn fest, bis er bezwungen war. Er lag auf dem Boden, den Kopf zwischen den Beinen des Studenten Franz Josef Kikinger, und so wurde er enthüllt. Die Studenten jauchzten. Der Student Franz Josef Kikinger aber sagte: „Meine Devotion!"

„Pfui, wie gemein! brüllte der Kammersänger. Laßts'n los! Pfui, wie gemein!"

Sie ließen ihn, sie konnten vor Lachen nicht mehr, da war es auf einmal ganz still; nur von unten in der Ferne flog das leise Fiedeln her. Sie lauschten. Die Windlichter flackerten in der dunklen Kegelbahn. Aber durchs Fenster sah der liebe Mond.

Der Kammersänger grunzte, das Bier hatte sich gesetzt, er war wieder ganz klar. Da schauten seine listigen kleinen Augen über den Tisch, und er sagte: „Meine Herrn, Ihr seids wohl gemein!"

Ganz still war es um den Tisch. Das Fenster hatte sich ausgehakt, leise schlug es im Wind an. Das Fiedeln unten erlosch.

„Ihr seids gemein, wiederholte der Kammersänger. Aber das ist ja das Herrliche!" Und breit und stark schritt seine große Stimme in die Nacht hinaus: „Das ist ja das Herrliche, daß der Deutsche so gemein sein kann als er will, denn er weiß, es macht ihm nichts! Das ist ein Deutscher, der alles hat, und wenn er will, singen alle kleinen Engerln in ihm, aber er kann auch den Teufel loslassen, wenn er will! Das muß man wissen. Dann aber 's Maul halten! Mit dem Reden, Kinder, kriegt mans doch nie heraus. Saufen, Kinder, dann aber 's Maul halten und horchen, wie schöns da drinnen is, in einer deutschen Brust! Ja, der Mond schaut auch schon her, der möcht das auch gern sehn, das is ein Feiner! Schauts euch den alten Mond an, Kinder!"

So sprach zu seinen Studenten ihr Hans Sachs in der Nacht auf der Kegelbahn.

Viertes Kapitel

Seit zehn Tagen war der Nußmensch fort. „Ich versteh dich gar nicht! schimpfte der alte Radauner den Maler Höfelind aus. Er is einmal ein Strabanzer, das weißt du doch! Man muß jedem Menschen seine Passion lassen, einer geht fischen, ein anderer berg-kraxeln, mancher auf die Jagd und er halt auf den Schub, da kann man nix machen! Wenn er genug verlauft is, kommt er dann schon wieder zurück! Er is noch immer wieder schön zurückgekommen!"

„Ich hab Angst, sagte Höfelind. Es is dumm, ich weiß. Aber ich kann mir nicht helfen, mir ist angst um ihn."

„Dir is jede Ausred recht, sagte der Alte, um nur nix zu malen. Faul bist! Das is es!"

„Das auch, sagte Höfelind, mit seinem ziellosen Hohn und Grimm. Ich weiß aber nicht, wann ich das Euer

Hochwohlgeboren jemals verheimlicht hätt? Es ist noch meine einzige gute Eigenschaft!"

Radauner lachte, sich erinnernd, und fragte: „Hat er dir das vielleicht auch gesagt?"

„Was? Wer?" fragte Höfelind, teilnahmslos.

„Wer? äffte der Alte. Von wem reden wir denn den ganzen Tag?"

„Was hat er gesagt?" fragte Höfelind, gierig.

Der Alte lachte. „Ich hab ihn neulich einmal zu-sammengeschimpft, daß es eine wahre Schand is, wie er lebt, nix als im Gras liegen und zu nix nutz sein —"

„Das war sehr ungerecht, fiel Höfelind ein. Ich habe nie einen geschickteren Menschen gekannt. Er kann einfach alles!"

„Das is schon wahr, sagte der Alte. Er könnt wirk-lich alles, aber er find't ja, daß alles unnötig is. Es kann ja wirklich niemand besser Gulasch kochen, aber dann stellt er sich hin und erzählt mir von den Leichen vor, die ich da eigentlich freß, bis mir ganz der Appetit vergeht! Also was hab ich davon?"

„Das ist etwas anderes, sagte Höfelind, achselzuckend. Man darf aber deswegen nicht behaupten —"

„Also willst du mich erzählen lassen oder nicht? schrie der Alte, seinen Knüppel aufstoßend. Warum darf ich nicht behaupten? Darf vielleicht überhaupt nur er noch behaupten? Und seine Behauptungen, no ich bitte, no ich danke! Aber die dürfen sich behaupten, weil er es ist, er, das Orakel! Du bist ein dummer Kerl!" Er schnaubte,

verschluckte sich, fing zu husten an und murrte noch immer
fort: „Wirklich ein dummer Kerl! Ein dummer Kerl bist!
Mit dir werd ich doch nicht streiten? Lern erst malen,
junger Herr! Hä, Personal der Menschheit, hä! Du dummer Kerl, wenn du's je dazu bringst, einen ordentlichen
großen Zehen zu malen, dann red! In einem wirklichen
großen Zechen is mehr von der Menschheit drin als in
deinem ganzen, ä, Personal, ä! Symbolist mit Humbug!
Ein dummer Kerl!"

„Gewiß, sagte Höfelind. Aber was der Nußmensch
gesagt hat, weiß ich noch immer nicht. Euer Hochwohlgeboren wollten mir doch erzählen!"

„Ja! Der Hallodri! sagte der Alte, schon wieder ganz
vergnügt. Also ich hab ihm ja bloß die Leviten ein bißl
gelesen, das muß man doch! Und er soll nicht so faul sein,
er ist alt genug, um endlich einmal was zu leisten! Was
antwortet mir der Fallot? Und unser Herr Jesus? sagt
er mir. Ich frag, weil ich ihn gar nicht versteh: Was
willst denn? Da sagt er: Was hat denn unser Herr Jesus
geleistet bis zu seinem dreißigsten Jahr? Und macht aber
ein so sonderbares andächtiges Gesicht dazu, daß ich ganz
still war. Und eigentlich hab ich mich noch fast geschämt
vor ihm!" Schnaufend sah der Alte vor sich hin, dann
fing er wieder zu gröhlen an: „Das hat ja der verfluchte
Bub, daß man nie recht weiß, ob man ihn prügeln soll
oder ob man ihm nicht lieber die Hand küssen möcht!"
Und er schrie: „Aber bang, junger Herr, bang braucht
einem um den nicht zu sein! Bang? Um den? Du Trottel!

Eingsperrt wird er nächstens einmal werden, das is sicher!
Aber da kann das Loch, in das's ihn stecken, noch so tief
sein, es wird ihm immer noch besser gehn als uns zwei
miteinand! Und dir gar, mit samt deinem vielen Geld!
Denn der Mistbub lacht einfach! Dem kann doch g'schehn
was will, er lacht! Mach's ihm nach!"

„Ich hab ihn gemalt, sagte Höfelind leise, voll Angst.
Du kennst seinen Körper nicht so! Ich hab mir die ganze
Zeit nur gesagt: Nur schnell, nur schnell, sonst explodiert
er mir, unter der Hand! Eine solche Spannung hat er,
so viel is da drin und dampft und drängt, und du hast das
Gefühl, der kann das doch nicht aushalten, es muß ihn
zerreißen, gleich wird's knacken und der dünne Körper
wird springen! Ich kann dir das nicht erklären, aber ich
weiß es."

„Aber geh! sagte der Alte. Die Rahl is auch nicht
gesprungen! Und du hast auch geglaubt!"

„Die Rahl ist ein Mordstrumm von einem Frauen-
zimmer, sagte Höfelind, nachdenklich. Und dann hat die
das Theater, wenn das Manometer zeigt, daß es gefährlich werden könnt! Oder sie nimmt sich einen Jüngling
nach Haus!"

Der Alte lachte. „Und dann springt der Jüngling, das
is eine ganz gute Method. Und so wird sich unser Nußerl
schon auch was finden, ein jeder find't sich was. Bild dir
nix ein, ich bitt dich!"

„Ich weiß es", sagte Höfelind.

„Außerdem, sagte der alte Rabauner und fing wieder

zu husten und zu schnauben und zu spucken an, außerdem
ist er doch unsterblich! A, ä, nicht? Er hat ja den Tod
abgeschafft, der Strick!"

„Er spielt gefährlich", sagte Höfelind, leise.

„Jetzt wannst mir mystisch wirst, schimpfte der Alte,
da geh ich! Das kannst malen, die Farb is geduldig!
Aber ich laß mir solchen Blödsinn nicht an meinen alten
Schädel schmeißen, das bitt ich mir aus!"

„Ihm hörst doch auch zu, sagte Höfelind, wenn er
dir erklärt, daß der Tod abgesetzt worden ist! Is das nicht
mystisch? Da bist aber ganz einverstanden!"

„Da bin ich einverstanden, sagte der Alte, weil er
ein junger Mensch ist! Denn jeder junge Mensch glaubt
an den Tod nicht! Die meisten sind nur zu bescheiden
und wollen sich erst in keine lange Streiterei einlassen,
auch aus Höflichkeit vor den älteren Leuten, und so sagen's
halt Ja, so tun's halt, als ob's einverstanden wären, und
die Sache ist für sie ja auch nicht so bringend, es is, wie
wenn dir einer saget, irgendwo in Afrika gibt's eine
Menschenrass' mit drei Köpfen! Also ja, sagst halt in Gottesnamen Ja, was wirst dich denn mit ihm streiten, wegen
Afrika, wo du vielleicht in deinem ganzen Leben nie hin-
kommst? Und dasselbe denkt sich ein junger Mensch, soll
er sich aufregen, über den Tod, der so weit ist? Es hat
noch Zeit, später wird man ja sehen! Aber daß ein junger
Mensch sich wirklich je den Tod vorstellen könnt, das gibt's
einfach nicht! Denn ein junger Mensch is einfach körper-
lich unfähig, den Gedanken des Todes zu fassen! Das

Nusserl aber is halt nicht so bescheiden wie die anderen, sondern is frech und hat eine Freud, wenn's streiten kann! Daher kommt das, junger Herr, ganz einfach!"

„Ich glaube, es kommt daher, sagte Höfelind langsam, weil er einen ungeheueren inneren Kampf mit dem Tod führt, es ist ein fortwährendes Ringen mit dem Tod, glaub ich."

„Ich glaub, sagte der Alte, Höfelinds still nachdenklichen Ton übernehmend, daß dir der liebe Gott dein bißl Verstand nur gegeben hat, um daran desto sicherer verrückt zu werden, denn dazu allein benützt du es. Andere Leut sind harmlos blöd, aber du machst einen verblüffenden Aufwand von Gescheitheit dazu. Du brauchst das halt zum Malen offenbar, also gut, no also gut!"

„Und du brauchst es zum Malen, daß du mit mir schimpfst", sagte Höfelind.

„Schimpfen ist aber nützlicher, sagte der Alte. Schimpfen ist so gesund! Es kommt gleich nach dem Malen."

„Wo kann er nur eigentlich sein? fragte Höfelind wieder. Und immer frag ich mich: Warum ist er fort? Haben wir ihm was getan? Spürt er denn gar nicht, wie gut man's ihm meint? Du doch auch!" Und sich seiner weichen Stimme schämend, sagte er: „Du tust ja nur so! Dann aber kannst stundenlang sitzen und hörst ihm zu! Während ich —! Mich amüsiert er doch eigentlich bloß!"

„Ich werd dir sagen, erklärte der Alte, wie das bei

dir ist! Du brauchst immer ein Spucktücherl, in das d'
deine verrückten Ideen hineinspucken kannst, dazu sind die
Menschen für dich da! Junger Herr, die Menschen sind
gar nicht so geheimnisvoll, wie du glaubst!"

„Euer Hochwohlgeboren, sagte Höfelind, die Menschen sind viel geheimnisvoller, als man weiß. Sogar du!"

„Geheimnisvoll ist mein Klee", sagte der alte Rabauner.

„Mich macht's halt nervös, sagte Höfelind ungeduldig,
daß er so lang nicht kommt! Er ist unbedacht und traut
sich alles zu. Wie leicht kann ihm was geschehen!"

„Schau dir ihn einmal an, sagte der Alte, wie er
geht! Langsam und feierlich, und man sieht, er hat Zeit,
und die ganze Welt kann warten, er beeilt sich nicht!
Wenn man ihn so daher kommen sieht, schaut's aus, als
käm eine Prozession, schön langsam, mit der Fahnenstang
voran! Mein lieber Herr, wer so geht, dem g'schieht nix!
Er schiebt sich halt irgendwo spazieren in der Welt, aber
auf einmal taucht seine Schwimmhosen schon wieder im
Garten auf, da is mir nicht bang!"

„Er geht, sagte Höfelind, wie einer, der mit beiden
Händen was tragt, irgendein zu volles Gefäß, und Angst
hat, daß er ausschütten könnt. Und dabei wird er einmal
hinfallen und das Gefäß bricht. Wir haben's besser: du
schimpfst und ich strampf, so beuteln wir alles ab! Stille
Menschen sind unnatürlich." Er ging herum und quälte
sich, bis er sagte: „Was nutzt mir das alles? Er ist halt
fort!"

„Mal!" sagte der Alte.

„Seit zehn Tagen ist er fort!" sagte Höfelind.

Er war aber gar nicht fort. Seit zehn Tagen saß er in dem verwachsenen Garten der Witwe Wabern. Weil er dort ein Trotterl gefunden hatte. Er vergaß nur, es Höfelind sagen zu lassen. Weil er doch jeden Tag glaubte, den nächsten Tag heimzukehren.

Das Haus der Witwe Wabern lag hinter dem Fried- hof. Der schöne Leutnant Guido von Wabern hatte quit- tieren müssen, um die arme Klavierlehrerin heiraten zu können. Es war aber ein Glück für ihn, er kam gerade in die gute Zeit, wo man mit Fahrrädern so viel verdiente, daß er sich bald selbständig machen konnte. Er rechnete, daß er, wenn das Geschäft noch drei Jahre so weiter ging, ausgesorgt haben würde; und dann kann er sich zurück- ziehen, um das lenkbare Luftschiff zu erfinden, das war immer sein Traum. Und er kaufte sich einstweilen dort oben an, weil ihm der Wiesenhang am Tiergarten sehr tauglich schien, um ungestört abzufliegen. Auf den Grund hin baute er sich ein lustiges kleines Haus, im östreichischen Barock, wie der Baupolier behauptete, der eben zum Stadt- baumeister ernannt worden war. Über dem Tor war rechts ein kühner Radfahrer zu sehen, links zwei die mit- einander Säbel fochten, in der Mitte aber gar ein stolzer Luftballon, hoch oben, und alles in Gips. Rings aber ließ er im Garten Fichten pflanzen, weil er auch gern ein Hochtourist gewesen wäre, wenn er halt nur etwas mehr Zeit gehabt hätte! Die Fichten wuchsen schnell und wurden so groß, daß das Haus jetzt schon ganz in einem Wald

stand; von draußen sah man es gar nicht mehr. Aber das
hatte der Herr Leutnant nicht mehr erlebt; das Haus war
noch nicht einmal fertig, da sprang ihm ein Hund ins Rad,
und er stürzte so bös, daß er nicht mehr aufstand. Seitdem hieß es, daß es mit der Witwe Wabern nicht mehr
ganz richtig sei. Nachbarn wollten sie trösten und redeten
ihr zu, doch nicht in dem einsamen Haus zu bleiben, das
im Winter gar ganz verlassen war, daß man sich wohl
fürchten konnte, wenn der Wind pfiff. Sie ließ sich aber
nichts sagen, das ärgerte die Nachbarn. Und als man dann
erfuhr, sie habe den religiösen Wahn, sagten sie: Recht
g'schieht ihr, weil sie eine ungute Person is, die auf einen
nicht hören will, das kommt davon! Übrigens langte zum
Leben ja grad, was ihr der Leutnant hinterlassen hatte.
Dann erfuhr man noch, daß nach zwei Jahren ein Kind
auf die Welt kam. Aber die Nachbarn gaben es auf, sich
um sie zu kümmern, und wunderten sich über nichts mehr
und ließen sie. Sie wunderten sich auch nicht, daß es ein
blödes Kind war. Ein Trotterl, sagten sie, das hat sie jetzt
davon! Nur wenn jemand einmal dort vorüberging, zu
den Fichten hin, in denen das einsame Haus versteckt war,
hinter dem fest versperrten Tor, warnte ihn der Totengräber: „Geben's acht, daß Ihnen das Kind nicht einen
Stein nachwirft, das Kind is wie ein böser Hund!" Und
so war der Nußmensch mit dem Trotterl bekannt geworden.
Er ging vorbei, da flog ein Stein, er rieb sich, es tat weh,
dann sah er in den Fichten zwei Augen, so böse Augen
mit solcher Gier und solchem Haß hatte er nie gesehen!

Er stand ruhig und wartete, da traf ihn noch einer, ihm
war, als wären's diese bösen Augen selbst, von denen er
an der Stirne blutete. Er nahm die Steine, stieg über
die Mauer ein und sagte dem plärrenden und stampfen-
den Kind: „Da hast deine Steine! In's G'sicht darfst mich
nicht treffen, weil das weh tut, aber sonst macht's mir
nichts. Wenn du's gern hast! Also ziel ordentlich! Aber
nicht ins G'sicht, gelt?" Er stellte sich hin, als Scheibe.
Sie schlug um sich und wälzte sich und schrie vor Wut.
Er wunderte sich, warum sie gar so warm angezogen war,
und einen ganz dicken Schal hatte sie noch um, einem
schmierigen kleinen Bärenkind war sie gleich. Wie sie sah,
daß er ihr wirklich nichts tat, kam sie lauernd unter den
Fichten hervor, näherte sich, zielte, warf und traf ihn gut.
Er rieb sich, übertrieb seinen Schmerz, um ihr Spaß zu
machen, und wimmerte lang: „O weh o weh o weh!"
Wieder nahm sie dann aus ihrer Schürze noch einen Stein
und warf ihn. Dreimal warf sie so. Dann ließ sie die
Schürze los, die Steine fielen und er hatte das weinende
Kind zu seinen Füßen. Ihr großer harter Kopf schlug an
seine Knie, so stark, als hätte sie sich zerbrechen wollen.
Und weinend schrie sie nur in einem fort vor Weh und
Leid und wollte nicht aufhören zu weinen, bis sie der
Länge nach hinschlug und für ohnmächtig dalag. Er strich
mit der Hand über ihr zausiges Wollhaar, wartete und
sagte dann: „Also jetzt komm aber und zeig mir euren
Garten!" Da nahm sie seine Hand und ging mit ihm,
ganz brav. Er fragte sie: „Wie heißt du denn?" Sie

schüttelte den Kopf und sagte nichts. Fest biß sie die Zähne zu und sagte nichts, was er auch sie fragte. Fest blieben ihre großen weißen Zähne zu, sie tat den Mund nicht auf, aber ihre Hand ließ sie in seiner. So gingen sie durch den verwachsenen Garten, und er sagte ihr, wie die wilden Blumen alle hießen, im ungemähten Gras, und die Namen der Bäume sagte er ihr, und er sagte ihr, daß man die verblühten Rosen doch abschneiden muß, weil sich sonst der Strauch kränkt, was man ihm dann aufs Jahr ansieht, und sie ging mit ihm an seiner Hand und hörte zu. Dann setzten sie sich, als ihre kurzen dicken Beine müde wurden, und er erzählte noch immer fort und sie hörte zu. Bis es schon finster wurde, saßen sie so, da sah er sie dann auf einmal an, ganz nah kam sein Gesicht an ihres, und er sagte: „Es ist ja aber gar nicht wahr, du hast doch keine bösen Augen!" Sie wollte von ihm los, aber er ließ sie nicht und hielt sie bei der Hand fest. Dann war die Sonne weg, und jetzt fing er von den Sternen an und erzählte ihr, daß auch die Sterne Namen haben, und zeigte ihr die weiße Landstraße, auf der am Himmel die Sterne spazieren gehen, und freute sich über ihr verwundertes dummes Gesicht. Er fragte sie, ob sie schon einmal gesehen, wie manchmal ein Stern vom Himmel fällt. Sie nickte, und er erklärte ihr, daß das daher kommt, weil es auch im Himmel lustige Mädeln gibt; und weil sie dort aber keine Steine haben, werfen sie halt mit Sternen, das muß noch mehr weh tun! Da schämte sie sich und klammerte sich mit ihrer heißen Hand an ihn. Eine Stimme rief aus dem Haus. Das Kind zitterte, schüttelte sich und hielt sich an. Er sagte: „Nein, nur nicht die bösen Augen wieder!" Und als er sie noch immer zittern fühlte, sagte er: „Schau, die Sterne!" Und dann fing er wieder an und erzählte, bis es schon spät in der Nacht war. Da stand er auf und fragte das horchende Kind: „Magst, daß ich morgen wiederkomm?" Da hängte sie sich mit beiden Händen an seinen Arm, zog die Füße hoch, und so hing sie, zappelnd, und schrie. Und es kam das erste Wort aus ihrem ächzenden Mund: „Dableiben!" Schwer kam es durch, als ob es erst die Lippen aufbrechen müßte. Sie röchelte, strampelte, verzerrte sich, der Zorn riß sie herum, bis der junge Mensch sagte: „Wennst willst, kann ich ja auch bleiben. Aber dann mußt ordentlich mit mir reden, jetzt weiß ich ja, daß du's kannst. Du kannst es ganz schön." Und er verlangte von ihr, ihm nachzusprechen: „Bitt schön, bleib bei mir, mein lieber Freund." Sie rang den Mund, stammelnd und stotternd, und jedes einzelne Wort, wie sie's auswarf, riß ein Geröll von stöhnenden und stockenden, dumpf rasselnden, zerborstenen Lauten mit, und der Zorn, ihm zu gehorchen, schlug ihr den Mund zu. Doch mußte sie gehorchen, es stieß ihr auf, Wort um Wort erbrach sie. Früher gab er nicht nach. „Siehst, daß'st es kannst!" sagte er dann. Er sah sie lustig an, sie schämte sich und war froh dabei. „Und jetzt müssen wir nur acht geben, sagte er, und dürfen den dummen Mund nicht wieder zuwachsen lassen!" Sie gingen ins Haus, die Mutter erschrak vor dem fremden Mann und warf sich

vor ihm hin. Er nahm sie, hob sie und sagte: „Aber
Weiberl, schaun's!" Sie sagte: „Ich werd für den Herrn
beten!" Er sagte: „Das können's ja, das macht nichts!"
Da war die Frau froh, ging wieder in ihren Winkel und
betete, mit dem Kopf nickend. Am nächsten Tag lüftete
der junge Mensch das ganze Haus aus, alle Fenster riß
er, alle Türen auf, da sprang der Wind in allen Ecken an.
Die Frau verkroch sich, das Kind blieb neben ihm, treppauf
und treppab, vom spinnigen Boden bis in den nassen
Keller hinab, lustig war es ihr. Und als das ganze Haus
dann offen stand und der Wind herumfuhr, zog sie den
guten Freund hinter das Haus, da war noch ein Schuppen
mit Werkzeugen, einer Drechselbank, Fahrrädern, Schläuchen und solchem Gerümpel aus des Leutnants Zeit. Das
Kind sah ihn dabei so listig an, er horchte, er hörte miauen.
Das Kind zog ihn ins Dunkel der Hütte, da fand er in
einer Kiste ein armes Kätzchen angebunden. Er fragte
das Kind: „Hast du das getan?" Das Kind nickte. Er
wickelte die Schnur ab und band das Kätzchen los, das
Kind sah zu und sagte mit seiner gurgelnden Stimme:
„Es wird aber fortlaufen und miaut nicht mehr." Er
sagte: „Laß es nur und gib mir deine Hand!" Das Kind
hielt seine Hand hin. Er wickelte die Schnur um die Hand,
sie wunderte sich, er sagte: „Warte nur!" Er band das
Kind an demselben Pflock fest, wo das Kätzchen angebunden
gewesen war. Dann ging er in den hellen Garten hinaus,
indem er sagte: „Jetzt miau du!" Das Kind blieb ganz
still, aber es fürchtete sich sehr, und die Schnur tat weh.

Er ging eine Stunde im Garten herum. Dann kam er
zurück und sagte freundlich: „Jetzt weißt, wie das ist, gelt?"
Er band sie los, nahm ihre Hand und sagte: „Jetzt komm
aber, jetzt werd ich dir wieder erzählen." Und in der
Sonne draußen fragte er sie noch einmal, mit seinem
schwirrenden Lachen: „Weißt es jetzt?" „Ja", sagte das
Kind. Dann dachte sie nach und sagte noch, auf das Haus
zeigend: „Die Frau sagt auch, ich bin ein schlimmes Kind."
Ihre dicken Lippen lachten bös, sie zeigte noch einmal auf
das Haus und sagte: „Die Mutter." Er sagte: „Aber nein,
was du dir einbild'st! Schlimme Kinder gibt's gar nicht,
woher denn? Das glaubt man nur! Ich glaub's nicht.
Du wirst es schon sehn!" Da war sie ganz still an seiner
Hand, und sie gingen, und er fing ihr wieder zu erzählen
an, den ganzen Tag.

Den dritten Tag, als sie im Garten waren, kam ein
schwarzer Mann den Weg her, sperrte das Tor auf und
trat ein. Als das Kind ihn sah, riß es sich los und floh.
Der Mann schritt schwer auf den jungen Menschen zu und
fragte: „Wer sind Sie?"

„Oh, sagte der Nußmensch, ich bin nur auf Besuch
hier, geistlicher Herr!"

Der Mann ging in das Haus. Der Knabe legte sich
ins Gras und ließ an seinem warmen Leib das Kätzchen
schnurren. Aus dem Hause schlug die strenge Stimme des
geistlichen Herrn, dann wurden die Fenster geschlossen.

Die Sonne war so stark an diesem Tag, daß alles er-
zitterte, unter ihrer weißen Hand. Und die Mittagsstunde

fürchtete sich vor ihr und tat keinen Schritt und stand, den Atem angehalten. Dem Knaben im Gras war's, als läg er im ewigen Leben drin, mit dem schnurrenden Kätzchen.

Da kam der Mann zurück und sagte: „Lassen Sie das arme Kind! Dem ist nicht zu helfen. Und was wollen Sie, was geht es Sie an?"

„Und Sie?" fragte der Nußmensch.

„Ich, stieß der mit seiner harten Stimme zu, ich bin der Vater. Ich muß es büßen. Ich bin der Vater dieses unglücklichen Geschöpfs! Darum treibt's mich immer wieder her. Hier kann ich die Frucht meiner verwünschten Lust ansehen."

„Eine Predigt halten Sie mir? sagte der Nußmensch, lustig. A so!"

Der Mann hob seinen Stock und schrie: „Willst du noch deinen Spott mit mir geschlagenem Manne treiben, du gottloser Bub?"

„Nein, sagte der Nußmensch, und sein fliegendes Lachen klang, als wenn er sich selber zugelacht hätte. Gott-voll bin ich! Nein, guter Mann, gottlos bin ich wirklich nicht!" Und von solcher Kraft war die leise lachende Stimme im Sonnenschein der stillstehenden Mittagsstunde, daß dem anderen der Zorn sank. Der Geistliche sagte, ver-wundert den argen Knaben betrachtend: „Sie meinen's ja vielleicht dem armen Kind ganz gut, aber es ist ihm nicht zu helfen!"

„Das Kind hat nur noch nie gespürt, sagte der Nußmensch), daß vielleicht jemand es gern haben könnte. Wenn ich noch ein paar Tage da bin, wird es gar kein armes Kind mehr sein, o nein!"

„Das Kind muß büßen, sagte der Geistliche, heftig. Das Sündenkind! Glauben Sie, für mich ist das nicht hart genug? Da hätt ich nun wenigstens ein Kind! Gottes Segen nennt man's doch! Aber mir ist es zum Fluch geworden, denn meins ist ja nur ein böses Tier, mein Kind! So hat Gott meine schändliche Lust an mir bestraft!" Der schwarze Mann stand in der Sonne, da schien er noch größer, im weißen Licht rings.

Der Nußmensch sagte: „Man muß ihr nur erzählen, da kann sie dann ganz lieb lachen."

„Nein! schrie der heilige Mann in seinem Zorn. Fort mit Ihnen! Wollen Sie mein Kind zur Weltlust verlocken?"

„Ja!" rief der Knabe, hell. Er sprang aus dem Gras auf, nickte dem geistlichen Herrn zu und sagte vergnügt, mit seinem flimmernden Lachen: „Ja ja! Alle Menschen möcht ich zur Weltlust verlocken! Ja, Hochwürden! Das möcht ich!" Denn dann wär's gut." Er sah in sein Gesicht, das von Zorn und Wünschen und reißender Reue zerbissen war, der schnaubende Mann in seiner Qual tat ihm leid, und die liebe Stimme bat: „Wenn ich nur auch Sie verlocken könnt! Wär's denn nicht gescheiter?"

Der Mann wich, als wenn er Angst hätte, vor dem Knaben. Der ging ihm nach und sagte: „Warum wollen Sie denn nicht ruhig mit mir reden? Eigentlich bin ich sicher auch ein frommer Mensch." Er dachte darüber nach und beteuerte: „Ich glaub ganz gewiß. Die Menschen müssen nur miteinander reden, sonst versteht einer die Methode vom anderen nicht. Möchten Sie nicht lieber ruhig mit mir reden?"

„Reden, reden, sprach der zürnende Mann, mit Reden wollt ihr die Welt heilen, in euerem Affenverstand! Wer einmal die Sünde kennt, gibt das Reden auf. Dem ist nicht mehr zu helfen!" Und er sah den Knaben höhnisch an und fragte: „Aber der junge Herr ist wohl von denen, die keine Sünde mehr kennen? Sie soll ja, hör ich, jetzt auch abgeschafft sein! Der junge Herr will mir wohl beweisen, daß es die Sünde gar nicht gibt?"

„Alles gibt's, was man glaubt; das weiß ich schon", sagte der Nußmensch, mit seiner langsam nachziehenden Stimme.

„Glauben Sie an die Sünde?" drängte der Priester.

„An Ihre muß ich doch glauben, sagte der Nußmensch, ich seh's ja!" Er lachte leis in sich hinein und sagte vergnügt: „Das wär doch dumm von mir! Nicht wahr, wenn einer was im Ohr hat und immer ein Geräusch hört und das verfolgt ihn, wie soll ich ihm denn beweisen, daß es dieses Geräusch gar nicht gibt? Das nutzt ihm ja nix, er hört's doch, und was er hört, ist eben für ihn ein Geräusch. Das kann ich doch nicht leugnen, sonst wird er höchstens sagen, daß ich schlechte Ohren hab. Und vielleicht ist es ja auch so, wie soll ich denn wissen, ob das, was er hört, nicht ein wirkliches Geräusch ist, warum soll denn einer

nicht beſſere Ohren haben als ich? Mir ſind aber halt
meine ſchlechten lieber, das muß ich ſchon ſagen!“ Und
er lachte.

„Ja, Sie ſetzen noch Ihren Stolz und Hochmut darein,
ſagte der Geiſtliche, ſchlecht zu ſein! Das iſt das Zeichen
der Zeit. Aber für jeden kommt ein Tag. Und dann
gnade Ihnen Gott! Ich hab’s am eigenen Leib erlebt!“
Und ganz leiſe fuhr er fort, vor ſich hin: „Ich hab mich
auch in meinen Sünden gewälzt und war noch ſtolz und
war noch froh, ſchlecht zu ſein, und hab mich vermeſſen
gegen Gott und hab auch geglaubt, ich werd ſtärker ſein
als er. Da hat er mich verflucht durch dieſes Kind! Da
ſteht ſie nun, meine Sünde, vor mir und geht herum und
wächſt groß und ich ſehe, ſehe mit meinen Augen daran,
wie ſchlecht und voll Gift mein Saft geweſen iſt, meine
ſtolze und anmaßende Lebenskraft! Das treibt mich immer
wieder her, mir meine Sünde hier anzuſehen, an dieſem
verirrten Schatten von einem Menſchen, der aus mir geworden iſt! Mein Kind iſt es, meine Frucht! Und wie
ſtolz war ich, in meiner Sünden Blütezeit! Aber da hat
Gott meinen ſtarren Hals gebeugt!“ Er ſah auf den
Knaben und ſagte traurig: „Schlecht iſt der Menſch, von
Grund aus ſchlecht iſt jeder, aber wehe dem, der es nicht
weiß und Gott zwingt, es ihm zu zeigen!“

„Sehen Sie, ſagte der Knabe, mit ſeinem raſcheln-
den, glitzernden Lachen, mein Gott, meiner, der würde
ſich nie von einem ſolchen Spatzen, wie der Menſch iſt,
zu etwas zwingen laſſen, aber ganz gewiß nicht!“

„Wer bist denn du, sagte der Geistliche drohend, der mir ins Ohr zischt wie eine Schlange?" Sein narbiges Gesicht schwoll an, und er hob den Stock.

„Nein, bitte, ich will Sie gar nicht beleidigen, Sie irren sich, rief der Knabe. Und Ihren Gott auch nicht! Sie müssen mir nur erklären, wie Sie denn eigentlich auf die Idee gekommen sind, daß der Mensch schlecht ist! Wie kann man auf die Idee kommen, daß es einen schlechten Menschen gibt, da doch Gott den Menschen erschaffen hat? Da hätt er's also halt nicht ordentlich können und hat es schlecht gemacht? Meiner aber hat alles gut gemacht! Das muß man doch auch von Gott verlangen dürfen!" Und er lief dem Geistlichen nach, der sich plötzlich von ihm abgewendet hatte und heftig zum Tor des Gartens hinab schritt. Und ganz erstaunt und enttäuscht bat er ihn: „Warum wollen Sie nicht mit mir reden? Die Sache ist doch sehr wichtig! Ich kann mich ja auch irren, gerade so wie Sie, also wird es da nicht das beste sein, wenn Sie mir Ihren Gott erklären und ich Ihnen meinen, und dann vergleichen wir, welcher besser ist? Das muß doch fest-zustellen sein, nicht? Da handelt es sich doch um eine Wahrheit, die muß man doch herausbringen können! Und ich versteh nur nicht, daß da die Menschen immer gleich aufeinander bös werden, statt einfach miteinander zu reden, so lang bis man halt das Richtige weiß!"

Der Priester stand und sah den Knaben an, verwundert über sich selbst, warum ihn denn sein Zorn im Stich ließ, und von der Angst verwirrt, wehrlos zu werden. Dann

aber, mit einem Blick auf das Haus zurück, in den Fichten
dort, wo sich sein blödes Kind vor ihm verkrochen hatte,
riß er sich empor und sagte: „Ich habe meinen Gott erlebt!“ Dann sah er den Knaben mitleidig an und sagte
noch: „Bleib du deiner Sünden froh! Solang du's kannst!
Es wird schon auch über dich kommen!“ Da breitete der
Knabe seine Arme weit aus, zur weißen Straße hin, nach
den Wiesen und Äckern im flutenden Licht, und rief:
„Schaun Sie die Sonne doch an, geistlicher Herr! Überall
ist unsere große Sonne! Der Prophet hat mir gesagt:
Warum schaun die Menschen sich die Sonne nicht an? Da
hab ich hingeschaut, und da bin ich aufgewacht.“ Und
eifrig fing seine kindische Stimme geschwind zu erklären
an: „Sie müssen sich hinstellen und die Sonne fest anschaun, mit offenen Armen und einem ganz tiefen Atemzug, bis sie ganz von ihr gebadet sind und ihre Strahlen
eingesaugt haben! Dann können Sie die Hände falten
und müssen leise sagen, zwei-, dreimal, bis Sie ganz davon
durchdrungen sind: O Mensch! Nichts als das müssen Sie
sagen, Sie müssen es aber zugleich auch denken! Probieren
Sie's nur einmal! So fängt man am besten an!“ Und
mit seinem schwirrenden Lachen sagte er froh: „Probieren
Sie's nur einmal! Was kann's schaden? Nicht wahr,
nein?“

Der Priester sagte langsam: „Du paßt zu meinem ver-
störten Kind! Du magst wohl auch so eine lebendig ge-
wordene Sünde sein!“ Doch er konnte nicht wehren, daß
der Knabe sich an ihn hängte. Und zärtlich bat ihn der

Knabe: „Und hören Sie nur auch noch an, was ich jetzt
weiß! Denn jetzt weiß ich es ganz bestimmt! Es war
immer schon in meinem Kopf versteckt, jetzt hab ich aber
tagelang darüber nachgedacht, und hier hat es sich doch
auch wieder bestätigt, an dem lieben Kind; jetzt bin ich
sicher! Nämlich, denken Sie sich: Es gibt gar keinen
schlechten Menschen, und dumme Menschen auch nicht,
das ist nur ein Irrtum! Nein nicht, Sie dürfen nicht
gleich ungeduldig werden, hören Sie doch ordentlich zu!
Wenn ein Mensch etwas so Wichtiges herausgefunden hat,
sollen die anderen froh sein! Hören Sie zu, dann können
Sie ja sagen, was Ihnen vielleicht nicht recht zu stimmen
scheint! Nämlich, es ist so, hören Sie zu: so!" Er sann
nach, hob den Finger, nickte, lachte, wie jemand der ein
großes Geheimnis weiß, an das niemand denkt, und sagte
listig: „Es gibt keine guten oder schlechten und es gibt
keine gescheiten oder dummen Menschen, sondern in allen
Menschen ist derselbe Mensch drin, drin steckt in allen dasselbe, und das was drin steckt, das ist erst der Mensch, und
man kann gar nicht sagen, ob es gut oder schlecht und ob
es gescheit oder dumm ist, sondern alles zusammen ist es,
alles zusammen ist der Mensch, wie man nicht sagen kann,
daß die Natur ein Erdapfel oder ein Eidachsel ist, sondern
alles zusammen ist sie, Erdapfel und Eidachsel und noch
alles andere dazu! Aber, und jetzt kommt meine Entdeckung, aber der Mensch, dieser selbe Mensch, der in allen
Menschen gleich ist, steckt im Menschen drin, ganz drin
erst, er ist zugemacht. Wenn der Mensch auf die Welt

kommt, ist er ganz zugemacht, und jetzt muß jeder erst
nach und nach aufgemacht werden, das nennt man eben
sein Leben, das Leben macht einen jeden langsam auf,
nicht wahr? Und dadurch kommt dann erst langsam der
Mensch heraus und der eine halt ein bißl früher, der andere
später, der eine mehr und der andere nicht ganz. Schaun
Sie sich einen Nußbaum an! Grad um die Zeit jetzt sieht
man's. Also nicht wahr, da sind auch manche noch ganz
zu, die festen grünen Kugeln, aber manche haben schon
einen Schlitz, da sieht schon die braune Nuß durch, und
andere sind aufgebrochen, die Nuß ist abgefallen. Und
das ist halt der ganze Unterschied, daß bei manchen der
Mensch noch ganz zugemacht ist, mancher wieder hat schon
einen Schlitz, da kann man in der gespaltenen Kugel drin
schon ein Stückel vom Menschen sehen, und mancher erlebt's,
da springt die Kugel auf und der Mensch heraus. Und
da gibt's dann ein Geschrei, als wenn's ein Wunder wär:
Der schöne Mensch, der gute Mensch! Aber seids doch nicht
so dumm, jeder von euch ist grad so schön und grad so gut,
er steckt nur noch in der Kugel drin, er ist noch zugemacht,
machts ihn nur auf! Sehns jetzt ein, Hochwürden, daß ich
ganz ein guter Christ bin? Denn bestimmt hat Christus
das auch gemeint! Es ist nur halt dann später wieder
vergessen worden, drum müssen noch immer Propheten
kommen. Denn früher geht's nicht, bis jeder weiß, daß
wir dazu da sind, in jedem den Menschen aufzumachen,
der in allen gleich ist. Das wird dann wohl wunderschön
sein, wenn's einmal so weit ist! Aber warum hat es

Chriſtus noch immer nicht erreicht? Warum iſt's noch
immer nicht ſo weit? Wer iſt ſchuld? Auch das weiß ich
jetzt!" Er hielt den Prieſter an einem Knopf und drehte
den Knopf. Und ganz ſtill ſagte er, ſo froh: „Auch das
weiß ich jetzt! Bitte, denken Sie nur einmal nach! Nicht
wahr, die Menſchen, die noch ganz zu ſind, wo noch gar
nichts vom Menſchen herauskann, durch keinen Schlitz der
grünen Kugel, no die können doch nichts dafür, nicht
wahr? Was ſollen ſie denn tun? Wie denn? Die anderen
aber, die ſchon offen ſind, ganz oder halb, jedenfalls ſo,
daß man ſchon ſieht, was drin iſt, daß man ſchon den
heiligen Menſchen ſieht, ja die können ja doch auch wieder
nichts dafür! Am ſelben Baum gelingt's halt der einen
Nuß ſchneller als der anderen; warum, weiß niemand.
Und jetzt frag ich, was bilden denn die ſich ein, bloß weil
ſie ſchon etwas früher offen ſind? In den anderen ſteckt
genau dieſelbe Nuß drin! Es iſt nicht wahr, daß irgendein Menſch beſſer als irgendein anderer iſt! Nur: der eine
hat halt einen Schlitz, da ſieht man den Menſchen drin
ſchon, und der andere hat noch keinen, da ſieht man nichts!
Wenn man das aber erſt einmal weiß, kommts ſchließlich
ja auch gar nicht mehr ſo darauf an, ob man ihn ſieht
oder nicht, denn jetzt weiß man's ja, nicht? Alſo wozu
denn? Das wär doch dumm, wenn ich behaupten möcht,
daß, weil eine grüne Kugel noch nicht aufgeſchlitzt iſt, daß
deshalb keine Nuß drin ſein kann! Wär das nicht wirklich
zu dumm? Aber Menſchen gibt's, die ſo dumm ſind, und
ſie prahlen noch damit und ſind ganz ſtolz auf ihren kleinen

Schlitz und bilden sich ein, die guten Menschen zu sein!
Ja da hört sich doch alles auf! Hab ich nicht recht, geistlicher Herr?" Er lachte, gleich aber wurde das weiße
Gesicht wieder ernst, er ließ seine glotzenden Augen hängen
und nickte sich zu, dann sprach er noch: „Wer aber schlitzt
die Nüsse denn auf? Ja! Noch eine Entdeckung hab ich
gemacht. Wer schlitzt alles auf? Ja, wer?" Da ließ er
den Knopf des Priesters los, seine Stimme sank, er hob
die Hand über das Land im weißen Lichte hin. Und er
zeigte hinaus, hinauf und sagte: „Die Sonne! Die liebe
Sonne tut's! Unsere Sonne!" Er neigte sich, schob die
Beine zusammen, einen dicht an den anderen Fuß, und
so stand er, die Hände in den Hüften, wieder einem nachdenklichen und feierlichen Vogel gleich, und sagte vergnügt:
„Da müßten wir halt die Menschen auch einmal ein bißl
in die Sonn stellen! Ja da möchtens sehn, geistlicher Herr!
Aber da fürchten Sie sich halt, daß man Ihnen dann am
End gar nicht mehr braucht!" Und wie ein kleiner weißer
Schmetterling glitt flirrend sein leises Lachen hin.

Da riß sich der schwarze Mann aus dem dumpfen Erstaunen und schrie: „Du frecher Bub! Willst du lästern?"
Er hob den Stock auf ihn.

„O nein, geistlicher Herr! sagte der junge Mensch und
sah ihn verwundert an. Da müssen Sie mich mißverstanden haben!" Traurig war seine Stimme. Und er
bat: „Lassen Sie mich's doch bei dem Kind versuchen, Sie
werden ja sehen! Ich tu ihr wirklich nichts. Ich stell sie
bloß ein bißl in die Sonn!"

Aber der sagte kein Wort mehr und ging. Der Knabe hörte, wie er seinen Stock aufstieß, daß die Steine schrien, und sah noch die schwarze Gestalt auf dem Weg in der Sonne draußen.

Als der Kaplan nach vier Tagen wiederkam, ging er gleich ins Haus zu der betenden Frau, den Gruß des verwunderten Knaben nicht sehend, der so gern wieder mit ihm geredet und ihm alles noch einmal erklärt hätte. Aber am zehnten Tag hielt dann ein Wagen vor dem Tor, Wärter holten das Kind, es schrie, schlug und stieß, das half ihm alles nichts, und der Knabe konnte ihm auch nicht helfen, sie jagten ihn weg.

Der alte Rabauner sagte: „Ich weiß nicht, was das Nusserl eigentlich hat. Seit es zurück ist, kommt's mir ganz verändert vor. Mir kann's ja recht sein, daß ich jetzt mein Essen krieg, ohne lange Red und ohne daß er mich jedesmal einen Mörder schimpft! Aber sollten wir uns so in ihm getäuscht haben, daß er am End noch ganz vernünftig wird? Das wär unheimlich! Aber, mein armer Höfelind, es is halt auf keinen Menschen mehr ein Verlaß!"

Den Fragen Höfelinds wich der Nußmensch aus. „Nein, ich war nirgends." Er sagte das aber in einem so merkwürdigen Ton, daß es den Maler quälte. Und um ihn weiter zu locken, tat Höfelind lustig und fragte: „Wo ist nirgends? Wo ist das? Ich möcht auch einmal hin!" Der Knabe verstand nicht, daß es im Spaß gemeint war, und sagte: „Wenn ich irgendwo war, wo's nicht dafür gestanden ist, weil ich nichts davon gehabt hab und weil mir nichts davon bleibt, da sag ich halt dann, daß ich nirgends war." Höfelind sagte, mit seinem gierigen Hohn: „Ach so, dann kenn ich diese Gegend ja; mir scheint, ich muß sogar dort geboren sein!" Es fiel ihm aber auf, daß der Knabe nicht mehr so gesprächig war, und als sie dann abends beisammen waren, Rabauner an seiner Pfeife träumelnd, der Knabe mit seinen Steinen, Höfelind durch das weiße Zimmer irrend, sagte er auf einmal: „Der Prophet hat recht, die Menschen reden zu wenig miteinander!"

Der Knabe sagte traurig: „Ich hab das auch geglaubt!"

„Aber jetzt?" fragte Höfelind drängend. Der Knabe schwieg. Höfelind wiederholte: „Jetzt glaubst es nicht mehr? Warum denn nicht?"

Der Knabe sagte: „Die Steine reden gar nichts. Man kann sie fragen, was man will."

„Willst jetzt vielleicht ein Trappist werden? fragte der Alte. Ich bin in dem Haus schon auf alles gefaßt." Er ächzte, hustend und lachend und spuckend.

„Was is dir denn geschehen?" bat Höfelind leise.

Der Knabe sagte nichts, ging auf den Balkon hinaus und stellte sich unter die Sterne.

„Seine Verrücktheit scheint nachzulassen, sagte der Alte. Da schämt er sich und fürchtet wohl auch, du wirst ihm deine Gunst entziehen."

Höfelind ging die sieben Bilder an der weißen Wand ab, nickte dann und sagte: „Und am Schluß sieht man, daß es erst wieder falsch ist! Denn hat man einen Menschen ganz gemalt, und alles was er ist, und das ganze Wesen

davon, dann zeigt sich, daß er es dann erst wieder nicht
ist! Um ihn wirklich zu treffen, müßt man nämlich auch
noch hineinmalen, daß er auch das Gegenteil ist, das
Gegenteil von dem was er ist! Mal aber einen Menschen
und sein Gegenteil dazu!"

„Du denkst zu plastisch, sagte der Alte. Das mußt
du schon den Bildhauern überlassen. Die können sich vorn
und hinten zugleich vergnügen, wir müssen schon auf der
einen Seiten bleiben. Aber vielleicht überschätzt du auch
den Hinterteil des Menschen! Glaubst nicht?"

„Und so stellt sich heraus, sagte Höfelind, daß, wenn
man endlich genau weiß, was man zu malen hätt und
worauf es eigentlich ankommt, daß es dann mit dem
Malen überhaupt aus is, Euer Hochwohlgeboren!"

Der Alte sagte: „Was kümmert dich denn aber, worauf
es ankommt? Du Trottel! Mach halt was und frag nicht
erst! Oder glaubst, wenn einer wüßt, worauf's im Leben
eigentlich ankommt, der müßt sich nicht auch aufhängen?
Aber man fragt halt nicht und freut sich lieber, daß man's
hat, das Leben. Wozu, ist Nebensache. Ich bin und ich
mal! Dagegen kannst du mir gar nichts beweisen!"

Der Knabe kam zurück und sagte, als ob er sich entschuldigen müßte: „Es kommt alles daher, daß ich immer
geglaubt hab, wenn man nur so lange nachdenkt, bis
man das Richtige weiß, und wenn man dann nur so lang
mit den Menschen darüber redet, bis es ihnen auch klar
ist, dann wär alles gut! Es muß aber da noch etwas sein,
was mir bisher unbekannt geblieben ist. Irgend etwas

scheint es zu geben, was manche Menschen veranlaßt, auch
wenn man ihnen das Richtige ganz klar gemacht hat, so
daß sie es jetzt genau wissen können, doch immer noch
nichts davon wissen zu wollen. Das ließe sich doch aber
nur dadurch erklären, daß vielleicht manchen Menschen das
Richtige stört. Wie kann es aber dann das Richtige sein?
Das Richtige kann doch einen Menschen nicht stören! Das
ist es, was ich jetzt nicht weiß, und solang ich das nicht
weiß, weiß ich noch immer nichts!"

„Ich weiß nur, sagte der Alte, daß mich deine richtige
Nußbutter auch sehr stört."

„Laß ihn doch!" sagte Höfelind, heftig stampfend.

Der Alte sagte, lachend: „Was willst denn? Er
redet ja wieder, Gott sei Dank! Da hat's keine Gefahr
mehr."

„Ich bin aber müd! klagte der Knabe. Ich muß
mich erst einmal ausschlafen." Und er bat: „Lassen Sie
mich jetzt nur! Dann werden wir schon wieder reden.
Der Prophet hat ja doch recht!" Er dachte nach und sagte
dann noch still vor sich hin: „Vielleicht muß man aber
auch erst eine bessere Sprache noch erfinden, das kann
auch sein!"

„Ja, geh hinauf und schlaf dich aus", sagte Höfelind.

„Nicht hinauf! bat der Knabe. Ich will in den
Garten hinab, ich muß die Nacht rauschen hören und
spüren, wie sie mir übers Gesicht kriecht, das schläfert so
schön ein! Ich muß jetzt einmal ganz tief schlafen." Und
mit einem lieben Blick auf Höfelind und seinem leise sich

wiegenden Lachen sagte er noch): „Dann werden wir wieder reden!"

Höfelind sah ihm nach und sagte zum alten Rabauner: „Merkst du, daß seine Stimme viel tiefer klingt auf einmal? Als ob er mutiert hätte! Etwas spät!"

Der alte Rabauner sah dem Knaben nach und sagte zum Maler Höfelind: „Ich glaub, er muß irgendwo Schläg kriegt haben. Er will allen Menschen auf der Gassen Vorträg halten, das verträgt nicht ein jeder, da wird er an den Unrechten kommen sein, der wird ihn hing'legt und verwixt haben, so schaut er aus! Schläg schaden aber einem Menschen nie, gar wenn's ein unsterblicher Nußmensch iß!" Und er grunzte lachend.

Aber der Alte konnte ganz zufrieden sein, weil der Nußmensch seitdem jetzt auf einmal pünktlich seine Arbeit tat, aufräumend und kochend und haushaltend. Fräulein Annalis wunderte sich sehr. „Das macht mein erzieherischer Einfluß!" sagte der Alte. Als aber der Kammersänger davon hörte, der erklärte: „Ich hab's ja immer gesagt, der Bursch ist bloß ein Poseur! Den Schlag muß man kennen!" Höfelind sagte: „Es gibt Menschen, die ein Hauch zerstören kann." Fräulein Annalis sagte: „Wer was ist, den kann nichts zerstören." Der Kammersänger sagte: „Und wo bleibt dann seine berühmte Unsterblichkeit? Da sieht man's! Schwindler seids, alle miteinand!" Rabauner freute sich und sagte: „Das iß sicher!" Aber Höfelind sagte: „Das würde noch gar nichts gegen ihn beweisen! Denn wenn er auch recht hat, wenn der Mensch

wirklich den Tod überwinden kann und wenn's schon so
weit wär, daß man auf der ganzen Welt nirgends mehr
stirbt, wird man in Östreich immer noch sterben, denn
wir kommen in allen Dingen zuletzt dran!" „Und, sagte
der Kammersänger, wir müssen immer eine Extrawurst
haben!" Fräulein Annalis sagte: „No also! Weils nun
wieder auf Östreich schimpfen könnts!" Radauner grunzte
vergnügt: „Wer lang schimpft, lebt lang! Und schauns!
Wenn der Hofrat Wax einen Maikäfer sieht, is er ganz
gerührt und sagt: Wo habens denn das noch als in Östreich? Wenn aber den Höfelind ein Floh beißt, ist er auf
Östreich bös und sagt: Das kann einem wirklich nur in Östreich passieren! So sind wir, es tut einem die Wahl weh!"
Dann fragte der Kammersänger den Höfelind plötzlich
gereizt: „Sie glauben doch nicht am End wirklich, daß sich
der Tod abschaffen laßt?" Und als Höfelind behauptete
man könne das nicht wissen, weil man nichts wissen könne
zankten sich die beiden bis zum frühen Morgen so, daß
sie schworen, keiner jemals wieder des anderen Haus zu
betreten, nie mehr, und sie blieben in der Tat noch den
ganzen nächsten Tag aufeinander bös. Dann kam Fräulein Annalis herüber und sagte: „Schauns, Höfelind, Sie
müssen doch der Gescheitere sein, ein Maler ist immer
gescheiter als ein Sänger, das bringt schon das Geschäft
mit sich, nicht? Und er hat Sie ja sehr gern, und Sie ihn
doch auch! Es ging ausgezeichnet, wenn ihr nur nicht
miteinander reden möchts! Das ist das Unglück! Wie ihr
zwei miteinander ins Reden kommts, is der Teufel los!"

Der Nußmensch, der dabei saß und es gehört hatte, nickte seiner guten Freundin Annalis zu und sagte: „Es muß eben erst eine neue Sprache erfunden werden, das ist es, Fräulein Annalis!" Er stand auf und fuhr fort: „Eine Sprache, mit der sich die Menschen aneinander reden werden, statt auseinander." Und er ging traurig hinaus. Fräulein Annalis sagte: „Ihr habt den jungen Mann auch zu sehr verwöhnt! Ihr hörts ihm zu, weil euch das Spaß macht, was er sich so zusammendenkt! Da glaubt er's dann im Ernst und hält's für gar zu wichtig."

„Ja, sagte Höfelind. Der Mensch darf das nicht für wichtig halten, was er sich denkt."

„Ich denk mir auch manches, sagte Fräulein Annalis. Und es wär ja schöner, wenn's so wär, wie man sich's denkt! Aber es is halt nicht so."

„Sie haben recht, sagte Höfelind. Man soll einen Menschen nicht so verwöhnen, daß er glaubt, das Denken hätt einen Sinn!"

Der Nußmensch ging jetzt immer, wenn er mit seiner Arbeit fertig war, gegen Abend zur Frau Zach und saß in ihrem Laden. Sie war alt und hatte Sorgen. Bis man an Öl und Schmalz, Eiern, Schnittlauch und Obst so viel verdient, um fünf Mädeln aufzufüttern, das ist schwer. Alles wird teurer, und die Leute glauben's nicht! Es heißt gleich, daß man sie betrügen will. So klagte sie jeden Tag dem Knaben vor, er hörte zu, das tat ihr gut. Wenn's dunkelte, kamen dann auch ihre Mädeln, eine war bei der Post, die zweite schneiderte, drei gingen

noch in die Schul. Auch die Köchinnen aus der Nachbar=
schaft kamen und saßen gern ein bißchen bei der alten
Frau. Alle klagten, und jede sah, daß es den anderen auch
nicht besser ging; das tat ihnen gut. „Die Meinige, sagte
eine, glaubt mirs nicht, daß die Gurken jetzt zehn Kreuzer
kost. G'weint hats heut vor Zorn!“ „Was soll ich denn
aber machen?“ sagte die Frau Zach, die müden Hände in
ihrem Schoß. „Die Meinige, sagte wieder eine, hats
wieder mit der Milch! Ich kann ja die Milch auch nöt
stehln!“ „Daß halt die Frauen heutzutag gar kein Ein=
sehen haben!“ sagte die Frau Zach mit ihren weißen
Haaren. „Die Meinige, sagte noch eine, schimpft immer,
daß ich zu viel Butter nehm! Wann ich aber weniger
nimm, schimpfts wieder, weils ihr nöt schmeckt! Mit der
Luft kochen is schwer!“ „Die heutigen Frauen verstehn
halt auch zu wenig, weils als Kinder zuviel lernen müssen“,
sagte die Frau Zach und nahm ihre große Brille von den
zwinkernden Augen. „Schwer is es“, sagte eine. Dann
sagte jede der Reihe nach: „Schwer is es halt.“ Und die
Frau Zach sagte: „Seit ich mich erinner, braucht man mit
jedem Jahr mehr und hat jedes Jahr weniger. Jetzt, wie
lang soll denn das noch so fortgehen?“ „Die Meinige,
sagte eine, is gar gut! Die schreibt immer an ihre Frau
Mama einen langen Brief, wieviel alles eigentlich kosten
darf, denn mir traut sie nicht! Jetzt die Frau Mama, die
is aber schon achtzig Jahr alt und rechent noch immer,
was man damals bezahlt hat, wie sie noch jung war! Und
die Meinige läßt sich dann das nöt ausreden!“ „Mir wär's

auch lieber, es wär noch, wie's einmal war", sagte die
Frau Zach. „Die Meinige, sagte eine, war heut ganz
rabiat, weil ich g'sagt hab, ich bin manchen Tag halt auch
nervös. Sie hat g'sagt, das wär jetzt das neueste, wenn
jetzt eine Köchin auch schon Nerven haben möcht, das wär,
als wenn eine Köchin einen seidenen Unterrock hätt. So
weit darfs nicht gehn, hat sie g'sagt." „Ihr dürfts halt
auch nicht unbescheiden sein!" sagte die Frau Zach.

Da sagte der Nußmensch: „Nein, Frau Zach, unbescheiden sollens schon sein! Das is falsch, sie dürfen nicht
immer nachgeben! Bequemer wär das freilich, und ich
versteh ja, daß eins schließlich müd wird und lieber still
is, aber Frau Zach, wenn jede so denkt, wie solls denn
dann anders werden? Natürlich is das einfacher, man tut
seine Sach und laßt die Herrschaft reden, was sie mag.
Aber wie soll sie denn dann gebessert werden? Das dürfens
nicht vergessen! Das bißl Kochen ist das Wenigste, aber
eine Köchin hätt doch auch die Pflicht zu schaun, daß sie
ihre Frau möglichst vorwärts bringt, nicht? Wie doch
überhaupt jeder Mensch den anderen, denn manches versteht dieser, manches jener besser, so müssen sie sich halt
gegenseitig aushelfen und es einander zeigen! Nicht aber,
daß sich einer nicht traut, weil er glaubt, es wär vielleicht
unbescheiden von ihm! Ja um Gotteswillen, Frau Zach,
warum soll denn eigentlich ein Mensch überhaupt bescheiden sein? Er ist doch nicht weniger wert als ein
anderer, es is einer so gut wie der andere, nur halt jeder
in seiner Art!"

„Sans so gut! sagte die Frau Zach, erschreckt. Wie könnens denn so was behaupten? Es muß doch ein Unterschied sein!"

Eine sagte: „Da möcht ich mich schön bedanken, wenn ich auch so wär, wie die Meinige is! So ein Luder möcht i nöt sein, da muß i schon bitten!"

„Das glaub ich halt nicht!" sagte der Nußmensch, nachdenklich.

„Was glaubens nöt?" fragte die Köchin spitz.

Leise sagte der Nußmensch: „Ich glaubs eigentlich nicht, daß sie ein Luder is."

Da regten sich die Köchinnen sehr über ihn auf, bis eine sagte: „Was wollen denn Sie? Sie san still! Bei Ihnen is ka Frau im Haus, Sie können leicht lachen! Aber da haben Sie ja überhaupt keine Ahnung, was Dienen is! Denn wo bloß ein Herr is, das is ja kein Dienst, das is das Himmelreich! Aber wanns die Meinige kennen möchten, möchtens nicht mehr sagen, daß ein Mensch so gut wie der andere is! Wanns noch ein solches Exemplar wie die meinige gäb, schauet die Menschheit bald schön aus!"

Der Nußmensch ließ sie lachen und wiederholte dann leise: „Ich glaub's nicht, daß es schlechte Menschen gibt. Ich kann mir das halt nicht denken!"

„Merkts denn nicht, sagte die Frau Zach, er macht sich doch bloß eine Hetz mit uns! Wer wird denn so dumm sein und glauben, daß er das glaubt?"

Eine sagte, ganz erleichtert: „A so! Ein Spaß is es!

Ich hab schon gar nicht mehr g'wußt, was er denn eigentlich hat!"

Wieder eine sagte: „Das wär traurig, wenn's keine schlechten Menschen gäb!"

„Warum wär denn das so traurig?" fragte der Nußmensch, bittend.

„Aber sitzts ihm doch nicht auf! sagte die Frau Zach. Der will ja nur, daß es recht durcheinander geht. Da hat er dann seine Freud!"

Eine sagte feindselig: „Da haben wir nicht viel davon! Was nutzt uns das? Aber natürlich, wenn die Herrschaft noch in Schutz g'nommen wird —!"

„Das meint er ja gar nicht, sagte die Frau Zach. Nicht wahr, das meinens doch gar nicht?"

„Ich mein nur, sagte der Nußmensch, wenn jede auf ihre Frau bös ist, das wird auch nix nutzen! Denn dadurch, daß man auf einen bös ist, wird man nur zuletzt noch selber bös! Es is mir gar nicht um die Frauen, sondern ihr selber tuts mir leid, weils dann nie besser wird! Ihr habts eine falsche Meinung von den Frauen, und die Frauen haben eine falsche Meinung von euch, jeder hat halt von einem jeden eine falsche Meinung, daher kommt alles! Keiner weiß, daß der andere grad so ein armes Hascherl is!"

„Wir haben eine falsche Meinung!" höhnten die Köchinnen.

Und eine fragte: „No und was täten denn Sie? Weils gar so g'scheit san!"

„Ich, sagte der Nußmensch, ich möcht mir halt sagen:

die Frau versiehts halt nicht, aber deswegen weil jemand
was nicht versieht, is er ja noch nicht schlecht, und wenn
man sich über ihn ärgert, wird er nicht anders, ärgern
darf man sich nicht, sondern man muß ihm helfen, indem
man ihm jedesmal zeigt, daß er Unrecht hat, und wenn
ers nicht glaubt, muß mans ihm so lang zeigen, bis ers
glaubt, und dazu gehört vor allem, daß er merkt, man
meints ihm gut. Und eine große Geduld gehört freilich
auch dazu! Aber ihr dürfts ja nicht vergessen, was das
heißt: dienen! Ich denk mir, daß das doch das allerschönste
is, was es überhaupt für einen Menschen gibt. Denn das
heißt, daß einen einer braucht, weil er noch nicht so weit
ist, und daß man ihm helfen kann! Ich kenn aber nichts,
was einem eine größere Freud machen könnt! Wers einmal probiert hat, kann sich gar nichts Schöneres mehr
wünschen!"

Eine sagte: „Da käm ich bei der Meinigen schön an!
Ujeh!"

Eine sagte: „Ich bin eine Köchin, ich bin ja keine
Gouvernant!"

Eine sagte: „Das wär alls ganz schön, wann mans so
hört! Aber die Meinige is ein Luder, da bin ich lieber
auch ein Luder! Warum sollen denn grad wir anfangen?
Sollen sie anfangen! Nachher wird man ja sehen!"

„Ja, sagte der Nußmensch, niemand will halt anfangen!"

Um neun Uhr sagten die Köchinnen immer der Frau
Zach Abieu. Draußen sprachen sie dann noch über den

Nußmenschen. Eine sagte: „Der is wohl komisch!" Eine
sagte: „Nicht recht g'scheit is er halt! Und redt von Sachen,
die er nicht versteht! Wann ein Mannsbild von der Wirtschaft reden will, das is gräßlich. Obwohl sies ganz gut
meinen möchten! Aber verstehn tuns nix." Eine sagte:
„Ich hab neulich meinem Korpral von ihm erzählt, der
hat aber g'sagt, wir sollen uns nur in acht nehmen, er
kommt ihm verdächtig vor, man kann nie wissen, ob einer
nicht von der Polizei ist. Oder wie man halt sagt: ein
Spitzl. Wozu tut er denn sonst so freundlich?"

Aber der Nußmensch blieb gern noch ein bißchen bei
der Frau Zach sitzen, und wenn sie dann ihre fünf Mädeln
ins Bett geschickt hatte, saß er mit ihr allein. „Ich muß
erst noch meinen alten Kopf etwas ausdunsten lassen, sagte
sie. Und schlafen kann ich so nicht! Die ganze Nacht
tu ich zusammenrechnen. Es wird halt alles immer teurer.
Es is schwer!" So klagte sie jeden Tag, er war es schon
gewohnt und ließ sich in seinen Gedanken nicht stören.
Wenn sie schwieg, sprach dann er. Es war ihr recht,
wenigstens war jemand da. So saß die alte Frau mit
dem jungen Menschen, und sie hörten die zuckende Flamme.
„Das Gas, sagte sie, hat einen zu starken Druck, da
raunzt es dann so." „Ja bei uns, sagte er, raunzt sogar
das Gas." Dann waren sie wieder eine Zeit still und
hörten dem Gas singen zu, in dem alten Laden.

Er sagte: „Wenn nur nicht jeder auf alle bös wär!
Wo man hinkommt, is es gleich. Jeder is auf alle bös!
Was soll man da nur tun? Wenn der Mensch allein ist,

is er gut und nimmt sich das Beste vor, wie er dann aber
unter die anderen kommt, ist das alles auf einmal weg.
Weil keiner dem anderen traut! Das versteh ich aber nicht!
Denn erstens is es falsch: ich bin nicht besser als irgendwer,
ich kanns nur vielleicht mehr zeigen als ein anderer. Wenn
ich aber auch besser wär, so ist das zweitens doch noch gar
kein Grund, auf einen anderen bös zu sein, bloß weil der
noch nicht so weit ist wie ich, sondern dann müßt ich ihm
im Gegenteil nachhelfen, bis er es auch kann. Nicht aber,
daß ich deswegen noch bös auf ihn werd! Warum denn?
Und wenns selbst so wär, daß sich der doch nicht mehr
ändern kann und alles umsonst is, ja dann ist es ja doch
auch nicht seine Schuld, sondern ich sollte dankbar sein,
daß ichs besser hab, und nicht noch grob mit ihm, weil ers
schlechter hat, denn das hat doch wirklich keinen Sinn!
Wenn einer schlecht sieht und ein anderer sieht besser, no
das ist sehr ungerecht von der Natur, und das müßten
dann die Menschen auszugleichen suchen, indem sie sich
mit einem solchen ganz besondere Mühe gäben, damit er
auf andere Gedanken kommt und sich nicht noch in einem-
fort über seine schlechten Augen kränkt, dadurch werden
sie nicht besser! Wenn ich was kann, was ein anderer
nicht kann, hab ich eher ein schlechtes Gewissen gegen ihn
und denk nach, wie ich das gut machen soll! Und grad
die guten Menschen also, das heißt halt die, bei denen
besser herauskommt, was der Mensch ist, müßten verpflichtet sein, für die anderen zu sorgen und ihnen alles
abzunehmen und sich von ihnen alles gefallen zu lassen,

das wär doch nur gerecht! Denn daß ein schlechter Mensch,
also halt einer, der zu schwach ist, um herauszubringen,
was in ihm steckt, daß der dafür dann noch bestraft wird,
wo er so schon ein solches Unglück hat, das find ich ganz
verkehrt! Es ist merkwürdig, daß die Leute darüber nicht
nachdenken! Aber das, Frau Zach, daß es wirklich schlechte
Menschen geben könnt, solche, die nicht bloß ein bißl ver-
stopft sind, so daß halt nicht alles heraus kann, was heraus
möcht, sondern unheilbar schlechte Menschen, das glaub
ich nie, Frau Zach!"

Die Frau Zach hörte ihren Namen, da sah sie aus
ihren Gedanken auf und sagte: „Mein Gott, den meisten
Menschen gehts halt mit der Rechnung nicht zusamm, was
kann man denn da verlangen?"

Er sagte: „Es wär doch aber wirklich traurig, wenn
grad nur der Mensch hinter allem zurückbleiben möcht!
Denn alles andere, was es gibt, ist ja so wunderschön!
Der Mensch müßt sich doch schämen! Nein, das glaub ich
nicht! Warum soll auf einmal in der Natur ein Tinten-
fleck sein? Der Mensch muß doch zu dem anderen passen!
Nein, ich glaub ganz bestimmt, er ist ebenso wunderschön!
Man muß ihn nur endlich einmal darauf aufmerksam
machen! Aber die Leut hocken zu Haus und schaun sich
gar nicht an, wie schön alles ist, daher kommt es!"

Die Frau Zach sagte: „Wie soll ich mir denn was
anschaun? Wer möcht denn derweil im Laden sitzen? Ich
kann nicht den Laden zusperren! Da könnten wir bald
betteln gehn!"

Der Nußmensch sagte: „Das ist auch ein Fehler, Frau Zach! Die Menschen sollten sich nicht so fürchten, betteln zu gehn! Was macht denn das? Dabei kann sich der Mensch wenigstens umschaun! Und man glaubt nicht, wie gut einem das tut! Die meisten schaun sich nicht genug um! Da möcht ich lieber alles zusperren, wenn ich dafür nur sehen kann, wie schön es draußen ist! Sie sollten nicht so geldgierig sein, Frau Zach!"

Die Frau Zach ärgerte sich und sagte: „Redens nicht einer alten Frau so dumme Sachen vor! Jetzt wär ich noch geldgierig! Aber fünf Mädeln hab ich, die hungrig sind!"

Der Nußmensch wurde heftig: „Lassen Sies doch ein bißl hungrig sein! Das is nicht die Hauptsache!"

„Ja Sie mit Ihrer Nußbutter! sagte die Frau Zach. Fangens mir nur nicht wieder davon an und machens mir nicht noch die Leut verrückt! Ich leb davon, daß die Leut einen anständigen Hunger auf ehrliche Sachen haben!

Der Nußmensch lachte. „Nein, nein, Frau Zach! Ich sag nichts mehr, ich habs Ihnen ja versprochen. Ich seh schon ein, daß das halt hier noch nicht geht, weil es Ihnen schaden könnt! Aber dafür, Frau Zach, versprechen Sie mir eins, das müssen Sie!" Und seine großen glotzenden Augen glänzten.

„Was wird denn jetzt das wieder sein?" fragte die Frau Zach, mißtrauisch.

Der Nußmensch sah sie listig an und sagte: „Sie müssen jetzt, bevor der Winter kommt, einmal hinaus, Sie müssen sich ein Automobil nehmen und —"

„Jessas Maria!" sagte die Frau Zach, nach ihrer Brille
greifend, wie um Hilfe.

„In einem Automobil is es am schönsten, sagte der
Nußmensch. Also wie ich noch Chauffeur war, da hat
mir nichts eine größere Freud gemacht, als wenn wir zu
einem Patienten aufs Land gefahren sind. Oder zweimal
in der Wochen in das Sanatorium draußen, da hat mein
Herr dann den ganzen Vormittag zu tun gehabt, ich aber
bin dann immer noch ein bißl weitergefahren, bis ganz in
den Wald hinein, und da bin ich dann gelegen, im Automobil drin, das Dachl zu, draußen aber hat der Wald ge-
rauscht. Das ist dann so merkwürdig, man glaubt, daß
man schlaft, aber es ist nicht wahr, man hört alles und
weiß viel mehr, als wenn man wach ist! Das war wohl
eine schöne Zeit!"

„Warum sinds denn dann weg?" fragte die Frau Zach.
„Ja, weg bin ich, sagte der Nußmensch, weil mich der
Herr weggejagt hat! Nämlich seine meisten Patienten hat
er in der Stadt gehabt, und da hätt ich immer vor dem
Haus warten sollen, manchmal waren aber eine Menge
Kinder da, die haben sich hingestellt, und ich hab ihnen
alles erklärt, das hat ihnen Spaß gemacht, wenns auf
einmal zu brummen und zu krachen angefangen hat, und
dann wärns halt auch einmal gern in einem Automobil
gefahren, um zu wissen, wie das ist, no warum denn nicht?
und ich hab mir gedacht: wer weiß, wie lang der noch
oben bleibt, und so sind wir lieber ein bißl spazieren gefahren, ich und die Kinder! Natürlich hat er da halt

manchmal ein bißl warten müssen, und das war ihm nicht
recht. Aber die Kinder waren ganz selig, die haben eigentlich viel mehr davon gehabt als er, da wär doch wirklich
schad gewesen! Aber das hat er nicht einsehen wollen,
mir war sehr leid. Und dann hätt ich wieder einen Herrn
gekriegt, aber da hab ich mir gleich ausbedungen, daß ich
manchmal auch mit den Kindern fahren kann. Das hat
er nicht wollen, und da hab ich auch nicht wollen. Dann
ist mirs einige Zeit recht schlecht gegangen, da bin ich
dann Werkelmann geworden, das is aber auch sehr schön!
Denn eigentlich is doch alles sehr schön, alles halt! Ich
wenigstens muß schon sagen, ich hab noch nie etwas erlebt,
was nicht eigentlich wunderschön gewesen wär!" Er sah
vor sich hin und nickte. Seine Stimme klang anders, mit
einem Glanz, als spräche sie tief aus dem Schlaf oder im
Fieber, als sie noch sagte, ganz leise: „Eigentlich oft fast
zu schön! Zu schön ist oft alles! Schöner, als es der schwache
Mensch verträgt! Manchmal wird mir davon ordentlich
bang, gar in der Nacht, wie's solche schwarze Nächte gibt,
wo man dann glaubt, die Erde muß schon von den Wolken
verschlungen worden sein und liegt am Ende schon im
Magen von so einer ungeheuren schwarzen Wolken drin —
so schauerlich schön ist das, daß man schreit, durch die weite
Nacht, man muß schreien, um nur zu wissen, daß man
wenigstens noch schreien kann! Und da hab ich schon oft
das Gefühl gehabt: jetzt bin ich nur neugierig, wie lang
ichs noch aushalt, obs mich nicht zerreißt, es muß mich ja
zerreißen — so schön ist es oft, so stark schön! Weh tuts

einem, wie schön alles ist! Und man möcht niederknien
und nur bitten: Nicht mehr, hörts schon auf, es wird mir
zu viel, ich kann nicht mehr, erbarmts euch doch! Und zum
Beispiel wieder an solchen Tagen, wann der Westwind
mit seiner Wut geritten kommt, aus dem Tiergarten herab,
und die Hufe trappeln in der Luft, als ob dort —" Er
hielt ein, seine Stimme fand sich erwachend auf der Erde
wieder, und er sagte, mit seinem flitternden Lachen: „Ja
wirklich, Frau Zach, die Luft muß makadamisiert sein,
genau so klingts, wenn unser Westwind mit seinem Vierer-
zug um die Ecken biegt; und die Bäume reißts auf die
Seiten, vor Angst, weil sie schon wissen, wie verrückt er
fahrt, und die vier Pappeln drüben schaun dann aus, als
ob sie sich die Röck vor'm Regen übern Kopf geschlagen
hätten, und da muß der Westwind lachen, dann knallt er
wieder mit der großen Peitschen, und in den Bäumen
schimpfts und auf den Dächern knarrts, und dann hört
man wieder, wie seine Rappen ungeduldig aufschlagen,
und man hört so viel, tausend Ohren wünscht man sich,
Frau Zach! Wenn ich Ihnen aber erzählen möcht, was
man gar erst alles hört, wenns still ist, so im Sommer in
der Mittagsstund, wenn sich alles hinlegt, auf der Wiesen
und im Wald, und ein bißl schlafen will, und man hört
es schlafen, man hört, wie dann alles träumt, so still liegt
die Wiesen und der Wald, daß man ihnen das Herz klopfen
hört, das ist wohl eigentlich das Allerschönste! Das heißt,
noch schöner ist vielleicht, wenn manchmal ein Tag, wie's
gewisse Tage gibt, so nachdenklich dasteht, als ob er nicht

müßt, was er eigentlich mit sich anfangen soll, und als ob
er sich zu nichts recht entschließen könnt, und auf einmal
aber hört mans dann regnen, ganz leise zuerst tropf tropf,
und jetzt weint der arme Tag, wie ein Bub, der sich zur
Straf ins Winkerl stellen muß, er schämt sich und halt sich
die Hand vor, und ganz still hört man halt die Tränen
tropfen. Oder aber gar, wenn dann wieder so eine Zeit
kommt, wo die Sonne ganz allein am Himmel steht und
so stark wird, daß es scheint, als ob neben ihr überhaupt
kein Platz auf der Welt mehr wär, und alles muß schweigen
vor ihr, ja, das ist vielleicht noch, noch schöner, aber ich
weiß es nicht, man weiß nie, was schöner ist, alles ist so
schön, und dabei rennt es so schnell, daß der Mensch nicht
nachkommen kann, mir wird oft angst und bang! Man
müßt den Menschen erst befestigen, er hälts ja sonst nicht
aus, er ist noch nicht genug trainiert. Das wärs! Das
wär vielleicht das wichtigste! Denn wenn der Mensch nur
erst einmal so weit sein wird, daß er alles hört und sieht,
was sich da fortwährend alles begibt, da wird er dann gar
nicht mehr so neugierig sein, obs ihm sein Nachbar recht
macht, denn dafür hat er ja dann gar keine Zeit mehr,
sondern er steht und schaut und hört nur, es ist ja doch
alles so schön, daß man nicht weiß, ob man lachen oder
weinen soll!"

„Ja, sagte die alte Frau Zach, Sie habens gut, Sie
sind halt noch jung! Solang man jung ist, ist alles schön.
Wenn man aber alt wird, hörts auf."

„Oder umgekehrt, sagte der Nußmensch. Ich glaub

sicher, Frau Zach), es wird umgekehrt sein. Wenns aufhört, für den Menschen schön zu sein, dann wird er alt.
Dadurch wird er alt, deshalb, glaub ich. Er darf es halt
nicht aufhören lassen, er darf es sich nicht nehmen lassen!
Denn das hängt doch nur von ihm ab, es ist ja gar nicht
wahr, daß es aufhört, sondern nur er hört auf! Die Sonne
scheint noch immer, Frau Zach, und der Mond und alle
Sterne, es sind nicht weniger worden seit der Zeit, wo
Sie jung waren, Frau Zach, und wenn Sie jetzt auf
einmal finden, daß es nicht mehr so schön ist, ja das muß
dann Ihre Schuld sein, die Sterne haben sich sicher nicht
verändert. Wenn man sagt, daß ein Mensch krank is oder
daß er alt wird, ich glaub, Frau Zach, das heißt weiter
nichts, als daß er nicht mehr daran denkt, wie schön alles
ist. Vergessen hat ers, vergeßlich wird der Mensch! Und
dann hat natürlich sein ganzes Leben keinen Zweck mehr,
denn wozu sonst ist der Mensch denn da, als daß sich alles,
was es gibt, in Spiegel schauen kann, damit es sieht,
wie schön es ist! Alles was es gibt, das ist ein großes
Fest, und der Mensch läutet die Glocken und blast die
Trompeten dazu, so denk ich mirs! Jetzt wenn aber
einer nicht mehr läutet und nicht mehr blast, ja dann
kann ihn die Welt nicht mehr brauchen, da steht er
ihr nur noch im Weg, und da sagt sie dann: Marsch,
pack dich fort! Und das ist doch auch ganz in der Ordnung, sie hat recht! Das nennt man dann Sterben,
davon kommt es her. Und ich glaub sicher, daß es gar
nicht nötig wär."

„No hörns!" sagte die Frau Zach.

„Sicher! sagte der Nußmensch. Der Mensch stirbt, wenn ihn das Leben nicht mehr freut. Und der Mensch stirbt, weil ihn das Leben nicht mehr freut. Denn da weiß er dann nicht mehr, was und wie. Er hat keine Verwendung mehr für sich. Nur so kann ich mirs erklären. Was wär denn sonst der Grund? Ich hab zum erstenmal darüber nachgedacht, wie meine Mutter gestorben ist. Unbegreiflich war mir das! Denn weil andere Menschen gestorben sind, das ist doch für mich noch kein Grund, muß man denn alles nachmachen? Und ich hab mirs halt einfach nicht denken können! Bis ich dann bemerkt hab, daß die meisten Menschen, wenn sie sterben, ja schon längst nicht mehr leben, denn es freut sie nichts mehr, sie liegen nur so herum, da nimmt der Tod halt seinen großen Besen und kehrt sie weg, er hat ganz recht. Der Tod räumt nur auf und macht Ordnung in der Welt. Aber solang er noch einen Funken von Freud in der Aschen von einem Menschen sieht, laßt er ihn, weil er sich denkt, es wär schad! Das hab ich entdeckt: keiner stirbt, so lang noch schad um ihn ist, merken Sie sich das, Frau Zach! Wenn sich das die Menschen einmal gemerkt haben werden, dann kann sich der Tod pensionieren lassen, denn dann braucht man ihn nicht mehr! Jetzt braucht man ihn, für die Menschen, die keine Freud mehr haben, denn die machen alles trüb, und so wärs ohne den Tod zu traurig auf der Welt. Aber dann, wenn die Menschen einmal gelernt haben werden, daß weiter nichts dazu gehört, als eine Freud zu haben,

dann hat er nichts mehr hier zu tun. Denkens nur einmal
darüber ein bißl nach, Frau Zach!"

„Sie könnten einen ganz verdraht machen! sagte die
Frau Zach. Aber nehmens Ihnen nur in acht! Mir is
erzählt worden, der Herr Pfarrer hat erfahren, was Sie
den Leuten vorreden, es hat ihn nämlich wer gefragt, ob
es richtig is, daß jetzt etwas erfunden worden sein soll,
wo man nicht mehr zu sterben braucht, und da hat der
Herr Pfarrer gesagt, er wird solche gotteslästerliche Reden
nicht dulden. Es kann sich jeder denken, was er will, aber
das nicht, das leidt er nicht, das wär gegen die Kirche.
Also damit gebens acht! Dem Herrn Doktor wird das
auch nicht recht sein und dem Apotheker auch nicht,
wenn die Leut glauben, es genügt, wanns nur vergnügt
und munter sind. Gebens acht, da haben Sie zu viele
gegen sich!"

„Der Pfarrer? sagte der Nußmensch. Warum denn?
Das kann doch nicht gegen die Kirche sein! Sie meint
doch auch, daß der Mensch unsterblich ist. Nur daß sie ihn
halt zuerst für einige Zeit begraben läßt und ihn erst später
wieder aus dem Grab holt. Aber auf diesen Umweg
kommts doch nicht an, der machts doch nicht aus! Sie soll
froh sein, wenn man jetzt gefunden hat, daß es noch viel
einfacher geht und der Mensch gleich direkt unsterblich
wird!"

„Und, sagte die Frau Zach, das sagt sich auch so
leicht! Das mit dem vergnügt und munter sein! Ich
glaubs schon, aber wie denn? Das kann nur einer sagen,

der halt jung ist und keine Sorgen hat und noch nicht
weiß, wie schwer es heutzutag ist. Ich hab meine fünf
Mädln, lieber Herr, und die wollen essen und brauchen
Kleider und einen Mann sollens auch einmal kriegen. Da
möcht ich wissen, wie mans anstellen soll, daß man vergnügt und munter bleibt! Da muß man schon froh sein,
wenn nur wieder ein Tag schlecht und recht vorüber ist,
mein Gott!"

„Weil Sie nie hinausgehn, Frau Zach! sagte der
Nußmensch. Probieren Sies doch einmal und gehns
hinaus und legen Sie sich nackt ins Gras. Am besten
in der Nacht! In einer halben Stund sind die Sorgen
weg, und es ist Ihnen ganz gleich, ob Ihre Mädln
etwas zum Essen und zum Anziehn haben! Denn Sorgen
kommen daher, daß man an etwas denkt, was gar nicht
wichtig is, statt an das, was wichtig is. Solche Gedanken
müssen aber abgesetzt und dem Menschen ausgetrieben
werden!"

„Sie haben schon manchmal Ideen! sagte die Frau
Zach, entsetzt. Da müßt eins doch schon ganz ausgeschamt
sein, daß es sich nackt ins Gras legt! Nein, auf was für
Sachen jetzt mancher Mensch kommt! Und das bitt ich
mir aus, daß's mir nicht vor meine Mädln so was sagen!
Die Karolin is ohnedies schon so gewiß modern, hätts
nicht heuer im Sommer auf einmal ohne Nachthemd
schlafen wollen? Aber da kenn ich kein Spaß, das sag ich
Ihnen gleich!"

„Nein nein, Frau Zach, sagte der Nußmensch, gehor-

sam. Das bleibt doch alles unter uns, was wir da reden,
natürlich! Denn die Mädln könntens falsch verstehn, das
seh ich schon ein."

„Und wozu? sagte die Frau Zach. Das sind so lauter
Ideen von Ihnen, aber man hat nichts davon. Was nutzt
das? Ich verlang mirs doch gar nicht, daß ich am Leben
bleib! Nur ein bißl leichter möcht ichs halt haben. Erfindens lieber da was! Erfindens was dagegen, daß alle
Tag alles teurer wird! Dann brauchens keinem Menschen
mehr zuzureden, daß er vergnügt und munter sein soll.
Erfindens was, daß nicht alle Tag alles teurer wird!
Das andere werden sich die Menschen dann schon ganz
von selber einrichten, da brauchens keine Wiesen und kein
Wald. Alles andere aber nutzt nix, solang halt alle Tag
alles teurer wird!" Und sie stand auf, um abzulöschen.
„No gute Nacht! Heut kommt doch niemand mehr! Schad
um das teure Gas!"

„Gute Nacht, Frau Zach!" sagte der Nußmensch. Und
dann ging er immer langsam wieder heim, durch die dunkle
hohle Gasse, zum grünen Haus auf dem Hügel. Die Hunde
schlugen in den Gärten an, er war aber mit jedem gut
bekannt und jeder ging wedelnd mit ihm, hinterm Zaun,
bis ans Ende seines Gartens; da wartete wedelnd schon
der nächste.

Ganz langsam ging er, einem gleich, der schwer zu
tragen hat, und hielt immer nach ein paar Schritten wieder
an, den langen Kopf vorgehängt, die Hände in den Hüften.
So stand er lange, bis er sich endlich doch wieder entschloß,

die Hände senkend, allmählich wieder in Bewegung zu geraten und behutsam aufwärts zu schwanken. Da schoß ihm einer entgegen, der, von der Villa Fiechl her, mit langen Beinen durchs Dunkel sprang; eilig hatte der's! Im ungewissen Licht zwischen den Hecken an jedem Rand des engen Wegs konnte der Nußmensch nur eine große Nase sehen, die, noch eiliger, dem fliegenden Schatten vorauszulaufen schien; und schon wars vorbeigesaust. Der Nußmensch wendete sich um, da hatte plötzlich die Gestalt gebremst und wendete sich auch. So standen die beiden jetzt gegeneinander und spähten ins Dunkel. Der Nußmensch wartete, der Schatten kam zurück, der Nußmensch trat auf ihn zu, sie maßen sich, der Schatten sagte: „Bitte sind Sie nicht der Nußmensch? Ich hab schon so viel von Ihnen gehört!"

Da sagte der Nußmensch: „Dann sind Sie ja der Prinztenor! Ich hab auch schon von Ihnen gehört!"

„So ein Zufall! sagte der Prinz. Welches Glück! Ich geh mit Ihnen!"

„Ist es Ihnen recht, fragte der Nußmensch, wenn wir hinten um den Weinberg zum Tiergarten gehen, bis zur Mauer? Da weiß ich ein wunderschönes Plätzel, ganz hoch oben, dort glaubt man wirklich, man ist schon im Himmel, so tief unter sich hat man dort alles! Ist es Ihnen recht?"

„Mir ist alles recht, sagte die gierige Knabenstimme, wenn ich mich nur endlich Ihnen anschließen kann! Hat Ihnen die Fräuln Annalis denn nicht erzählt, wie sehr ich

mir das immer schon gewünscht hab? Ich weiß nicht, was
sie dagegen hat!"

Der Nußmensch lachte. „Ja sie sagt, das ging Ihnen
gerad noch ab! Weil sie mich nämlich für verrückt hält.
Und Sie, sagt sie, brauchen aber dazu gar nicht erst mich
mehr!"

Der Prinz sagte: „Sie meint es gut, aber sie versteht
nicht, daß ich —"

„Still! bat der Nußmensch. Wenn uns der Wein-
hüter hört, gehts uns schlecht. Er will mich immer
arretieren lassen. Ihnen wär das aber vielleicht unangenehm."

Er nahm die schlaffe Hand des Prinzen und half ihm
durch die Hecke. Sie schlichen hinter der Hütte des Hüters
herum hinauf. Die Nacht war finster, der Prinz tappte,
die großen glotzenden Augen des Knaben aber waren die
finstere Nacht gewohnt und sahen durch. So zog er ihn,
oft mußten sie kriechen, dornig verwachsenes Gestrüpp war
da. Sie kamen höher, schon hörten sie das Rauschen im
Dickicht hinter der Mauer, nun stiegen sie noch, naß war
der schmale Pfad am steilen Hang, gleitend bückten sie
sich vor, bis sie den einsamen Baum erreichten. Schwarz
lag unter ihnen da die Welt. Keinen Stern ließen die
Wolken durch. Ein einziges ungeheures Schwarz war
unter ihnen und um sie. Darin schlief die Welt, ein-
gewickelt in das schwarze Tuch, und von ihrem Atem im
tiefen Schlaf wurde leise das schwarze Tuch bewegt, sich
hebend und wieder senkend.

„Das ist das Plätzerl, sagte der Nußmensch, da ist man mit dem lieben Gott ganz allein."

Sie setzten sich. Der Nußmensch fragte: „Werden denn Sie sich aber nicht verkühlen?"

„Endlich! sagte der Prinz. Endlich hab ich Sie! Und jetzt müssen Sie mir alles sagen!"

„Schaun Sie! sagte der Nußmensch, ins Dunkel schauend. Schaun Sie doch, wie schön!" Beide Hände hielt er über die schwarze Nacht hin.

„Mir fehlt ein Mensch! sagte der Prinz. Mir hat immer ein Mensch gefehlt! Soviel hab ich schon versucht, und doch alles nur, um mir einen Menschen zu finden! Stoßen Sie mich nicht auch wieder weg! Helfen Sie mir! Das könnte so wunderschön sein!"

„Ja, sagte der Nußmensch. Es ist schön, einem zu helfen."

„Wir sind beide jung! sagte der Prinz. Und wenn wir nun den Mut hätten, das Äußerste zu wagen, Sie, der schlichte Mann aus dem Volk, Hand in Hand mit mir, dem Abkommen des ältesten Geschlechts, wer soll uns widerstehen?"

Raschelnd flog das flatternde Lachen des Knaben auf. „Ich bin auch ein Abkomme, sagte er, listig. Wir sind am End verwandt!"

„Unsere Seelen sind verwandt, gewiß!" beteuerte der Prinz.

„Das kann man nicht wissen, sagte der Knabe. Meine Mutter aber hat mir einmal erzählt, daß mein Vater immer behauptet hat, ein Sohn des Kaisers Max zu sein. Da wär ich dann sein Enkel!" Und er lachte.

„Ist das sicher?" fragte der Prinz, kleinlaut und als ob es ihm gerade nicht angenehm wäre.

„Sicher ist, sagte der Nußmensch, vergnügt, daß der Vater immer gelogen hat, soviel ich von meiner Mutter weiß. Nein, ich mach keinen Anspruch darauf. Am End müßt ich dann auch noch singen lernen, beim Herrn Kammersänger! Nein, ich wünsch mirs nicht. Mehr, als ich so hab, könnt ich dann auch nicht haben."

„Nein, wünschen Sie sichs nicht, sagte der Prinz, traurig. Sie sind zu beneiden! Zu beneiden ist, wer alles abgeschüttelt hat und endlich ein Mensch sein darf! Ich habs versucht, mein ganzes Leben ist ja nichts als ein einziger Versuch, alles abzuschütteln, um ein Mensch zu sein, nichts als ein Mensch! Helfen Sie mir!" Und die Knabenstimme wiederholte, bittend: „Helfen Sie mir!"

„Was brauchen Sie denn noch dazu?" fragte der Nußmensch, in seinem stillen Ernst.

Der Prinz schob den dünnen Hals vor, dachte nach und sagte feierlich: „Man muß der alten Menschheit den Handschuh hinwerfen, die Zeit ist reif, überall ringt in den Menschen die Sehnsucht, aber die Menschen sind getrennt, keiner kann zum anderen kommen, es gilt, ihre Sehnsucht zu verbinden! Wenn wir uns die Hände reichen, und Sie zeigen mir den Weg ins Volk, ist die Revolution da! Sie wartet nur auf ein Zeichen."

„Welche Revolution?" fragte der Nußmensch, aufmerksam.

„Die Revolution halt!" sagte der Prinz, verwundert.

„Es waren ja schon einige", sagte der Nußmensch, nachdenklich.

„Und diese wird die letzte sein! sagte der Prinz, in seinem artigen, schüchtern zuversichtlichen Ton. Denn jetzt sind wir so weit, daß endlich die neue Menschheit entstehen kann!"

„Was haben Sie gegen die alte?" fragte der Nußmensch.

Erschreckt suchte der Prinz die Augen des Knaben. Die glotzten ihn an, still und gut wie Tieraugen. Der Prinz klagte: „Sie spotten über mich, auch Sie! Niemand glaubt mir!"

Der Nußmensch schwieg. Dann sagte der Prinz: „Sie sind doch einer! Die Fräuln Annalis hat mir so viel von Ihnen erzählen müssen, daher weiß ichs. Sie sind ein neuer Mensch! Und auch ich bin einer, ich bemühe mich auch! Und so gibts viele schon, überall! Überall warten Menschen und sehnen sich, die neuen Menschen zu sein."

Der Knabe sagte lächelnd: „Früher hats mir besser gefallen!" Er nickte dem Prinzen zu. „Wie Sie früher sagten, ein Mensch möchten Sie sein. Das wär mir ganz genug! Warum neu? Wir leben unter der alten Sonne, der selbe Wind blast uns aus seinen alten Lungen an, der dem Odysseus sein Schifferl zerbrochen hat, und die lieben Sterne werden auch noch die alten sein, alles hat sich so

gut erhalten, warum solls denn nur grad mit dem Menschen
nicht mehr gehen? Nein, ich glaub, der Mensch wär noch
ganz gut, so wie er immer war! Die meisten wissen nur
gar nicht, wie der Mensch ist. Man muß sie daran erinnern. Das wärs!"

„Wir meinen ja genau dasselbe! rief der Prinz, ungeduldig. Auf die Worte kommts doch nicht an! Nennen
Sies, wie Sie wollen! Aber die alten Mächte müssen
zerbrochen, die Kerker gesprengt werden, die Ketten
müssen fallen, damit die Menschheit endlich aufatmen
und zu sich kommen kann! Das meinen wir doch!
Wozu sonst predigen Sie den Menschen von den Nüssen?
Das ist auch ein Umsturz! Von allen Seiten muß die
Menschheit angebohrt werden! Meinen Sies denn nicht
so? So hab ich mir das von Ihnen ausgelegt, das mit
den Nüssen!"

„Nüsse sind verdaulicher, sagte der Knabe. Und die
Verdauung ist sicher sehr wichtig. Auch sind Nüsse weniger
empfindlich, glaub ich, wenn sie gegessen werden. Es tut
ihnen nicht so weh wie dem Rind oder der Gans. Der
Mensch will aber nicht weh tun, ursprünglich hat er das
gewiß nicht wollen, er hat es sich erst später angewöhnt,
und jeder ist erleichtert, wenn er sichs wieder abgewöhnt.
Eigentlich muß man dem Menschen nur seine schlechten
Gewohnheiten wieder abgewöhnen, weiter gar nichts, glaub
ich. Die kommen aber bloß daher, daß einer dem anderen
alles nachmacht. Der Vater raucht, da raucht der Bub
auch, es schmeckt ihm gar nicht. Tät nur jeder Mensch

nichts, was ihm nicht schmeckt! Die meisten aber wissen ja gar nicht mehr, was ihnen schmeckt. Man muß mit ihnen reden, dann denken sie nach, da finden sies schon. Und gut wärs halt auch, wenn sie besser mit den Tieren bekannt würden, weil die genau wissen, was ihnen schmeckt, von ihnen kann mans lernen."

„Das alles wird aber doch erst möglich sein, sagte der Prinz, bis einmal die alten Mächte zerbrochen sind, die die Menschheit knechten!"

„Wozu denn erst die Mächte zerbrechen, fragte der Nußmensch, wenn der Mensch ohnedies stärker ist als sie? Wenn der Mensch aber nicht stärker ist als sie, wie kann er sie dann zerbrechen? Es ist entweder unmöglich oder unnötig, meinen Sie nicht?"

„Das alles, was Sie wollen, wiederholte der Prinz, kann nicht geschehen, solange die Menschen geknechtet sind."

„Nein", sagte der Nußmensch.

„Also daraus folgt doch dann, sagte der Prinz, daß zuerst die Knechtschaft ein Ende haben muß."

„Ja", sagte der Nußmensch.

„Und weiter will ich ja doch nichts, sagte der Prinz, froh. Diese Botschaft will ich den geknechteten Menschen bringen!"

„Den geknechteten? fragte der Nußmensch, lächelnd.

„Wem sonst?" fragte der Prinz, verwundert.

„Den geknechteten? wiederholte der Nußmensch. Wozu? Glaubens, die wissen das noch nicht? Die Knechte wüßten das schon lang! Ich möchte das lieber den Herren sagen, statt den Knechten. Denn einfacher wärs, wenn sich die Herrn entschließen könnten, daß die Knechtschaft ein Ende hat. Die hättens ganz leicht, nicht?" Und er sagte, vergnügt über das kindisch erstaunte Gesicht des Prinzen: "Mir scheint, daran haben Sie noch gar nicht gedacht?"

Der Prinz faßte sich und sagte höhnisch: "O Sie kennen die Mächtigen nicht, die Herren! Diese Gesellschaft muß man nur kennen! Da wär schad um jedes Wort! Von denen dürfen Sie nichts hoffen! Da gibts keinen, der einer menschlichen Empfindung fähig wäre!"

"Ich kann mir doch kaum denken, sagte der Nuß- mensch, daß irgendein Mensch keiner menschlichen Empfin- dung fähig wäre."

"Die nicht! rief der Prinz. Die nicht!" Er sprang auf und watete durch das nasse Gras, mit seinen knickenden Beinen.

"Wie bei den Köchinnen und ihren Frauen ist das, sagte der Nußmensch. Überall ist das so! Kein Mensch will einem glauben, daß der andere vielleicht auch ein Mensch ist."

"Die kennen Sie nicht, die muß man kennen!" wieder- holte der Prinz.

"Ich kenne ja Sie jetzt!" sagte der Nußmensch.

Der Prinz verstand ihn nicht und fragte: "Wieso? Gewiß kennen wir uns jetzt, und ich hoffe, Sie sollen mich immer besser kennen lernen. Aber was hat das damit zu tun?"

„Sie sind doch auch ein hoher und mächtiger Herr"
sagte der Nußmensch, langsam.

Der Prinz genierte sich, im Grase watend. Dann sagte
er: „Mit mir können Sie die nicht vergleichen! Ich habe
mich durchgerungen."

„Vielleicht ringt sich noch einer durch mit der Zeit,
sagte der Nußmensch, und wieder einer und noch einer!
Wer weiß?"

„Nein, nein!" schrie der Prinz, erbittert.

„Ich an Ihrer Stelle, sagte der Nußmensch, langsam,
würde das aufgeben, ins Volk zu gehen."

Der Prinz riß seine hilflosen fragenden Augen auf und
schrie: „Warum?"

„Weil das Volk Sie gar nicht brauchen kann", sagte
der Nußmensch.

Der Prinz stand vorgebeugt, mit seinem dünnen Hals
und der eingesunkenen Brust, und ließ die schmalen Schultern hängen. Die leeren Lippen in seinem gelblichen
Gesicht einer kränkelnden Frau zuckten, und er rieb den
Bug seiner heftigen Nase.

„Was soll denn das Volk mit Ihnen anfangen?"
sagte der Nußmensch. Und er wiederholte das Wort
und schien es mit seiner lieben Stimme zu streicheln:
„Das Volk! Das arme Volk!" Dann ließ er sein Lachen
fliegen und sagte: „Was wollen Sie dem Volk denn
sagen? Glauben Sie denn, daß das Volk das nicht
schon alles weiß? Und wissen Sie, was das Volk sich
denken wird?"

Der Prinz zog sein zuckendes Gesicht zusammen und horchte.

Der Nußmensch nickte. „Das Volk wird sich denken, warum kommt er denn zu uns? Was will er denn von uns? Warum sagt er denn das alles uns, die wirs schon wissen? Warum sagt ers denn nicht lieber zu Haus? Warum sagt ers nicht denen, die nichts von uns wissen wollen? Warum sagt ers nicht dort, bei den Kanonen oben? Die könntens brauchen! Warum geht er weg von ihnen und kommt zu uns? Wir brauchen ihn nicht." Und der Nußmensch nickte wieder, leise lachend. „Aber so ist es! Es ging so leicht, wenn jeder sich mit seinem Nachbarn besprechen möcht, über das, wie's richtig wäre! Was sich jeder denkt, soll er dem neben ihm sagen, und der sagts weiter, dann erfahrens alle, und die Welt wär erlöst, lieber Herr, Erlöser brauchen wir gar keine."

Der Prinz ging immerfort um den großen Baum im Kreis herum. Endlich sagte er: „Auch Sie glauben mir nicht! Bei wem ich anklopfen mag, nirgends wird mir aufgetan! Niemand versteht, was ich will! Und doch weiß ich, daß ich recht hab! Ich kanns nur offenbar nicht klar genug sagen! Darum verdächtigt man mich und traut mir nicht!"

Der Nußmensch sagte: „Ich kann mir schon denken, was Sie wollen. Aus der Haut fahren möchten Sie. Ja das möcht mancher! Aber warum denn? Wozu denn? Jeder glaubt, daß ihm in einer neuen Haut vielleicht besser wär, und immer wird die Menschheit deshalb wieder in einen neuen Schlauch gesteckt. Es is aber ja nicht wahr, die Haut ist nicht schuld, und der Schlauch tuts nicht! Und es ist ein Irrtum, wenn Sie glauben, Sie brauchten nur kein Prinz mehr zu sein, um was Besseres zu sein! Nein, der Mensch kann sich nicht entkommen! Wenn ich morgen zum Grafen ernannt werde, bin ich dann einer? Bin ich dann auf einmal was anderes als jetzt? Ich bleib schon, was ich bin. Und Sie möchten durchaus in den Menschenstand erhoben werden, es nutzt Ihnen aber alles nichts, Sie bleiben doch ein Prinz!"

„Alle sind unerbittlich mit mir!" klagte der Prinz, immer noch im Gras rund um den großen Baum watend.

„In allen Häuten, in allen Schläuchen ists doch immer genau derselbe Mensch, sagte der Nußmensch. Auf die Verpackung kommt wirklich nicht so viel an."

Die Stimme des Prinzen fuhr plötzlich auf: „Sie werden noch behaupten, daß ich auch nicht besser als meine Herrn Vettern bin? Das hab ich noch am Ende davon! Ist's nicht so? Nur heraus damit! Bitte, genieren Sie sich nicht!" Er schrie, mit heftigen und herrischen Gebärden.

„Ich kann mir nicht denken, sagte der Nußmensch in seinem stillen Ernst, daß irgendein Mensch besser als irgend ein anderer sein soll."

„Und alles Ringen und Streben der Menschen? fragte der Prinz, höhnisch. Was arbeitet man dann an sich? Wozu schämt man sich, wozu Reue, wozu die guten Vorsätze, die Nachfolge schöner Beispiele, Begeisterung an großen Taten edler Männer? Man wäre doch ein Narr!

Und alle diese Worte, gut und edel und groß, alles was uns stärkt und tröstet und erhebt, hätten ja dann keinen Sinn mehr! Nehmen Sie das auch noch dem Menschen, daß er wenigstens von einem Tag zum anderen hoffen kann, besser zu werden, was bleibt ihm denn? Das ist noch das einzige, was uns aufrecht hält! Aber sagen Sie den Menschen noch, daß es keinem möglich ist, besser zu werden! Meine Herrn Vettern glauben Ihnen das aufs Wort! Wozu dann alles? Was sollen wir denn überhaupt noch, wenn so schon jeder Mensch gut ist?" Des Prinzen schreiende Stimme stieß durch das unbewegliche Dunkel der stillen Nacht, wie ein ängstlicher Vogel im Käfig.

„Zeigen sollen wirs lernen, sagte der Nußmensch. Drinnen ist jeder Mensch gut, einer wie der andere. Die meisten können es nur noch nicht so zeigen. Die meisten lassen höchstens nur ein ganz kleines Stückerl von ihrem Menschen manchmal heraus. Und dann sind sie beleidigt, wenn man ihn nicht gleich bemerkt, und das macht sie ver-stockt, da ziehen sie sich wieder zusammen und rollen sich ein, wie ein Igel. Ich hab entdeckt, daß alle Menschen gut sind, ganz gleich gut, und jetzt muß man nur noch ein Mittel entdecken, das allen hilft, es auch zu zeigen. Daß das so ist, davon wird mich nichts und niemand abbringen." Er schwieg, erinnerte sich lächelnd und sagte noch: „Man hat schon manche Mühe, bis man es glauben kann. Aber weiß man es nur erst, dann findet man sogar ein großes Vergnügen daran, zuzusehen, auf wie verschiedene Arten die Menschen es verstecken, daß sie gut sind, und nur ja davon nichts merken lassen wollen. Ganz lustig ist das eigentlich, und mir machts den größten Spaß, jeden an dem kleinwinzigsten Stückerl zu packen, das er von sich zeigt, von dem heimlichen Menschen in ihm; bis ganz in den Keller hinab muß man bei den meisten steigen. Als ob sie Angst hätten, daß man ihnen stehlen könnte, was sie sind!" Er lachte. Dann sah er den Prinzen an, der, mit den hängenden Schultern und der eingesunkenen Brust, noch immer um den großen Baum ging, immer rund im Kreis herum, wie ein Pferd, das an einem Brunnen pumpt, und sagte listig: „Sie werd ich schon auch noch erwischen!"

„Ich wills ja zeigen, das wärs doch grad, was ich will!" klagte der Prinz und ging noch einmal um den großen Baum herum. Dann trat er aus dem Kreis und kam auf den Nußmenschen zu. „Helfen Sie mir doch!" bat er ihn.

„Ich blieb an Ihrer Stelle schön ein braver Prinz, tät meine Sachen ordentlich und möchte nur jedem zeigen, sagte der Nußmensch, jedem, mit dem ich zu tun hätt, und bei allem, was ich zu tun hätt, möcht ich zeigen, daß ich mich immer daran erinner und ganz genau weiß: alle Menschen sind das selbe! Es wär ganz gut, wenn einmal auch bei den Kanonen jemand sitzen möcht, der das weiß und zeigt, daß er's weiß!" Er nickte dem Prinzen zu, lächelnd, und sagte, lustig: „Aber das wär halt weniger interessant für Sie!"

Der Prinz kam an den Knaben heran und fragte verwundert: „Meinen Sie vielleicht, daß ich eitel bin?"

„Könnt schon sein", sagte der Nußmensch.

Der Prinz erforschte sich und sagte dann: „Ich bin nur relativ eitel. Nämlich in bezug auf meine Herrn Vettern. Wenn ich mich mit denen vergleiche, dann schon. Denn da hab ich wirklich allen Grund dazu. Das nennt man dann aber doch nicht eitel."

„Jeder glaubt halt, sagte der Nußmensch, daß er um so besser ist, je schlechter er den andern macht. Das gehört auch zu den schlechten Gewohnheiten, die man den Menschen abgewöhnen muß."

Der unruhige Prinz dachte noch immer nach. „Nein! sagte er dann. Sie kennen uns nicht! Das heißt, ich meine nämlich, Sie kennen meine Herrn Vettern nicht! Wenn ich mit Leuten aus dem Volk verkehre, spür ich doch, daß man da viel menschlicher ist."

„Mit Kammersängern meinen Sie?" sagte der Nuß-mensch.

„Ja, sagte der Prinz, kleinlaut. Zu anderen kommt man ja so schwer."

„Der Unterschied mag sein, sagte der Nußmensch, daß man vielleicht bei Ihnen oben noch vorsichtiger ist als unten bei uns. Jeder hat Angst, nur ja nicht zu ver-raten, daß er auch ein Mensch ist, und bei Ihnen oben ist man halt darin vielleicht noch geschickter als wir, dort ge-lingts besser. Drum sag ich ja, wir brauchen Sie gar nicht, bleiben Sie doch oben und kratzen Sie lieber an Ihren Herrn Vettern, bis bei denen unter dem Lack wieder der alte Mensch herauskommt! Jeder soll sich halt zu seinem Nachbarn setzen und mit ihm lieb sein, und der wieder mit dem nächsten, bis es von einem zum andern so durch die ganze Welt geht. Wer einmal einen gern gehabt hat, so gern, daß dieser ihn hineinschaun läßt, der hat dann alle gern. Und nur reden muß man halt mit den Menschen, die Menschen müssen erst einmal miteinander reden, redens doch mit Ihren Herrn Vettern!"

Nach einer Weile sagte der Prinz, enttäuscht: „Das scheint mir ein gefährlicher Quietismus, der schließlich zu nichts führen wird. Man läßt die Hände sinken und den lieben Gott walten. Darauf kommts hinaus."

„Jeder versuchts halt in seiner Art", sagte der Nußmensch.

„Was uns not tät, sagte der Prinz, wär ein großes Beispiel! Eine Tat müßt einer wagen!"

„Welche?" fragte der Knabe.

„Ja das weiß ich eben nicht", sagte der Prinz. Er setzte sich wieder ins Gras und sagte traurig: „Ich wäre bereit, alles zu wagen. Aber immer fehlt mir die Gelegenheit."

Sie schwiegen und alles in der schwarzen Nacht rings schwieg.

Der Nußmensch sah in die schwarze Nacht hinein und sagte leise: „Freun Sie sich!"

Der Prinz fuhr aus seinen ratlosen Gedanken auf und fragte gespannt: „Auf was?"

„Über das!" sagte der Nußmensch und zeigte still in die schwarze Nacht hinein.

Der Prinz antwortete nicht. Der Nußmensch sagte, traurig: „Wer da noch erst einen besseren Grund braucht, um sich zu freuen, dem wird schwer zu helfen sein."

„Müssen wir nicht jetzt gehn?" fragte der Prinz auf einmal. Ihm war kalt.

„O nein, sagte der Nußmensch. Es kommt erst."

Der Prinz schlug den Rockkragen auf. Er sagte, schüchtern: „Und ich werd zu Haus Unannehmlichkeiten haben."

Der Nußmensch achtete nicht auf ihn und sah nur immer in die schwarze Nacht hinein, in Erwartung. „Denn dann kommt das Wunder, sagte er. Nichts ist da, nichts als dieses Schwarz, das so schwarz ist, daß man glaubt, es kann sonst nichts mehr geben, nie mehr. Aber plötzlich werden Sie sehen, plötzlich kriegt die Nacht gelbe Flecken vor Neid und wird auf einmal rot vor Zorn, denn sie spürt, daß die Sonne kommt. Die Sonne kommt und alles ist wieder da. Nur Geduld! Die Sonne müssen wir erwarten!" Und sein liebes Lachen huschte gelind durch die Nacht. „Wenn Sie einen Schnupfen kriegen, das macht ja weiter nichts."

So saßen die zwei jungen Menschen im Gras unter dem großen einsamen Baum, von der Nacht umschlungen, und erwarteten die Sonne.

Fünftes Kapitel

Jeden dritten Tag ging nun Fräulein Annalis nach dem Essen mit dem Herrn Hofrat Stelzer spazieren. Der Herr Hofrat kam zum schwarzen Kaffee, nahm mit dem Kammersänger die letzten politischen Ereignisse durch und ließ sich geduldig immer wieder vorzählen, wie viele Millionen Deutsche es gibt; dies war nämlich des Kammersängers ewige Replik auf alles. Erhitzte sich gegen das Ende zu das Gespräch, so spielte der Kammersänger seinen letzten Trumpf aus, ging von den Deutschen zu den Germanen über und ließ diesen Namen so durchs Zimmer dröhnen, daß er jeden Einwand in die Flucht schlug. Der Herr Hofrat zog dann seinen enttäuschten Mund noch mehr zusammen, sein armes Lächeln trocknete ganz ein, und er wurde still. „Ja ja, Herr Hofrat!, sagte der Kammersänger triumphierend. Das vergeßts Ihr immer! Es gibt Germanen, es gibt noch Germanen!" Und er klopfte mit seiner kurzen fleischigen Hand dem Hofrat auf die Schulter, was dieser nicht sehr gern hatte, und zog den Schluß: „Und solang es noch Germanen gibt, irgendwo in der weiten Welt, braucht uns hier ja nicht bang zu werden. Da können wir noch immer ruhig schlafen." Was Fräulein Annalis nun gewöhnlich benützte, um zu mahnen: „No dann kannst aber ja du jetzt auch ruhig schlafen gehen. Es wär Zeit! Wann dir dein Nachmittagsschlaferl fehlt, bist abends ganz unausstehlich!" Worauf der Kammersänger stets erklärte: „Das haben auch nur die Deutschen, diesen tiefen männlichen germanischen Schlaf, der wie ein inneres Bad ist! Das Beste kommt dem Deutschen nämlich immer im Schlaf. Bei mir zum Beispiel kann man das eigentlich gar keinen Schlaf nennen, sondern ich arbeite dann, es arbeitet in mir fort, meine besten künstlerischen Einfälle hab ich im Schlaf!" Und Fräulein Annalis drängte: „Dann geh aber jetzt schon endlich und leg dich arbeiten!"

Fräulein Annalis und der Hofrat schritten dann den engen Weg zur Kirche hinab, und unten an der Bahn entlang, bis diese über die Wien setzt. Hier ist alles durcheinander: noch sind aus der alten Zeit, wo das ein Dorf von Weinbauern war, liebe kleine Häuser geblieben, gelb oder weiß oder blau getüncht, mit ein paar Blumenstöcken in den engen Fenstern, aber daneben sind andere, die sich schon eher als Villen benehmen, eine halb schweizerisch, die nächste mehr barock, keines ganz sicher, ob es eigentlich ein Jagdhaus oder ein Waldschlößl, mehr ländlich oder mehr fürstlich sein soll, alle vor dreißig oder vierzig Jahren erbaut, damals als der Ort auf einmal den Ehrgeiz bekam, eine Sommerfrische zu werden; mitten unter ihnen aber auch schon solche trostlose Zinshäuser mit vier Stöcken, wo die Staubtücher, aus braunen Fenstern herab, auf billige Karyatiden ausgebeutelt werden, vorgeschoben von der nachdrängenden großen Stadt, die rings alles verschlingen will. So steht hier Vergangenheit und Gegenwart durcheinander, erschreckt weichen Gärten und Wiesen vor den Steinwürfen der Zukunft zurück, und der Ort

kann sich noch immer nicht recht entscheiden, was aus ihm
werden soll. Auf einmal aber ist man an den letzten
Häusern, der Hügel tritt vor und drängt den Weg an
den Fluß, der Weg wird zur Landstraße, mit einer schönen
alten Allee, die Stadt ist verschwunden, rings kommt
von allen Bergen herab hier der Wald zusammen, überall
ist nur Wald und wieder Wald zu sehen, auf den Höhen
wacht der Wald, aus den Tälern winkt der Wald, es ist
eine Welt von Wald.

Diesen Weg ging Fräulein Annalis, in ihrer Furcht,
dick zu werden, jeden zweiten oder dritten Tag, und jetzt
ging der Herr Hofrat meistens mit. Sie widmete sich
dabei hauptsächlich dem Gehen, er aber sprach. Er sagte
ihr zunächst alles, was er gern beim Kaffee dem Kammersänger gesagt hätte, der einen aber ja nie zu Wort kommen
ließ. Alle Behauptungen des Kammersängers nahm er
nun der Reihe nach vor, um ihr darzutun, wie leer und
nichtig und wesenlos alle Grundsätze des Kammersängers,
worüber man sich übrigens ja keineswegs wundern und
was man dem Kammersänger ja keineswegs verdenken
könne, da doch selbst, wer jahrelang im Brennpunkt
unseres politischen Lebens gestanden, manchmal alle
Mühe habe, sich in den Irrgängen dieser vielfältigen
Probleme zurecht zu finden. „Es gibt in Östreich, ließ
er nicht ab, ihr immer wieder zu beteuern, es gibt kein
halbes Dutzend von Menschen in Östreich, denen nach
ihrer Stellung, nach ihrer Erfahrung zuzutrauen wäre,
daß sie halbwegs einen Überblick über den Komplex dieser

Fragen gewonnen haben könnten. Soll es einen da befremden, wenn es gar den anderen selbst an den einfachsten Grundbegriffen zur richtigen Erkenntnis des Notwendigen fehlt? Befremden kann einen höchstens, daß sie mit dem größten Mut von Dingen reden, über die sie nichts wissen können." Und mit seinem bekümmerten Lächeln fragte er die fest neben ihm ausschreitende Freundin: „Meinen Sie nicht, Fräulein Annalis?"

„Wenn alle wählen dürfen, sagte Fräulein Annalis, dürfens wohl auch mitreden. Wenn man ihnen das eine erlaubt, kann man ihnen doch auch das andere nicht verwehren."

„Sehr richtig, sagte der Hofrat, schadenfroh. Aber sie sind für das eine so wenig reif wie für das andere. Man tut jedoch noch stolz mit unserer Entwicklung, die darin besteht, daß die politischen Angelegenheiten denjenigen, die vielleicht noch in der Lage wären, irgend etwas davon zu verstehen, prinzipiell abgenommen werden, um ausschließlich in die Hände derjenigen zu gelangen, die ganz sicher vor dem Verdachte sind, auch nur das Geringste davon verstehen zu können. Dies eben ist ja der Grund, weshalb ich nicht mehr mittu! Ich habs aufgegeben. Schuhe läßt man beim Schuster machen und schneidern läßt man beim Schneider, nur in der Politik läßt man die Politiker nicht mehr zu."

„Man fragt aber nicht den Schuster, sagte Fräulein Annalis, ob einem der Schuh paßt, sondern das weiß man selbst, ohne darum erst ein Schuster werden zu

müssen. So ähnlich wirds halt in der Politik auch sein,
denk ich mir."

„Nun ja, sagte der Hofrat, gekränkt. Mir kanns ja
recht sein, mir ist schon alles recht, ich tu ja nicht mehr mit,
Gott sei Dank! Wir werden's ja sehen! Warum lachen
Sie?"

„Ihr seid alle gleich, sagte Fräulein Annalis, vergnügt.
Jeder glaubt, er allein weiß ganz genau, wies zu machen
wäre. Aber keiner machts! Jeder sagt, ich gebs auf, ich
tu nicht mehr mit. Ja, wenn in einem Land niemand
mehr mittun will, dann ist es schwer. Da wär mir doch
noch einer lieber, ders nicht so genau weiß, aber es halt
schließlich auf gut Glück einfach irgendwie probiert, so gut
oder so schlecht es eben geht."

„Ja das ist die Anschauung aller politischen Dilettanten",
sagte der Hofrat.

„Sehns, sagte Fräulein Annalis, Sie sind genau wie
der Ignaz! Der nennt auch jeden, der eine andere
Meinung hat, einen Trottel. Denn Trottel oder Dilettant,
ihr meints doch beide damit dasselbe. Jeder hält bei uns
jeden anderen für einen Trottel. Ja vielleicht habts alle
recht! Aber dann müßt man halt irgendwie mit den
Trotteln auszukommen suchen, irgendwas muß doch zu
finden sein, was auch den Trotteln eingeht, und das wär,
wenn wir schon einmal aus lauter Trotteln bestehen,
offenbar für uns das Richtige! Denn von einer Gescheitheit, die nur bewirkt, daß einer den anderen verachtet,
haben wir nichts."

Nach einiger Zeit sagte der Hofrat: „Es steckt vielleicht eine ganz wahre Beobachtung, in dem was Sie sagen. Auch in anderen Ländern wird gestritten, aber doch von einer gemeinsamen Grundanschauung aus. Keiner machts dem anderen recht, einer zieht nach links, der andere nach rechts, dem gehts zu langsam und dem wieder scheint alles überstürzt — auch in anderen Ländern. Nur haben dort doch schließlich alle das Gefühl, den selben Strang zu ziehen. Sie sind Gegner, aber doch mit dem gemeinsamen Gefühl, einander zu brauchen. Sie wollen irgendwas erreichen, nur jeder in seiner Art. Bei uns aber will jeder hauptsächlich erreichen, daß der andere nichts erreicht. Jedem scheint es zunächst das Wichtigste, die anderen zu vernichten. Es kommt ihm gar nicht darauf an, sie zu seiner Meinung zu bekehren. Er würde dann vielmehr lieber seine Meinung selbst sofort verlassen und sich wieder eine andere suchen, von der aus er aufs neue den Kampf mit den bekehrten Gegnern eröffnen kann. Es wird immer über unsere Nationalitäten gejammert, aber in jeder scheint auch noch jeder einzelne wieder sozusagen eine Nation für sich zu sein, jeder denkt und fühlt in seiner eigenen Sprache, die jedem anderen durchaus unverständlich bleibt, er will gar nicht hören, was der andere sagt; und auch wenns dasselbe wäre, was er selbst will, so wärs ihm nicht weniger verhaßt, denn gar nicht das, was der andere sagt oder meint oder will, haßt er so sehr als vielmehr den Tonfall oder die Klangfarbe des anderen, und überhaupt halt alles, was ihn daran erinnert, daß es auch noch andere Menschen auf der Welt gibt als ihn selbst, das vertragen wir nicht. Über dies alles bin ich mir längst klar, ich kanns nur nicht ändern."

„Und der Ignaz ist sich auch klar, sagte Fräulein Annalis, und der Höselind auch, und mir scheint, daß sich sogar der Prinz Adolar über manches klar ist. Wenn man einen von euch reden hört, denkt man sich, das muß doch ein beneidenswertes Land sein, wo sich alle fortwährend so damit beschäftigen, was eigentlich fehlt, und sich alle so klar darüber sind, was nottät! Zum Schluß aber versichert einem jeder, daß ers nur leider nicht ändern kann. Was nutzt mir dann aber eure Klarheit?"

„Es fehlt uns an einer gemeinsamen mittleren Denkart, sagte der Hofrat. In anderen Ländern ist man konservativ oder liberal, Schutzzöllner oder Freihändler, und so weiter, wie der eine lieber Whist spielt und der andere lieber Kegel schiebt, wie der eine lieber ans Meer und der andere lieber ins Gebirg geht, im Hauptberuf aber ist man vor allem ein Bürger dieses Landes, während bei uns die Whistspieler erklären, ihr eigenes Land nur unter der Bedingung überhaupt erst anerkennen zu können, daß zunächst das Kegelschieben verboten werden muß. Unter uns ist keine Verständigung möglich, weil jeder vom anderen verlangt, sich zunächst selbst auszurotten."

„Dann hat doch der Nußmensch recht, sagte Fräulein Annalis, der alles damit erklärt, daß die Menschen nicht genug miteinander reden."

„Er solls nur versuchen! sagte der Hofrat. Zum Reden

gehört irgendein gemeinsames Gebiet von Begriffen oder wenigstens Empfindungen. Das haben wir aber nicht. Was Ihr Bruder denkt oder fühlt, ist mir so fremd, daß ich mir diese ganze Art zu denken und zu fühlen überhaupt gar nicht vorstellen kann, und jedes Wort, das wir einander sagen, hat für mich einen anderen Sinn als für ihn. Eher kann ein Hund mit einem Pferd sprechen als ein Östreicher der einen Partei mit einem der anderen. Östreich ist ein Land, wo man nur Monologe halten kann."

„Fast möcht man wünschen, sagte Fräulein Annalts, daß wir einmal alle recht elend wären! In der Not kämen wir vielleicht zusammen."

„Nun ja, sagte der Hofrat. Vielleicht ist das auch der geheime Gedanke unserer Regierungen. Bis jetzt zeigt sich aber noch kein Resultat. Je schlechter es uns allen geht, desto mehr freut sich jeder, daß es dem anderen auch schlecht geht. Wenn irgendwo bei uns an einem ein Unrecht verübt wird, verlangt er nur, daß es auch an allen anderen verübt werde. Der ganze sogenannte nationale Kampf geht ja schließlich um nichts als eine gleichmäßige Verteilung des Unrechts. Wenn man in anderen Ländern eine Nation, eine Klasse, eine Partei braucht, muß man ihr einen Gewinn bieten. Bei uns wäre das ganz falsch. Bei uns nimmt man der anderen etwas weg, der anderen Nation, der anderen Klasse, der anderen Partei. Das ist der Preis, um den jede für alles zu haben ist. Instinktiv weiß das bei uns auch jeder Mensch. Deshalb raunzt ja jeder jedem vor, denn es ist das einzige

Mittel, um sich bei uns noch einigermaßen beliebt zu machen, wenn man sich recht unglücklich und vom Schicksal geschlagen stellt. Das bereitet allen eine solche Freud, daß man ihnen für einige Zeit beinahe sympathisch wird."

„Es scheint, sagte Fräulein Annalis, Sie möchten sich auch bei mir beliebt machen?"

„Wieso?" fragte der Hofrat, der sich nicht so leicht von seiner Politik trennen konnte.

„Raunzen Sie mir nicht auch immer vor?" fragte Fräulein Annalis.

„Pardon, sagte der Hofrat. Ich kann mir denken, daß es Sie langweilen muß." Wenn seine Gedanken einmal eine Richtung hatten, fand er sich nicht so leicht wieder heraus. Erst nach einiger Zeit sagte er, unvermittelt: „Und natürlich wärs mir auch sehr recht, nebenbei, mich, wenn wir schon bei diesem nicht ganz passenden Ausdruck bleiben wollen, bei Ihnen beliebt zu machen."

„Nebenbei", sagte Fräulein Annalis, in ihrem undurchsichtigen Ton.

„Ich weiß überhaupt gar nicht, sagte der Hofrat, wie wir immer wieder ins Politisieren geraten, das ich so verschworen habe! Mir liegt wahrlich anderes auf dem Herzen. Aber Ihr Bruder läßt einen ja nicht ausreden."

„No ja, sagte Fräulein Annalis, vielleicht das nächste Mal! Heut stehts wirklich nicht mehr dafür, denn da sind wir ja schon gleich wieder bei der Elektrischen." Fräulein Annalis teilte das immer so ein, daß der Hofrat sich erst bei der Elektrischen, mit der er heimfuhr, wieder erinnerte, was er ihr eigentlich alles hatte sagen wollen. Wenn er dann heimfuhr, dachte er die ganze Zeit daran. Und wenn er das nächste Mal wieder herausfuhr, auch. Aber da kam er jedesmal mit dem Kammersänger wieder in Streit, und weil der doch keinen ausreden ließ, sollte wenigstens Fräulein Annalis hören, wie leicht es ihm war, die Behauptungen ihres Bruders zu widerlegen, wenn er auch leider einen solchen Baß freilich nicht überschreien konnte. So begab es sich, daß er jedesmal bei der Elektrischen wieder verschwor, nie mehr ein Wort von Politik mit ihr zu reden, da er ihr doch wahrhaftig viel Wichtigeres zu sagen hätte. Und sie sagte dann immer: „Wie Sie wollen, Herr Hofrat! Mir kommts darauf an, Bewegung zu machen, damit ich nicht dick werd; und zu zweit geht sichs besser. Was dabei geredet wird, ist nicht so wichtig." Da fuhr der Hofrat dann traurig heim, den Rockkragen aufgeschlagen, weil es ihm in der Elektrischen immer zog, und mit seinem erfrorenen Lächeln um den grauen Mund.

Abends fragte der Kammersänger: „Na? Wars schön, bei deinem Rendezvous mit der Amtsperson?"

Fräulein Annalis sagte: „Ein Rendezvous ist immer schön. Mit wem, ist Nebensache."

Der Kammersänger sagte: „So ein Hofrat ist immer noch dümmer, als man glaubt. Und er laßt einen ja nicht ausreden! Ich werd dir erklären, worin der Fehler eigentlich bei ihm liegt. Paß auf! Du wirst es gleich verstehen!" Und so lernte Fräulein Annalis die Politik von allen Seiten kennen.

Aber am Ende kniff der Kammersänger dann seine
schlauen kleinen Bauernaugen ein und fragte: „No und
sonst? Was habts denn sonst noch g'red't?"

„Eine Menge", sagte Fräulein Annalis.

„Ich bin ja nicht neugierig", sagte der Kammersänger.

„Die ganze Politik bringt er mir halt nach und nach bei",
sagte Fräulein Annalis.

„Ich bin nicht neugierig, sagte der Kammersänger.
Aber ich laß mich nicht gern dumm machen. Verstehst?
Denn du wirst mir doch nöt einreden wollen, daß b' dich
jetzt auf deine alten Tag plötzlich für Östreich interessierst!
Hast nix Gescheiteres zu tun? Wär mir leid! Also nur
nicht glauben, daß man mir alles vormachen kann! Ich
bin kein Tenor!"

„Mein Gott, sagte Fräulein Annalis, wenn einen
jemand interessiert, interessiert einen alles, was ihn
interessiert. Und ihm tuts halt wohl, sich einmal auszusprechen. Wen hat er denn sonst als mich?"

„Bitte, bitte! sagte der Kammersänger. Du brauchst
dich ja nicht zu entschuldigen! Und glaub nur ja nicht,
daß ich irgendeine Rücksicht von dir verlang! Von mir
aus kannst dir den Hofrat einsieden! Mir sind Preiselbeer
lieber, aber Weiberleut habn halt schon einmal einen
besonderen Geschmack! Bitte, bitte! Nur keine Rück-
sichten, bitte!"

Fräulein Annalis sagte: „Wenn ich je denken könnt,
daß es dir irgendwie nicht recht wär —"

Da schlug dann der Kammersänger immer mit seinem

tiefsten Baß drein: „Mir? Was denn? Woher denn?
Warum soll mirs denn nicht recht sein? Ich laß einem
jeden Menschen seine Freiheit, da solltst mich doch schon
kennen! Von mir aus kann sich ein jeder auf seine Manier
das Haxl brechen! Nur Heimlichkeiten vertrag ich nicht!
Wannst du dir das gar so verlockend vorstellst, Frau Hofrätin zu werden, ich werd deinem Glück nicht im Wege
stehn, ich nicht! Wann's bloß auf mich ankommt, mein
liebes Kind, ich hätt wahrhaftig gar keinen Grund, es dir
nicht zu gönnen, und mancher an meiner Stell wär vielleicht eher froh und möcht das eher noch unterstützen,
verstehst?"

„Ich versteh, sagte Fräulein Annalis. Ich weiß ja,
daß du mir ein Opfer bringst."

„Davon ist doch nicht die Rede!" sagte der Kammersänger, weinerlich.

„Eine ledige Schwester im Haus, sagte Fräulein Annalis, das möcht sich mancher zweimal überlegen, du
hast ganz recht."

„Hab ich dich das je fühlen lassen?" brüllte der Kammersänger

„Nein, sagte Fräulein Annalis. Du nicht!"

„Wer denn?" schrie der Kammersänger.

„Vielleicht bin ich schon von selber so gescheit, sagte
Fräulein Annalis, ohne daß mirs erst jemand zu verstehen gibt."

„Auf einmal jetzt? schrie der Kammersänger. Elf
Jahr bist bei mir und jetzt auf einmal —! Aber das sag ich

dir! Wann ich merk, daß dir der blöde Hofrat solche Flöh
ins Ohrwaschl setzt, so schnell is noch keiner g'flogen, wie
der dann fliegt! Du kannst von mir aus machen, was du
willst, aber nur —"

„Nur so lang es dir paßt, sagte Fräulein Annalis.
Mein lieber Ignaz, das weiß ich schon. Es ist gar nicht
nötig, daß du so schreist."

„Mit dir kann man ja nicht reden, weil du einem jedes
Wort im Mund verdrehst! Da seids eine wie die andere!"
Und er schlug die Tür hinter sich zu, sie hörte ihn noch
draußen zanken und fluchen, im ganzen Haus herum, mit
der Köchin und dem Hies.

Als sie das nächste Mal mit dem Hofrat wieder in der
schönen alten Allee ging, durch diesen schallenden, festlich
beflaggten und beleuchteten, strahlenden und tanzenden
Herbst, sagte der Hofrat mitten in einer politischen Er-
klärung auf einmal: „Nun ja. Doch weiß ich, daß dies
alles umsonst ist, Östreich wird nicht mehr anders, ein
Narr, wer sich einbildet, da noch helfen zu können! Ich
habs aufgegeben. Ich möchte nur die paar Jahre noch
in aller Ruh irgendwo sitzen und mich ein bissel freuen,
über den Herbst und auf den Frühling. Das ist noch das
einzige! Aber so ganz allein kann ichs halt nicht, da kommen
mir immer die bösen Erinnerungen wieder nach. Und
der Zorn über mein vergeudetes Leben! Allein dürfte
man halt nicht sein."

Fräulein Annalis sagte: „Ja der Herbst ist merkwürdig, heuer. Täglich tut er, als wärs zum letztenmal,

unwiderruflich zum letztenmal, aber auf allgemeines Verlangen gibt er dann morgen immer noch eine ganz aller-
letzte Abschiedsvorstellung und brennt immer noch ein
neues Feuerwerk ab. So ein Gaukler!"

Der Hofrat fuhr fort, Betrachtungen über die Nutz-
losigkeit des öffentlichen Wirkens und über das Glück einer
vom öffentlichen Lärm abgekehrten, in stiller Freundschaft
verankerten, entsagenden Existenz anzustellen, und Fräulein Annalis fuhr fort, diesen unerschöpflichen Herbst zu
bewundern, der jeden Tag mit neuer Kraft die dunklen
Nebel des Morgens leuchtend zerriß.

Bis der Hofrat fragte: „Warum antworten Sie mir
nicht, Fräulein Annalis?"

Da sagte Fräulein Annalis: „Haben Sie mich denn
gefragt? Was wünschen Sie zu wissen?"

„Hören Sie denn nicht, fragte der Hofrat, daß alles,
was ich sage, nur eine einzige Frage ist, schon die ganze
Zeit her?"

Da sie schwieg, fuhr er fort: „Ich möchte versuchen
gut zu machen, was ich gefehlt habe. An Ihnen und an
mir, an uns beiden. Ich glaub, es wär noch nachzuholen.
Wenn wir beide nur den guten Willen haben. Es ist nie
zu spät. Wollen Sie, Fräulein Annalis?"

„Das ist sehr lieb von Ihnen, sagte Fräulein Annalis.
Ich dank Ihnen schön, Herr Hofrat!"

Aus ihrer Stimme war nicht zu hören, an ihrer Miene
war nicht zu sehen, was sie meinte. Mit ihren großen,
weit ausholenden Schritten ging sie, sich ein wenig wiegend,

durch das raschelnde Laub. Die Bäume bog der Wind,
die Blätter fielen, in einem gelben und roten Feuerregen
gingen sie nebeneinander dahin.

Dann sagte Fräulein Annalis: „Es macht einem ja
doch Freud. Einmal im Leben muß man auch erfahren,
wie einem zumute ist, wenn man einen Antrag kriegt.
Es gehört dazu." Und nach einiger Zeit fragte sie, lachend:
„Denn das war doch ein Antrag, nicht? Sie möchten mich
zur Frau Hofrätin machen! oder irr ich mich?"

Der Hofrat sagte, leise: „Es ist der einzige Wunsch,
den ich noch habe."

„Übertreiben Sie nur nicht!" sagte Fräulein Annalis.

Nach einiger Zeit sagte der Hofrat: „Nun müssen Sie
mir antworten, Fräulein Annalis." Und da sie noch immer
schwieg, durch das raschelnde Laub schreitend, sagte er
noch, mit dem mühsamen hochmütigen Lächeln aus seiner
parlamentarischen Zeit: „Es wäre denn, daß auch Sie
der Ehe so feindlich gesinnt sind wie Ihr Bruder!"

„Nein, Herr Hofrat! sagte Fräulein Annalis. Ehe-
feindlich bin ich gar nicht. Nein, ganz im Gegenteil! Ich
sags offen, ich kann mir nichts Schöneres denken, als verheiratet zu sein! Nämlich so, wie ich mir's denk! So
verheiratet zu sein, wie ich mirs denk, das ist sicher wunderschön, und eine Frau, der das fehlt, lebt doch nur halb."

Der Hofrat hielt den Atem an, sie hörten eine Zeit
nur das Laub unter ihren Schritten rascheln.

„Aber, sagte Fräulein Annalis dann, es ist halt nicht
einer jeden bestimmt, da kann man schon nichts machen!

Ich glaub nicht, daß es mir noch einmal beschieden sein wird. Ich glaub nicht, Herr Hofrat."

„Sie trauen mir nicht mehr, sagte der Hofrat. Sie können mirs halt noch immer nicht verzeihen! Aber hab ich denn nicht genug gebüßt, all die langen Jahre?" Und ganz leise sagte er noch: „Ich bin ein anderer geworden, Annalis! Jetzt können Sie mir schon trauen. Jetzt bin ich ganz anders, als ich damals war."

„Ich auch, sagte Fräulein Annalis. Und gerade deshalb, lieber Herr Hofrat!" Sie blieb stehen; an den Bäumen, auf der Erde brannte das Laub, in seinen Flammen stand ihre große stille Gestalt. Sie neigte das schwere Haupt ein wenig, wie horchend. Dann sagte sie: „Nein." Und langsam schritt sie wieder aus.

Auf einmal sagte sie noch: „Denn eher könnte ich mir das noch mit einem wildfremden Menschen denken! Ich wills ja gar nicht verschwören. Wer weiß? Vielleicht heiratet der Ignaz einmal, dann wär ich allein, das könnt ich mir kaum vorstellen, ich muß wen haben, für den ich sorgen kann, sonst is es gar zu langweilig. Also vielleicht sag ich mir dann: wie du dir die Ehe denkst, das ist dir nun einmal nicht bestimmt, du mußt es schon billiger geben! Und es ist ja gar nicht ausgeschlossen, daß ich dann noch einen find, mit dem mir ein ganz angenehmes freundschaftliches Beisammensein möglich scheint. Wenig ist immer noch mehr als nichts, der Mensch wird bescheiden."

„Und mit mir, sagte der Hofrat, mit mir könnten Sie

sich aber ein solches stilles und geduldiges Beisammensein
nicht denken?"

„Warum denn nicht? sagte Fräulein Annalis. Aber
mit Ihnen, Herr Hofrat, wär mir das halt nicht genug.
Verstehen Sie das nicht?" Sie sah ihn lächelnd an und
sagte: „Mir scheint, Sie bemerken gar nicht, wie schmeichel-
haft das für Sie doch ist? Eigentlich hab ich Ihnen jetzt
eine Liebeserklärung gemacht."

„Nun ja", sagte der Hofrat, mit seinem zerrinnenden
Lächeln.

„Schauns, sagte Fräulein Annalis, ich weiß nicht,
ob ich einmal in den Himmel komm. Wenns mir nicht
bestimmt ist, werd ich mich auch zu trösten wissen. Vielleicht
gibts überhaupt keinen Himmel, vielleicht gibts für mich
keinen. Wenn ich aber in den Himmel käm und der wär
nicht so, wie man ihn mir versprochen hat, oder ich ihn mir
versprochen hab, nein nur das nicht! Da dank ich lieber
ganz! Ich kann ertragen, daß es keinen Himmel gibt,
und ich kann ertragen, daß ich in den Himmel nicht hinein-
gelassen werd, aber daß ich in den Himmel komm, und
der Himmel wär nicht so, wie ich ihn mir gedacht hab,
das ist das einzige, was ich nicht ertragen könnt."

„Phantastische Hoffnungen, sagte der Hofrat, erfüllt
das Leben nie."

„Redt's Euch nur nicht immer auf das Leben aus!
sagte Fräulein Annalis. Damals, vor zwanzig Jahren,
hätte das eine Ehe werden können, zwischen uns. Denn
damals hab ich den Glauben gehabt, und Sie auch!"

„Welchen Glauben?" fragte der Hofrat, ratlos.

Fräulein Annalis sagte: „Damals hab ich geglaubt, Sie sind mehr als ich oder stärker, oder wie man das nennen soll, Sie können mir helfen, daß einmal alles das aus mir wird, was aus mir werden kann! Und auch Sie haben sich das damals zugetraut. Drum wars ja so wunder= schön."

„Es war wunderschön", sagte der Hofrat.

„Heut aber, sagte Fräulein Annalis, heut weiß ich, daß ich mehr bin als Sie — sinds mir nicht bös, daß ich Ihnen das sag! Aber Hand aufs Herz, mein lieber Herr Hofrat, was könnten Sie mir heute noch geben? Ich hab alles, was ich brauch. Oder ich bild mirs wenigstens ein, das kommt auf dasselbe hinaus. Ich hab ganz allein aus mir alles gemacht, was überhaupt aus mir zu machen war. Und das ist ein Gefühl, das ich nicht hergeben möcht."

„Und Sie meinen, eine Ehe, sagte der Hofrat, ist nicht möglich —"

„Wenn nicht alle zwei, sagte Fräulein Annalis, alle zwei des festen Glaubens sind, daß die Frau den Mann braucht, um von ihm erst zu erfahren, was aus ihr werden soll. Und der Mann wieder, denk ich mir, braucht die Frau, um an ihr zu zeigen, was er kann, wie der Maler eine Leinwand braucht, oder ein Lied einen Text. Sonst hat das Heiraten doch gar keinen Sinn!"

Nach einiger Zeit sagte der Hofrat: „Gewiß ist das eine sehr schöne Auffassung der Ehe, die Ihnen alle Ehre

macht, Fräulein Annalis! Und besonders dieser Vergleich
von Mann und Frau mit einem Lied und seinem Text
scheint mir in einem ganz tiefen Sinn wahr, vielleicht
wahrer, als Ihnen selbst bewußt ist. In der Tat hat nämlich
der Mann etwas Grenzenloses in seinem Streben, das
wirklich mit dem wogenden Wesen der Musik gut ver-
glichen werden kann, und wie diese nun den Text verlangt
gleichsam als einen Rahmen, um darin eingespannt und
festgebunden und eben dadurch erst wirklich geformt zu
werden, mag der Mann, der sich sonst leicht ins Allgemeine schlechthin unbegrenzt verliert, in einem gewissen Sinn allerdings in der Sorge für die geliebte Frau
ganz ebenso die für ihn so notwendige Begrenzung und
seine wahre Bestimmung erst erfahren."

„Über das wogende Wesen der Musik, sagte Fräulein
Annalis, solltens lieber nichts reden, Herr Hofrat! Mir
machts ja weniger, aber denken Sie sich, wenn das der
Ignaz höret! Und man darf doch auch auf einem Vergleich nicht so lang herumtrampeln!"

„Nun ja", sagte der Hofrat. Er bemerkte jetzt, daß
sie ja ganz abgekommen waren. Einige Zeit schritt er
nachdenklich neben ihr, bis er sich wieder zurecht fand
und sagte: „Jedenfalls ist es ein sehr schöner und frucht-
barer Gedanke, das Wesen der Ehe in die gegenseitige
Hilfe zu setzen. Und dies gerade bestätigt mir aber doch
nur meinen Wunsch." Und er sagte, ganz leise: „Denn
ich, Fräulein Annalis, ich hab nicht alles, was ich brauch,
ich kann das nicht von mir behaupten, ich bin nicht so

glücklich wie Sie, ich brauche Hilfe. Sie können mir helfen.
Warum wollen Sie's nicht? Wär denn nicht das gerade
die wirkliche Ehe, ganz in Ihrem Sinn?" Er sah sie nicht
an, sondern durch die dunklen Gläser gerade vor sich auf
den lohenden Weg hin, indem er, ein wenig vorgebeugt,
mit aufgezogenen Schultern neben ihr ging.

„Ja, Herr Hofrat, sagte Fräulein Annalis, das wär
alles recht schön, aber Sie vergessen nur eins! Denn da
müßt nämlich ich erst ein Mandl werden und Sie ein
Weibl, damit's stimmt! Aber dazu hab ich für meinen
Teil wenigstens halt gar keine Lust!"

„Sie helfen doch so gern! sagte der Hofrat. Ihrem
Bruder und dem alten Rabauner und überall, wo nur
irgendeiner ist, der Hilfe braucht. Warum wollen Sie
gerade mir nicht helfen?"

„Helfen und heiraten ist doch noch ein Unterschied,
sagte Fräulein Annalis. Sehen's, ich stell mir das so vor:
ein Mann, was ein richtiger Mann ist, denkt immer nur
an sich, sich will er durchsetzen, alles und alle benützt er nur
für sich, und darum ist es für ihn so was merkwürdig
Schönes, wenn er einmal, ein einziges Mal in seinem
Leben, ein Wesen trifft, bei dem er aufhört, nur an sich
zu denken; und eine Frau wieder, eine richtige Frau,
denkt ihr ganzes Leben nicht an sich, immer ist sie für
andere da, und deshalb ist sie dem einzigen so dankbar,
der sie davon erlöst; dankbar bis in den Tod, denk ich mir,
muß eine Frau wohl dem sein, der ihr etwas ist, während
sie sonst ihr ganzes Leben damit verbringt, anderen etwas

zu sein. Und eigentlich besteht also die Ehe darin, daß ein Mandl in einem einzigen Fall zum Weibl wird, ein Weibl aber sich endlich auch einmal als Mandl benehmen darf. Diese Verwandlung ist das Hauptvergnügen dabei. Wir zwei müßten uns aber, damit diese Verwandlung möglich wird, schon vorher verwandeln, und da, Herr Hofrat, möcht einem ja doch davon am End ganz schwindlig werden, nicht?"

„Gegen Ihre Theorie, sagte der Hofrat, wäre doch Beträchtliches einzuwenden. Sie scheint mir nämlich auf einer ganz unzulässigen Verallgemeinerung zu beruhen."

„Ja jetzt schauns, sagte Fräulein Annalis, wenn wir aber in der Theorie nicht einmal einig sind, dann kanns doch nicht gehn!"

„Nun ja", sagte der Hofrat.

„Nun ja", sagte Fräulein Annalis ebenso, ganz in seinem Ton.

„Ich hätte mir nicht nachgeben sollen, sagte der Hofrat. Es wär besser für mich, wir hätten uns nicht wieder gesehen. Ich hab mir's anders gedacht."

„Man denkt sichs meistens anders, als es dann ist, sagte Fräulein Annalis. Das geht andern auch so! Ich zum Beispiel, schauns, ich hab mich jetzt die ganze Zeit nur auf den Moment gefreut, wo ich Ihnen das einmal werd sagen können. Denn überlegen Sie sich doch nur! Man war einmal ein kleines dummes Mädl, viel zu dumm und zu klein für einen Mann, und dann vergehen zwanzig

Jahre, bis man sich wieder sieht, aber inzwischen hat sich jetzt alles umgekehrt, das Mädl ist nach und nach halt doch ein bissl größer geworden, der Mann aber nicht, sondern im Gegenteil, und jetzt steht er auf einmal so vor ihr, wie sie damals vor ihm. Darauf hab ich mich schon sehr gefreut, sinds mir nicht bös, Herr Hofrat, daß ich Ihnen das sag! Mein Bruder hat schon recht, der Mensch is und bleibt ein Luder. Und so sehr hab ich mich darauf gefreut, so schön hab ich mir diesen Moment gedacht, daß mir schon angst und bang geworden ist, ich werd Ihnen deshalb am End nicht nein sagen können, ich werd Sie heiraten, bloß weil das doch ein zu schönes Gefühl sein müßt, jeden Tag in der Früh wieder den Unterschied zu sehen, zwischen damals und heut, und jeden Tag in der Früh mit meinen eigenen Augen zu sehen, wie sich seitdem alles langsam ganz umgedreht hat! Und ich hätt Sie sicher geheiratet, nur um diesen Moment jeden Tag zum Frühstück zu haben, aber — ja, sehns! Man denkt sich halt alles ganz anders, als es dann wird! Denn jetzt, jetzt hat es sich herausgestellt, daß mich das eigentlich gar nicht gefreut hat, worauf ich mich immer so gefreut hab! Also nicht einmal das hätt ich, wenn wir heiraten möchten!" Und ganz leise sagte sie dann noch: „Leid war mir, statt daß ich mich gefreut hätt, darüber! Leid ist mir um uns, daß wir nicht mehr wie damals sind! Schöner wärs, wenn ich das dumme Mädl geblieben wär!" Dann lachte sie laut auf. „Aber da läßt sich schon einmal nix machen, Herr Hofrat! Und teilweise heiraten könnten wir ja, wenn Sie damit einverstanden sind! Da hätt ich nichts dagegen."

„Teilweise? fragte der Hofrat. Inwiefern meinen Sie das, Fräulein Annalis?"

„Wozu, sagte Fräulein Annalis, wozu heiraten denn die meisten Männer? Gar in Ihrem Alter! Daß sie halt eine Person sicher haben, zum Sekkieren! Eine die's anraunzen können und vor der sie sich nicht zu genieren brauchen, wenns recht zuwider sind! Also diesen Teil der Ehe, Herr Hofrat, übernehm ich ganz gern. Und wenn Sie wollen, daß ich manchmal mit Ihrer Köchin verrechnen soll, damit sie Sie nicht mehr betrügt, als der liebe Gott unbedingt will, und daß jemand von Zeit zu Zeit neue Hemden für Sie bestellt, das auch, Herr Hofrat, recht gern! Nur wo sozusagen das Sakrament der Ehe beginnt, da müssen Sie mich halt schon entschuldigen, Herr Hofrat, tut mir leid!"

„Sie haben sich Ihren Humor bewahrt", sagte der Hofrat.

„Ich bin überhaupt keine ernste Natur, sagte Fräulein Annalis. Mein Bruder beklagt das auch."

Als Fräulein Annalis dann heimkam, fand sie die Köchin in Tränen, der Gärtner hatte gekündigt und der Hies war nirgends zu finden. Es ergab sich, daß dem Kammersänger das Abendblatt nicht ins Zimmer gebracht worden war, worüber er nun in solchen Zorn geraten, daß er alle der Reihe nach an ihrer Ehre gekränkt hatte. Die Köchin gab dem Gärtner, der Gärtner dem Hies die

Schuld, und alle drei zankten sich so, daß sie fest entschlossen waren, keinen Tag länger in diesem Haus zu bleiben.

Fräulein Annalis war neugierig, denn sie wußte, daß es, wenn sich der Kammersänger über was ärgerte, ja doch immer was ganz anderes war, worüber er sich eigentlich ärgerte. Was das aber war, erfuhr man nicht, wenn man ihn fragte. Fräulein Annalis ließ also die Köchin weinen, den Gärtner murren, den Hies verschwunden sein und setzte sich still erwartungsvoll in ihr Zimmer, ohne sich um ihren Bruder zu kümmern, den sie drüben auf dem Klavier mit seinen ungeschickten dicken Fingern Bach mißhandeln hörte, ein Zeichen, daß es diesmal sehr arg war.

Sie sahen sich erst abends beim Essen. Sein großes, weites, kindisches Gesicht hatte den drohenden Ernst, den es sonst immer erst mit dem Zylinderhut aufsetzte. Die kleinen Augen hatten sich verkrochen, in Wolken stand seine Stirne; und der ungeheuere Schlitz seines Munds glich einem offenen Grab. Er sprach nichts. Er saß starr, gleichsam auf einem Thron, wie er zu sitzen pflegte, wenn er bei reichen Juden eingeladen war; ein gutes Modell für einen Buddha, hatte Höfelind einmal gesagt, der Ausdruck stimmt und der Bauch ist auch da.

Als er Fräulein Annalis bat, ihm das Salz zu reichen, tat er dies mit einer streng bemessenen Feierlichkeit und setzte hinzu: „Wenn es dir nicht zu viel Mühe macht!"

Da er nichts sprach, aß er um so mehr. Auch dies war ihr ein Zeichen, daß sich große Dinge vorbereiteten.

Nach dem Essen stand er auf und gab ihr kund, daß eine neue Köchin, ein neuer Gärtner und ein neuer Diener aufgenommen werden müßten; und zwar unverzüglich. Und er fragte: „Willst du so freundlich sein, das für mich zu besorgen? Wenn es dir nicht zu viel Mühe macht!" Und er setzte noch hinzu, seine tiefe Kränkung kaum mehr beherrschend: „Ich hätte dich nicht damit behelligt, wenn nicht unglücklicherweise diese Woche gerade der Ring wäre. Diese meine Nebenbeschäftigung als Wotan stört mich in den wichtigsten Dingen. Ich kann dir ja gar nicht sagen, wie peinlich es mir ist, dir ein solches Opfer zu= zumuten!" Und durch dieses Wort erbittert, verlor er den feinen satirischen Ton und fing plötzlich zu brüllen an: „Ich will kein Opfer! Von keinem Menschen! Ich hab das Gott sei Dank nicht nötig!"

„Aber eine neue Köchin willst, sagte Fräulein Annalis Und die kann ich dir ja bringen."

„Das ist riesig lieb von dir", sagte der Kammersänger, den schwarzen Kaffee trinkend, indem er mit der linken Hand die Untertasse hielt, mit dem Daumen und dem Zeigefinger der rechten aber die Schale, die anderen drei Finger steif wegspreizend, was bei feierlichen Anlässen seine Gewohnheit war. Dann begann er wieder: „Du wirst mich nicht für so kleinlich halten, daß ich das Haus alarmier, bloß weil man einmal vergessen hat, mir das Abendblatt ins Zimmer zu schicken. Das kann vorkommen, obwohl ich mir immerhin Gedanken darüber machen könnte, warum es in meinem eigenen Haus nicht möglich sein soll, meine Wünsche zu respektieren. Ich habe mir aber längst abgewöhnt, mich als die Hauptperson in meinem Haus zu betrachten." Sie sagte nichts, und so fuhr er fort: „Oder bist du darin vielleicht anderer Meinung?" In diesem vorwurfsvoll nachsichtigen Ton gefiel er sich sehr.

„Ich bin immer deiner Meinung", sagte Fräulein Annalis.

Das schlug seiner Haltung den Boden aus, und er schrie plötzlich: „Das verlang ich doch gar nicht! Wann hab ich denn das verlangt? Ich weiß nicht, warum ihr mir auf einmal alle einreden wollts, daß ich weiß Gott was für ein Tyrann bin!"

„Wer denn? fragte sie. Wer will dir das einreden?"

Er wälzte sich empor, schreiend: „Alle! Ihr alle miteinand! Du sagst es ja nicht, aber das ist noch ärger! Und dabei kann ich aber nicht einmal erreichen, daß ich zur rechten Zeit das Abendblatt krieg, mit meiner ganzen Tyrannei! Also gut, also gut, das ist offenbar zu viel verlangt, ein Mann hat ja darüber kein Urteil, ein Mann versteht ja vom Haushalt nichts. Also gut, ich verzichte, bitte! Nur, mein liebes Kind, eins muß ich mir doch ausbitten: anlügen laß ich mich von meinen eigenen Leuten nicht! Wenn ich ganz bescheiden frag, warum ich denn eigentlich das Abendblatt nicht krieg, bloß aus Wißbegierde, weils mich interessiert, was denn eigentlich in diesem Hause so Wichtiges vorgeht, daß es ganz unmöglich ist, auch noch an mich zu denken, und es schiebt dann die Köchin die Schuld auf den Gärtner und der

Gärtner auf den Hies und der Hies auf die Köchin und ich kann absolut in meinem eigenen Haus die Wahrheit nicht erfahren, da reißt mir schließlich die Geduld, begreifst du das nicht? Unaufrichtigkeit vertrag ich nicht! Das ist es! Alles in der Welt vertrag ich eher als Unaufrichtigkeit." Er stand vor ihr, mit schwappendem Bauch, hielt ihr seinen dicken kurzen Zeigefinger vor die Nase hin und wiederholte, bekümmert: „Unaufrichtigkeit!"

„Ich werd morgen annoncieren", sagte Fräulein Annalis.

Er wurde weinerlich. „Wenn du glaubst, mir ein besonderes Vergnügen damit zu machen, daß ich mich gleich auf einmal an drei neue Gesichter gewöhnen soll!"

„Eine neue Köchin mit dem Gesicht der alten wird aber halt nicht so leicht zu finden sein", sagte sie.

„Du wirst überhaupt keine finden, fuhr er zu klagen fort. Ich weiß doch, wie das ist, da werden jetzt wieder die gewissen Gastspiele beginnen! Man gießt ein schmutziges Wasser nicht aus, bevor man nicht weiß, woher man ein frisches nimmt! Das wäre meine Meinung, aber ein Mann versteht ja von diesen Dingen nichts."

Fräulein Annalis sagte, himmlisch sanft: „Mein lieber Ignaz, erinner dich! Ich war spazieren, als das Unheil ausbrach. Ich war gar nicht da."

„Das weiß ich schon, sagte der Kammersänger. Du bist ja jetzt meistens nicht da. Bitte, das ist dein gutes Recht, ich möchte doch um Gotteswillen nicht deinen Herrn Hofrat irgendwie verkürzen! Aber da du schon so

liebenswürdig warst, schließlich doch wieder heimzu=
kommen, so hättst du dich ja vielleicht zu mir bemühen
und mit mir besprechen können, ob es eigentlich ratsam
ist, daß man gleich auf einmal das ganze Haus entleert.
Meinst du nicht?"

„Es war ein Mißverständnis, entschuldige! sagte sie.
Ich meinte, du hättest ihnen gekündigt. Und was du
einmal beschlossen hast, das ist doch unwiderruflich."

„Der Unaufrichtigkeit in unserem Haus hab ich ge=
kündigt, sagte der Kammersänger. Und darin werd ich
in der Tat unerbittlich sein. Nach jeder Richtung hin,
mein Kind!" Aber dann ließ er etwas von seiner Strenge
nach, die Wolken auf seiner Stirne verzogen sich, und es
klang auf einmal ganz gemütlich, als er sagte: „Wennst
aber schon durchaus annoncieren willst, annoncier mir
gleich auch um eine neue Gräfin!" Seine lustigen kleinen
Augen krochen zwinkernd heraus. „Ja ja! Die Frau
Gräfin liegt draußen! Und diesmal ist das definitiv!"
Er schob seinen Bauch an ihren Stuhl und fragte: „Ja
was sagt da die Fräuln Annalis jetzt?"

„Du tust grad, als wenn das ein Weihnachtsgeschenk
für mich wär! sagte sie. Es kommt aber selten was Besseres
nach."

„Du bist ein undankbares Geschöpf, sagte der Kammer=
sänger. Ich habe sie wirklich geliebt." Und er holte sich
eine seiner schweren Zigarren.

„Also dann werden wir jetzt vier neue Gesichter im
Haus haben, sagte Fräulein Annalis. Aber deshalb ist

es ja gar nicht nötig, daß ich erst annoncier. Es sind genug vorgemerkt."

„Gemüt ist nicht deine starke Seite", sagte er.

„Wir sind aus Oberöstreich, wie der Herr Kammersänger Ignaz Fiechl in solchen Fällen zu bemerken pflegt", sagte sie.

Er ärgerte sich. „Damit ist doch nur das äußere Gemüt gemeint, das gewisse wienerische Gemüt. Darauf pfeifen wir, wir in Oberösterreich! Aber du hast drinnen auch keins!"

„Warst schon drinnen?" fragte sie. Da brüllte sein Baß plötzlich: „Ja!"

Achselzuckend sagte Fräulein Annalis: „Der Mensch is halt, wie er is, da kannst schon nix machen."

Er aber brüllte: „Nein!"

„Was nein?" fragte sie.

Und er brüllte noch mehr: „Du bist nicht, wie du bist! Das is es ja!"

„Sondern wie denn?" fragte sie.

Der Kammersänger ging eine Zeit auf und ab, bis er die Ruhe fand, ihr ins Gesicht zu sagen: „Falsch bist! Du bist durch und durch falsch! Du bist kein deutsches Mädchen!" Seine Stiefel knarrten, indem er zornig, knieweit watend, durch das Zimmer schritt.

Sie schwieg. Er schrie: „Warum sagst denn nix? Nicht jetzt, mein ich, sondern die ganze Zeit schon! Warum hast denn nix g'sagt? Da tut man doch 's Maul auf und redt! Glaubst vielleicht, ich hätt dir deinen Hofrat nicht gegönnt? Bitte, bitte, meinen Segen könnts haben! Ich heirat ihn ja nicht, sondern du! Du mußt die Suppen ausessen, nicht ich, folglich is es ja ganz gleich, ob sie mir schmeckt oder nicht! Du bist alt genug, da hat ein jeder das Recht, so dumm zu sein, als er will und kann! Aber sagen hättst mirs müssen, das ist das wenigste, was ich verlangen kann! Nicht daß man in der ganzen Stadt davon redt und nur ich bin der Trottel, der nix davon weiß! Und daß es dann noch heißt, sie muß sich für den Bruder opfern, sie kann ihm das nicht antun, da verzichtet sie lieber auf ihr Herzensglück, die arme Person! Solche blöde Sachen muß ich mir dann noch anhören! Von mir aus heiratst morgen! Es wird schon noch wer zu finden sein, der mir das bißl Wirtschaft führt! Bild dir nur nicht ein, daß du mir unentbehrlich bist!"

„Dann werdens also fünf neue Gesichter im Haus sein", sagte Fräulein Annalis.

„Laß die Dummheiten, wenn dein Bruder mit dir redt!" schrie der Kammersänger und warf sich in den Bauch.

„Ich zähl ja nur", sagte sie milde.

„Ich muß von fremden Leuten erfahren, fuhr er klagend fort, was in meinem eigenen Haus vorgeht, und steh noch als der Egoist da vor der ganzen Stadt! Mein liebes Kind, das ist mir höchst unangenehm! Ich kann mir ungefähr denken, wie das wieder gegen mich ausgenützt werden wird, von den guten Herrn Kollegen! Die suchen ja nur eine Gelegenheit! Vergiß nicht, daß das

Publikum mit Recht verlangt, zu seinen Künstlern mit
einem gewissen moralischen Respekt aufblicken zu können!
Davon leben wir ja schließlich, das ist bares Geld für mich,
mein liebes Kind! Und ich sitz aber da und hab keine Ahnung
davon und muß erst von fremden Leuten erfahren, was
um mich vorgeht! So falsch bist du gegen mich! Und
feig bist auch, sammt deinem Herrn Hofrat!"

„Also von deiner fremden Gräfin hast du's erfahren!"
sagte sie.

Da war er so verblüfft, daß er auf einmal ganz ruhig
wurde. Und ganz ruhig fragte er verwundert: „Ja is es
denn wirklich wahr?" Und ganz ruhig sagte er, still vor
sich hin: „Ja natürlich, wenn du glaubst, daß es für dich
gut ist! Du mußt das ja wissen! Da kann ich ja gar nichts
sagen." Und er fing wieder durch das Zimmer zu waten
an, indem er noch sagte: „Für uns Männer ist das ja
sogar sehr tröstlich, daß man wie der Hofrat ausschaun
und doch noch eine Frau finden kann." Dann kam er auf
sie zu, schüttelte den Kopf und klagte still: „Warum hast
mir denn aber nix gesagt? Sagen hättst es mir müssen!
Das ist der einzige Vorwurf, den ich dir mach. Dann
hätten wir die Geschichte ruhig unter uns in Ordnung
gebracht und mir wär der Krawall mit der Gräfin erspart
geblieben."

„Was war denn mit der Gräfin?" fragte sie.

„Hinausgeschmissen hab ich sie", sagte er.

„Warum?" fragte sie.

„Weil sie frech geworden ist, sagte der Kammersänger.

Kommt heraus und ist aufgeregt und jammert mir vor,
daß man schon in der ganzen Stadt davon spricht, und ich
kann erst die längste Zeit gar nicht erfahren, was sie will
und wie, das ist doch bei ihr so, daß man nie weiß, was
sie denn eigentlich will, sie spricht ja keinen Satz aus, es
fallt ihr ja dazwischen immer schon wieder was anderes
ein, unausstehlich ist sie mir, wenn sie redt! Endlich aber
krieg ich's doch heraus, nämlich daß du und der Hofrat
alle zwei steinunglücklich seids, weil ihr durchaus heiraten
möcht's, und es geht aber nicht, nämlich meinetwegen,
weil du glaubst, daß das ein zu großes Opfer für mich
wär, wenn du dich von mir trennst, und da willst lieber
du mir ein Opfer bringen, und lauter solchen Unsinn halt
eine Stund lang!"

„No ja, sagte Fräulein Annalis, aber du behauptest
doch, daß sie frech geworden ist?"

„Ja natürlich! sagte der Kammersänger, gereizt. Denn
wie ich dann endlich weiß, um was es sich eigentlich
handelt, und ich sag, daß ich halt mit dir reden werd, sagt
sie, nein, um Gotteswillen nicht, da kennt sie dich, du
wirst ja schwören, daß es alles nicht wahr ist, weil du doch
willst, ich soll ja nicht das Gefühl haben, daß du mir
ein Opfer bringst, und was weiß ich, was sie mir noch alles
von deinem Edelmut vorgesumst hat, und kurz und gut,
es gibt nur ein Mittel, wenn ich nicht dein Unglück will,
und das ist, ich heirat sie! Das heißt, eigentlich hat sie
gemeint, wir sollten uns zunächst nur einmal verloben,
nur damit du nicht mehr das Gefühl hast, an mich gebunden

zu sein, und wenn dann ihr erst einmal verheiratet seids, dann wird man ja sehen, denn wenns uns nicht paßt, könnten wir ja die Verlobung dann noch immer wieder lösen! Aber das kenn ich schon!" Er trat ganz dicht an die Schwester heran und sagte, kleinlaut: „Denn weißt, Annalis, sie hat mich doch immer schon mit dem Heiraten sekkiert, nämlich weil es wegen der Kinder nicht geht, es ist ihr so peinlich vor ihren erwachsenen Mädeln, und also was hätt ich mich da denn erst noch lang mit ihr herumstreiten sollen? Um Ruh zu haben, hab ich ihr halt einfach erklärt, daß davon nicht die Red sein kann, so lang du bei mir bist, du stehst allein in der Welt, du bist einmal an mich gewöhnt, es wär abscheulich von mir, dich auf deine alten Tag jetzt fortzuschicken, und kurz und gut, ich tus halt nicht, deinetwegen! Was sagt man nicht alles, um Ruh zu haben, und es war doch auch das ein= fachste, denn ich hab sie ja nicht kränken wollen, man ist in solchen Sachen eben immer zu gutmütig! Aber alles hat seine Grenzen, und wenns jetzt dazu kommt, daß du wirklich am End heiratest, da hab ich ihr lieber gleich den Standpunkt klar gemacht. Es ist ja wirklich eine Frechheit ohnegleichen, die reine Erpressung ist es! Man darf eben mit Weibern nicht zartfühlend sein, es rächt sich immer!"

„Also, fragte Fräulein Annalis langsam, alles aus zwischen euch?"

„Aus! sagte der Kammersänger. Gott, es wär auch nicht mehr länger gegangen, sie schleppt immer ihre Mädeln mit, als obs noch kleine Kinder wären, die nichts ahnen,

und wie die zwei doch alles der Mama nachmachen, haben
sie sich halt auch in mich verliebt, alle zwei, das is mir
ungemütlich, auf so eine Ensembleliebe kann ich mich nicht
einlassen, während die Gräfin in ihrer Arglosigkeit —"

„Arglos ist sie?" fragte sie.

Er fragte: „Glaubst du, daß sie nicht arglos ist?"

„Du kennst sie ja sicher besser als ich", sagte sie.

„Kurz, die Mädeln sind immer zutunlicher geworden,
fuhr er fort, und die Gräfin findet gar nichts dabei, jetzt
was soll ich da tun? Die Mädeln kriechen an mir herum,
daß mir manchmal schon ganz spaßig zumut wird, und ich
kanns ihnen aber doch nicht verbieten, da macht sich ein
Mann ja lächerlich! Mein Kind, das ist eine saudumme
Situation! Aber die Gräfin will absolut nicht begreifen,
wie leicht da doch einmal etwas passieren kann! In dieser
Beziehung ist sie wirklich so merkwürdig unverdorben!"
Er stand nachdenklich, mit vorgeschobenem Bauch, erhitzt,
der ganze Mensch ein Teig, der aufgeht.

„Auch du, sagte Fräulein Annalis, bist eigentlich in
mancher Hinsicht ja noch ziemlich unverdorben."

„Ich? sagte der Kammersänger erstaunt. Inwiefern?
Wenn ich unverdorben wär, wer weiß, was sich da mit
den Mädeln schon alles begeben hätt! Das war noch mein
Glück! Das größte Glück aber is —" Er hielt ein, wurde
plötzlich wieder sehr vergnügt und sagte, sich die fleischigen
kurzen Hände reibend: „Es ist das allergrößte Glück für
mich, daß sie so dumm war, sich in diese Geschichte zu
mischen. Denn da bin ich doch jetzt völlig im Recht, wenn

ich mit ihr gebrochen hab. Das muß doch jeder einsehen, nicht?"

„Ja, sagte Fräulein Annalis. Du hast schon in Liebessachen, scheint's, einen besonderen Schutzengel, der dir beisteht. Aber wenn du sie jetzt los bist, könnten wir ja wirklich heiraten, ich und der Hofrat, ohne weitere Gefahr für dich."

Der Kammersänger, der das inzwischen schon ganz vergessen hatte, zog wieder die Falten auf seiner Stirn zusammen, die Furchen an seiner kurzen Nase vertieften sich, und die Lippen quollen auf. Er sagte: „Natürlich! Von mir aus kannst machen, was du willst! Man kann keinen Menschen zwingen, gescheiter zu sein, als er ist."

„Ein Bruder, sagte Fräulein Annalis, wär doch aber eigentlich dazu da, daß er einem einen Rat gibt."

Er kam wieder in Wut. „Ich will nicht vor der ganzen Stadt als der Tyrann dastehen!"

Sie gab nicht nach. „Ich möcht doch aber hören, wie du darüber eigentlich denkst."

Er schrie: „Ich will kein Opfer von dir, ich will keine Opfer!"

Da sagte sie langsam: „Ich aber auch nicht."

Der Kammersänger blieb stehen und sah sie verwundert an. „Was heißt das?"

Fräulein Annalis sagte: „Du willst von mir kein Opfer und ich will von dir keins. Glaubst du denn, daß die Gräfin nicht auch über mich in der ganzen Stadt herumredt? Die ganze Stadt glaubt, du hättst sie schon längst geheiratet, wenn ich nicht wär! Sie kann sich ja auf dich berufen, du hast ihr das doch selbst gesagt!"

„Aber doch nur, um Ruh vor ihr zu haben!"

„Das können aber die Leut nicht wissen. Die Leut werden sagen —"

„Was geht dich denn an, was die Leut sagen?"

„Ich will auch nicht als Egoistin dastehn, in der ganzen Stadt!" sagte Fräulein Annalis.

„Aber blöd heiraten und dich für dein ganzes Leben unglücklich machen, das willst? schrie der Kammersänger. Das ist dir lieber? Nur aus Angst vor einer albernen Rederei? Nur damit nicht am End der sagt und damits nicht am End dort heißt, was? Das ist echt! So seids ihr! Das ist die weibliche Logik!"

Sie ließ ihn durch das Zimmer schnauben. Als er außer Atem war, sagte sie: „Denk doch einmal ein bißl nach und stell dir das nur vor! Auf der einen Seite der Hofrat in seiner Verlassenheit und Einsamkeit, dem ich also doch etwas sein könnte, bei dem mein Leben einen gewissen Sinn hätte, und auf der anderen Seite du, der mich ja nicht braucht, dem ich fast eher eine Last bin, für mein Gefühl — verstehst du nicht, daß ich mich da doch schließlich fragen muß, ob es nicht für uns alle drei besser ist, wenn ich zum Hofrat geh?"

Ihre Worte stiegen langsam empor, eins hinter dem anderen, und der letzte Ton blieb noch lange schweben.

Der Kammersänger stand im Erker am Fenster, in den Garten blickend. „Man kann ja mit dir nicht reden, du verdrehst einem das Wort im Mund." Und zum Fenster hinaus, in den Garten hinein sprach er noch: „Wer sagt denn, daß ich dich nicht brauch?" Und dann ganz leise noch, wie der lauschenden Nacht ins Ohr: „Vielleicht mehr als er."

Sie saß, die Nacht kam leise bis zu ihr, still wars.

Bis Fräulein Annalis sagte: „Es kann schon sein, daß auch du mich brauchst, aber du willst doch kein Opfer!"

„Ihm aber bringst eins, was?" Und er fragte, noch immer am Fenster: „Wo bleibt da die Logik? Wo?"

„Der Unterschied ist nämlich der, sagte sie still, daß er mein Opfer will, und du willst es nicht."

Er nahm ihren stillen Ton auf, um zu fragen: „Und du?" Er wartete. Sie blieb schweigen. Er trat aus dem Erker ins Zimmer zurück, um wieder zu fragen: „Was willst denn eigentlich du? Du?" Und dann schlug sein Zorn wieder aus und er schrie: „Opfer, Opfer! Was heißt denn das überhaupt? Es handelt sich doch einfach darum, bei wem du lieber bist, bei ihm oder bei mir!"

„Das wär aber doch egoistisch, nicht?" fragte sie.

„Ja Kind, egoistisch oder nicht, in den Hauptsachen muß man schließlich ein Egoist sein, das geht schon nicht anders! Denn schließlich, wenn du dich schon durchaus opfern willst, is mir auch lieber, du opferst dich mir, als du opferst dich ihm! Da bin schließlich ich auch ein Egoist!"

„Du?" sagte Fräulein Annalis, in einem Ton der höchsten Überraschung.

„No natürlich! Und wer denn nicht? Wer ist denn

kein Egoist, in den Dingen nämlich, auf die's ankommt? Weiberleut, Weiberleut! Ihr habts ein unheimliches Talent, die einfachsten Sachen zu verwursteln!" Und jetzt trat er vor sie hin und fragte, herrisch: "Also bei wem bist lieber? Ich hab ja noch Wichtigeres im Kopf, mein liebes Kind, ich kann nicht mein ganzes Leben damit ver= bringen auszubividieren, was du eigentlich willst, ich bin kein Nußknacker! Bei ihm oder bei mir?"

"Jetzt wennst mich so fragst —" sagte sie zögernd. "Wie soll ich dich denn sonst fragen? Fixlaudon, braucht man mit dir eine Geduld! Bei wem bist lieber?"

"Lieber, sagte sie, lieber wär ich ja natürlich schon bei dir." Einen Atemzug wartete sie. Er stand und regte sich nicht. Nur den gelinden Flügelschlag der Nacht hörten sie durchs Fenster. Dann sagte sie: "Ich bin halt doch sehr an dich gewöhnt, weißt!"

Nun ließ er wieder seine Stiefel hart durchs Zimmer knarren. "Sixt, so seids! Fangst dir eine lange G'schicht an, ohne jeden Sinn und ohne jeden Grund, und wenn ich nicht noch grad im rechten Moment dazu komm, hättst alles verpantscht! So seids! Denn ihr seids euch eben nie klar, über nichts! Ihr wißts ja selber nie, was ihr eigentlich wollts!"

"Das wird es sein", sagte sie, wieder in ihrem dicht verschleierten Ton.

Er aber fuhr fort: "Und jetzt werd ich natürlich noch das Vergnügen haben, das erst auch dem Herrn Hofrat auszudeutschen! Also gut, also gut! Denn ich versteh ja,

daß dir das peinlich wär! Und wer weiß, was du mir da
wieder für einen Pallawatsch machest. Also gut, ich werd
schon mit ihm reden, was bleibt mir denn übrig? Ich
red schon mit ihm!" Und er nahm seine feierliche Haltung
an, wie auf den Photographien mit den Orden.

„Wozu?" fragte sie.

„Ja die Sache muß doch rückgängig gemacht werden,
sackerlot!"

„Is sie schon", sagte sie.

Er schrie: „Wieso?"

Sie sagte: „Er weiß schon, daß ich nicht dran denk,
von dir weg zu gehen!"

Er brüllte: „Und das ganze war also wieder bloß
ein blöder Tratsch von der Gräfin? Ich hab mirs doch
gleich gedacht!"

Sie beteuerte: „Aber da kann ich ja nichts dafür."

Und er schob sich, watend und knarrend, durch das
große deutsche Zimmer auf und ab, im Dampf der Zigarre,
der in weißen Wogen um ihn floß, mit dem feurigen
Pfahl im ungeheuren Schlitz seines schwarzen Mundes
irgendeinem teuflischen Gespenst gleich. Lange ging er
so, schnaubend, rasselnd, in Wolken eingehüllt. Dann
blieb er stehen und sagte, still und erstaunt: „Du bist schon
eine merkwürdige Person! Am End tust doch meistens
das Richtige, dabei benimmst dich aber, als ob man nur
ja nichts davon merken sollt! Als obs eine Schand wär!
Man wird ganz irr an dir. Ich kenn mich oft schon gar nicht
mehr mit dir aus. Warum hast denn kein Wort gesagt?"

„Du hast ja doch auch kein Wort gesagt!" antwortete sie.

Er fragte verwundert: „Was hätt ich denn sagen sollen?"

„No halt, ob es dir recht ist, wenn ich bei dir bleib."

Er fragte, gekränkt: „Das hast du nicht gewußt?"

Sie sagte: „Woher denn?"

Er wiederholte: „Ja woher?" Gekränkt ging er wieder von ihr weg und murrte vor sich hin: „Da lebt jemand neben einem Jahr um Jahr und sieht einen Tag für Tag, und wenns dann aber einmal darauf ankommt, stellt sich heraus, daß er nichts von einem weiß, gar nichts! Traurig ist das, mein liebes Kind! Aber so seids ihr halt einmal!" Und mit einem Anfall seiner Wut auf Wien, das ihm ja zuletzt immer an allem schuld war, fuhr er fort: „Und natürlich in einer Stadt, wo jeder einem jeden in einem fort von seinen Gefühlen vorraunzt, wird man einen anständigen Menschen ja nie verstehen, denn ein anständiger Mensch bimmelt mit seinen Gefühlen nicht herum, sondern halt 's Maul! Aber du bist eben auch schon ganz verwienert!" Und plötzlich hielt er an, schlug mit seiner fleischigen Faust auf den Tisch und schrie vor Zorn: „Warum soll mirs denn auf einmal nicht recht sein, wenn du bei mir bleibst? Warum denn? Firlaudon! Spürst denn das nicht? Das muß ein Mensch doch spüren! Aber du bist wohl eine gottverlassene Gans!"

„Man hört's halt doch gern, sagte sie, wenn mans auch ohnedies weiß."

Er sagte: „Eitel seids, das is es "

Langsam kam er an ihren Stuhl heran und trat hinter
sie, die Hand ausstreckend, wie um ihr in die Haare zu
fahren. Sie saß in Erwartung, leise das schwere Haupt
ein wenig neigend. Er ließ aber seine Hand sinken und
sagte nur: „Soll ich dirs vielleicht noch schriftlich geben,
daß d' eine Gans bist?"

Sie sagte: „Nein jetzt wirds nicht mehr nötig sein,
jetzt glaub ich dir's schon."

Er war noch immer hinter ihr, und in ihr dichtes Haar
hinein sprach er: „Oder soll ich dir vielleicht den Freudenbecher engagieren? Der versteht sich auf Ovationen besser
als ich. Wenn du das schon durchaus brauchst, daß man
dir jeden Tag eine Liebeserklärung macht!" Und er schob
die Hand unter den Rock an die Brust, den Freudenbecher
nachahmend, und sagte, mit der gläsernen Stimme des
Claqueurs: „Hochzuverehrendes Fräulein Annalis! Meine
Devotion!"

So stand er, Antwort von ihr erwartend. Aber sie
schwieg, unbeweglich, unter dem Helm ihres dichten
Haars. Er hielt die Hand noch immer im Rock an der
Brust und rang es sich ab, daß das Zittern seiner tiefen
Stimme nicht zu hören war, als er schnaubend und ächzend
sagte: „Ich könnt mir das ja gar nicht denken, Annalis!
Was sollt denn aus mir werden, wenn ich dich nicht mehr
hätt! Das wär doch kein Leben, ohne dich! Also jetzt
weißt du's, wenn du's schon durchaus wissen willst! Gans!"

Dann ging er langsam von ihr weg zur Tür hin und
sagte dort noch, wieder ganz Tyrann: „Jetzt sei so gut

und tu mir aber den einzigen Gefallen, daß die G'schicht mit der Köchin und mit dem Gärtner wieder in Ordnung kommt! Den Hies kannst mir überlassen, den hau ich einfach, bis er Vernunft annimmt. Schließlich darf man doch auch von den Leuten nicht zu viel verlangen. Ihr übertreibts das, da werdens dann natürlich ganz stuf. Daß einmal einer was vergißt, kann jedem passieren. Und du wirst am End auch einmal ohne das Abendblatt leben können! Was heut drin steht, is ja morgen so nicht mehr wahr, also wozu? Ich sags immer: Solange sich der Deutsche nicht von der volksverdummenden Macht der Zeitung emanzipiert, wird ihm nicht zu helfen sein! Aber Weiberleut! Da kann man sich heiser predigen! Weiber= leut, Weiberleut!"

Sie hörte noch des kaiserlichen und königlichen Kammer= sängers feierlich wuchtigen Schritt auf der Stiege knarren, dann fiel oben die Tür zu. Nun wars ganz still um sie. Nur im Garten ging leise die Nacht ums Haus. Da lehnte sich Fräulein Annalis in ihren Stuhl zurück und ließ die Hände sinken. Schlaff hing sie so, das sprachlose Gesicht schloß sich zu, nur die großen grauen Augen lauschten der Nacht, die ruhelos in den knackenden Ästen schlich.

Nun war das auch wieder vorbei, dachte sie. Nun hatte sie doch alles, wie sie sichs immer gewünscht! Sie hatte sich an dem Hofrat rächen und es ihm vergelten können. Und auch die Gräfin war ja nun erledigt. Und so wird sie wohl nichts mehr von ihrem Bruder trennen. Alles ist ausgegangen, wie sie sichs gewünscht hat.

Da tropfen die kleinen dünnen Klänge von oben herab!
Der Ignaz sitzt am Klavier und quält seine dicken dummen
Finger, Bach zu spielen. Das ist immer ein Zeichen, daß
er nachdenkt und sich von frommen oder zärtlichen Empfindungen bewegt fühlt; vor lauter Empfindung greift
er dann falsch, mit seinen kindischen Tatzen. Und dann
wird er wild und schimpft. Aber das macht ja nichts, sie
weiß es doch. Er kanns ihr halt nur nicht zeigen, es steckt
zu tief, er bringt nicht heraus, was er für sie fühlt. Wozu
denn auch? Sie weiß es doch! Und ihr gehts doch ebenso,
sie zeigt es ihm auch nicht. Warum können sichs die
Menschen nicht zeigen? Oder sind vielleicht nur die
Menschen in Oberöstreich so? Aber nein, der Hofrat
doch auch! Was quält und grämt sich der ab, weil niemand
sieht, wie gut ers doch eigentlich meint! Vielleicht gehts
allen so. Vielleicht meinens alle gut, aber keiner erfährts
vom andern je, weils doch keiner je dem anderen zeigt,
wie wenns eine Schande wär! Jeder verkriecht sich mit
seinem Gefühl und versteckt's bei sich, um sich nur ja
niemals ertappen zu lassen. Schad ist das. Schad ist, daß
kein Mensch den Mut hat, sein Gefühl dem anderen aufzumachen. Schad. Aber man kanns halt nicht, aus Angst,
sie möchten einen auslachen; das will man doch nicht.
Warum aber eigentlich die Menschen einen auslachen,
der ihnen zeigt, daß er sie gern hat —? Vielleicht glaubt
man das auch nur, sie sind vielleicht gar nicht so. Aber
man glaubts halt einmal, und so traut man sich nicht!
Sie selbst doch auch nicht! Sie hätt doch auch lieber mit

dem Hofrat heulen mögen, so leid hat er ihr getan! Aber nein, nur sich nichts merken lassen! Eher hätt sie sich die Zung abgebissen! Und so wird er jetzt noch meinen, daß sie sich über ihn lustig macht, während ihr doch eigentlich ganz traurig dabei war! Obwohl sie gar nicht weiß warum, da doch jetzt alles genau so gekommen ist, wie sie sichs die ganze Zeit gewünscht hat! Da wünscht man sich was, und wenns dann aber in Erfüllung geht, is's einem auch wieder nicht recht. Das heißt, recht is es ihr schon, aber leid tut er ihr halt! Er hats ja verdient, aber leid tut er ihr doch. Obwohl sie sehr froh ist, daß er ihr jetzt ganz gleichgültig ist. Denn schrecklich wärs, wenn das noch einmal von vorn angefangen hätt! Zwei alte Leut! Sie hätten sich wirklich schämen müssen! Aber merkwürdig ist es doch, daß etwas, das einmal so stark in einem gewesen ist, einfach mit der Zeit spurlos verschwinden kann! Für sie ist es ja ein Glück! Man müßt's nur vorher wissen, das könnt einem manches ersparen! Aber freilich, wenn einem alles erspart blieb, was hätt man dann schließlich noch? Denn gerade die traurigen Sachen bleiben einem schließlich noch am längsten; eigentlich hat man von ihnen noch am meisten. Weil in der Erinnerung das Traurige ja nach und nach ganz schön wird, so daß man zuletzt wirklich fast eine Freud daran hat. Und diese Freud ist halt jetzt auch weg. Jetzt hat es sich doch umgekehrt, jetzt sitzt er verlassen da, wie damals sie. Sie könnt ihn fast beneiden. Wie dumm von ihr! Da käm ja schließlich noch heraus, daß es für den Menschen um so besser

wär, je trauriger er is! Dumm ist das schon, aber es könnt
sein, daß es wahr ist! Und was soll sich also der Mensch
dann aber eigentlich wünschen? Das Gescheiteste wird
noch sein, man nimmts, wie's kommt, und es is einem
alles recht! So weit will einen der Herrgott offenbar
bringen, daß man am End zu allem sagt: is recht! Wie
ein Dackel, der sich auch nicht mehr den Kopf zerbricht,
sondern sich denkt: Mein Herr wird schon wissen, warum!
Und obs einem im Augenblick weh tut oder wohl, kommt
ja zuletzt auf eins heraus, schön ist es doch, eigentlich ist
alles ganz gleich schön! Man braucht nur manchmal erst
eine Zeit, bis mans merkt. Alles is schön und könnt gar
nicht schöner sein, und wie's is, is's recht, nur der Mensch
sollt ein bissel g'scheiter sein.

Sie schrak auf. Über dem Weinberg schlug es rot aus
der Nacht. Der Himmel brannte. Träumte sie? Was
war ihr? Aber schon erlosch der Schein. Sie hatte sich
wohl getäuscht. Oder es waren die Funken einer Loko-
motive gewesen, auf der Bahn drüben. Sie horchte. Sie
hörte nichts. Und schon lag alles wieder in den schwarzen
Armen der Nacht.

Wie's is, is's recht, dachte sie, und das is nicht dem
Menschen seine Sach, daß er darüber nachfragt, er kanns
doch nicht ändern, er soll froh sein, daß es ihn nix angeht,
wenigstens hat er keine Verantwortung nicht!

Und ihre schweren Schultern schüttelnd, schritt sie
langsam der Tür zu. Da klirrte das Fenster im Erker.
Sie wendete sich um, horchend. Wie ein kleiner Vogel

flog ein lichtes Lachen zu ihr herein. Ihr wurde froh.
„Ja Nusserl! sagte sie. Ich hab schon gedacht, du bist bös
auf mich, weil man dich gar nicht mehr sieht! Aber komm
doch herein!" Und wie sie den Knaben bloß mit einem
Hemd und der kurzen Hose bekleidet sah, fing sie zu schelten
an: „Du dummer Bub, mit deinen Faxen! Wo's jetzt
abends schon so kalt wird! Erfrierst uns ja noch einmal!"

Er sprang in den Erker. „Nein, sagte er. Ich wollt,
mir wär kalt!" Ganz atemlos war er und zitterte noch
vom Laufen.

„Was hast denn? fragte sie. Wie schaust denn aus?"

„Man muß es doch von hier gesehen haben! Lichterloh
hats gebrannt! Aber jetzt is schon alles wieder gut. Gott
sei Dank!" Und er wiederholte, mit seinem flirrenden
Lachen: „Gott sei Dank!"

„Wo hats gebrannt?"

„Die Krähenhütte, hinterm Himmelhof. Der arme
Uhu! Die Stange hat schon gebrannt. Und oben das
arme Viech an der Kette, und kann nicht los! Grad hab
ichs noch erwischt! Da schauns!" Und er zeigte lachend
die Blasen an seinen geschwärzten Händen.

„Das ist jetzt in dieser Woche zum viertenmal, daß es hier
herum brennt, sagte sie. Man könnt wirklich Angst kriegen."

„Unten an der Stange —", sagte der Nußmensch, aber
gleich brach er ab, Fräulein Annalis ansehend, mit seinen
großen, kindisch glotzenden Augen. Dann bat er: „Nicht
wahr, Fräulein Annalis, aber Sie sagen doch nichts?
Keinem Menschen, nicht wahr? Sie tut mir ja so leid!"

„Erzähl nur!" sagte sie.

„An der Stange hat man deutlich sehen können, daß das Feuer gelegt war. Eigens um den Uhu zu verbrennen. Dann hat sie sich wahrscheinlich ruhig hingesetzt, um es sich gemütlich anzusehen. Und erst wie sie Leut kommen gehört hat, ist sie davon. Ich war unter den ersten, da hab ich was zwischen den Bäumen laufen gesehen, zum Tiergarten hin und an der Mauer entlang. Es hats Gott sei Dank niemand gemerkt. Aber sie war's sicher." Und er wiederholte traurig: „Sie war's."

„Dein Trotterl?" fragte Fräulein Annalis.

Er ließ seinen langen schmalen Kopf hängen. „Mein Trotterl! Das arme!" Und wieder bat er: „Aber nichts sagen! Gelt, Fräulein Annalis? Keinem Menschen! Sonst quälen sie's noch mehr! Und wozu denn? Das hilft doch alles nichts! Und sie kann ja nichts dafür!"

„Einmal wird sie doch erwischt werden, sagte Fräulein Annalis. Und wir können uns ja nicht unsere Häuser anzünden lassen!"

„Die paar Hütten!" sagte der Nußmensch, verächtlich.

„Wenn sie mit den Hütten fertig ist, sagte Fräulein Annalis, wird sie mit den Häusern anfangen. Meinst nicht?"

„Mir is immer noch lieber, ein paar Häuser brennen ab, als daß sie noch mehr gepeinigt wird. Hab ich da nicht recht, Fräulein Annalis?"

Sie sagte: „Ich hab aber auch recht, wenn ich nicht verbrennen will. Das mußt mir schon erlauben!" Sie setzte sich behaglich.

Er lachte vergnügt. „Nein nein! Sie können ganz ruhig sein! Da geb ich schon acht. Die ganze Nacht bin ich jetzt immer auf und schau nach, drüben und hier. Es kann nichts geschehen, ich wär gleich da!"

„Du hast es also gewußt?"

„Nein, sagte er. Ich hab nur Verdacht gehabt. Gleich wie vorige Woche der Heustadl von der Frau Zach abgebrannt ist. Da war mein erster Gedanke: sie hats getan! Ich weiß selbst nicht warum. Aber ich spür so was halt, durch die Luft durch. Wenn man Menschen gern hat, kennt man sie so, daß sie nichts tun können, ohne daß man es erfährt. Daher weiß ja der liebe Gott alles." Er streckte den langen Kopf vor und ließ seine großen Augen glotzen. Aber dann fing er leise zu lachen an und sagte lustig: „Aber der Polizei ist dieses Verfahren noch unbekannt. Daher weiß sie gar nichts. Das ist noch ein Glück!" Und er fuhr im Erzählen fort: „Da bin ich also furchtbar erschrocken! Denn ich kann ja nicht zu ihr, sie lassen mich nicht hinein! Ja wenn ich zu ihr könnt und mit ihr reden könnt! Aber wenn sie mich nur von weitem sieht, lauft sie ja vor mir davon, als wär ich leibhaftig der Teufel. Und wie ich mir nun gar nicht mehr zu helfen gewußt hab, bin ich zu dem geistlichen Herrn hin und habs ihm gesagt, damit er mich mit ihr reden laßt, nur ein einziges Mal noch! Aber das ist halt auch ein armer armer Mensch! Er hat so geweint, schrecklich! Nur meint er, es muß sein. Denn sie müssen, sagt er, alle zwei büßen. Es muß mit ihr schlecht ausgehen, früher wird es nicht gebüßt sein.

Büßen, büßen, sagt er in einem fort. Ich weiß gar nicht, aber er laßt sich's nicht ausreden, daß das nötig ist. Es hat alles nichts genutzt, obwohl ich ihm doch erklärt hab, daß das ja nicht so sein kann, weil es doch ein Unsinn wär, daß, wenn einmal was Böses geschehen ist, daß deswegen dann immer wieder und wieder was Böses geschehen muß, fort und fort! Ich glaub ja gar nicht, daß es was Böses war, was er getan hat. Aber damit er nur Ruh gibt, hab ich gesagt: Also gut, ich glaubs ja nicht, denn wenn ein Mensch geboren wird, das kann doch nichts Böses sein, aber meinetwegen, nehmen wir an, es war schlecht von Ihnen, nun schön, was dann? Sagt er: Da hilft nur Reue und Buße! Ich aber sag: Nein, sondern am besten ist dann, man tut, als wär das Böse nie geschehen, dann wirds bald vergessen sein, und was vergessen ist, ist vergangen; es hat keine Macht mehr über uns! Sagt er, das wär leicht, aber so leicht darf sichs der Mensch nicht machen! Oho, sag ich, darauf gerade kommt doch alles an, daß sich's der Mensch so leicht als möglich macht, dann wird er wie ein Vogel sein und kann fliegen. Er glaubt mir aber nicht, nein, ganz wild ist er geworden, mit dem Stock hat er mich fortgejagt. Er tut mir furchtbar leid! Er eigentlich fast noch mehr als das Kind. Was soll ich aber tun? Ich kann ihnen nicht helfen! Wie soll ich ihnen denn helfen, wenn ich sie gar nicht verstehen kann? Denn er spricht immer von der Macht des Bösen. Und das Trotterl hat doch auch immer selbst von sich gesagt: Ich bin ein böses Kind! Und das lassen sie sich halt nicht aus-

reden! Ich aber weiß gar nicht, was ich noch sagen soll,
weil ich ja nämlich überhaupt gar nicht verstehe, was sie
denn damit eigentlich meinen, mit dem Bösen, sondern
mir kommt vor, das, was sie das Böse nennen, gibts doch
überhaupt nicht! Ich wenigstens habs noch nirgends gefunden, mein Lebtag nicht! Und es braucht sich doch einer
auch nur einmal die Welt ordentlich anzuschauen, um zu
wissen, daß es da nichts Böses geben kann! Jetzt, wie sind
aber die Menschen dann dazu gekommen, sich das einzu-
bilden? Ich kann mirs nicht erklären, und das ist es, was
mich so quält! Wie sind die Menschen nur dazu gekommen,
sich das auszudenken? Irgendwo muß in der Welt noch
ein Fehler sein, den ich nicht finden kann! Irgendeine
Störung irgendwo, die schuld ist, daß die Menschen die
Welt mißverstehen. Irgendwo muß da noch ein Fehler
sein!" Ängstlich sank seine Stimme klagend herab. Er
saß hockend, den langen Kopf mit den stieren Augen vorgehängt, steif und starr, einem geheimnisvollen heiligen
Vogel gleich. Und so sprach er zum drittenmal: „Irgendwo
muß ein Fehler sein!" Und wieder saß er und sann, unbeweglich vorgestreckt, bis er dann begann, sich langsam
auszufragen: „Aber wo? Bei mir? In meinem Denken?
Nein, bei mir nicht. Mein Denken stimmt, denn es macht
mich froh, also kanns doch nicht falsch sein. Was froh
macht, muß richtig sein. Denn nur aus Freude und zur
Freude kann Gott die Welt erschaffen haben. Nämlich,
in mir ist Freude, das ist ganz sicher. Wäre nun aber in
mir Freude, in Gott aber nicht, so wäre Gott ja geringer

als ich, sein Geschöpf. Wie kann der Schöpfer etwas
hervorbringen, das mehr enthält als er selbst? Nein. Ich
habe die Freude von ihm. Sie hilft mir nun, mir die
schönste Welt auszudenken. Diese, die allerschönste, die
ich mir ausdenken kann, muß aber doch die wirkliche sein.
Oder sollte ich bessere Gedanken haben als Gott? So viel
wie ich muß er doch auch noch können! Oder gibt es keinen
Gott? In mir gibt es sicher einen, das weiß ich, in mir
bewegt er sich. Wie die Mutter in ihrem Leib das Kind,
so kann ich ihn spüren. Und woher wär denn sonst die
schöne Welt in mir als von ihm? Also da könnte man nur
noch höchstens annehmen, daß Gott bloß in mir sitzt, in
mir allein; und er hätte mit den anderen Menschen und
ihrer schlechten Welt nichts zu tun. Nicht wahr, das ist
doch logisch? Ich habe bei mir drin eine wunderschöne
Welt, in der es nichts Böses gibt. Ihr muß die wirkliche
Welt draußen entweder gleichen, wie ich glaube, und dann
ist die Meinung der Menschen von der bösen Welt falsch.
Oder wenn die wirkliche Welt meiner inneren nicht gleicht,
dann wären also ihrer zwei, nämlich die schlechte draußen
und meine schöne. Ein drittes gibt es nicht, das ist doch
klar! Warum sich aber der liebe Gott gerade nur mich
allein ausgesucht haben sollte, das wäre doch wirklich ein
schlechter Spaß von ihm!" Und sein leises schwirrendes
Lachen flackerte durch den hohen Raum, an den Wänden
hin, einem huschelnden Irrlicht gleich. Dann sagte er noch:
„Nein, die Welt ist durch und durch schön, das ist gewiß,
nur manche Menschen denken schlechte Dinge hinein.

Aber wie kommen sie dazu? Das weiß ich nicht, ich geh herum und kanns nicht finden!" Traurig fragte seine liebe Stimme das und bat um Hilfe.

Indessen dachte Fräulein Annalis darüber nach, ob er eigentlich mehr einem Pferd oder mehr einem Storch ähnlich sei. Er hatte, wie er so, nachdenklich hockend, im Dunkel saß, von beiden etwas, je nach der Seite, von der sie ihn ansah. Und in Gedanken zeichnete sie sich einen Kentauren von besonderer Art, nämlich ein braves lustiges kleines Maultier, das plötzlich in einen ernsten feierlichen strengen Ibis überging. Auf einmal aber fuhr sie mit ihrer tiefen Stimme durch das Schweigen und fragte lachend: „Aber Nusserl! Sie werden mir doch nicht erzählen wollen, daß es keine grauslichen Menschen gibt?"

„Nein!" rief er, laut und fest.

„Nein?" schrie sie, lustig entsetzt, und schlug die Hände zusammen.

„Nein! wiederholte er langsam und leise, schwer und ernst. Es gibt nur Menschen, die sich irren." Und flehentlich beschwor er sie: „Glauben Sie mir doch! Es kommt alles bloß daher, weil die Menschen noch nicht wissen, wie schön sie sind! Ich weiß nicht, warum sie das vergessen haben." Er sann wieder nach und sagte dann noch, traurig: „Das ist es ja, was ich mir nicht erklären kann. Da muß noch irgendein Geheimnis irgendwo stecken. Irgend etwas gibts, was schuld ist, daß der Mensch sich selbst nicht sehen kann. Das muß ich noch finden. Denn nichts Schöneres, Fräulein Annalis, nichts Schöneres läßt

sich denken, als der Mensch ist, aber der arme Kerl weiß
es nicht!"

Nach einer Weile sagte Fräulein Annalis: „Ich glaub,
der Mensch ist ein Luder."

Der Nußmensch nickte. „Ein Luder ist er gewiß auch,
das macht ja nichts."

„Er ist und bleibt ein Luder", bekräftigte Fräulein
Annalis.

„Darf er ja, soll er nur! sagte der Knabe, vergnügt.
Nämlich um das Schöne, was er ist, nicht abzuwetzen, weil
ja schad darum wär, hängt er sich was um, einen ganzen
Mantel von List und Spott und allerhand verschmitzten
Sachen, so mit Quadrateln und Zirkeln, wie's jetzt modern
sind, nicht wahr?" Er lachte herzlich, aber dann wurde
das weiße horchende Gesicht gleich wieder ernst. „Nur,
Fräulein Annalis, nur darf man nicht vergessen, daß in
dem Mantel drin erst der Mensch steckt. Machens das
Luder auf, und Sie werden sich wundern!"

„Ich dank schön! sagte Fräulein Annalis, abwehrend.
Warum macht sich denn das Luder nicht von selber auf?"

„Ja das tut es nicht", sagte der Nußmensch, traurig.
Lange schwieg er. Dann sagte er noch leise: „Vielleicht
schämt es sich. Drum mein ich ja auch, man muß dem Menschen angewöhnen, nackt zu gehen. Denn solang es für
eine Schande gilt, seinen Leib zu zeigen, glaubt er halt,
er darf auch seine Seele nicht zeigen. Wenn aber einmal
Leib und Seele nicht mehr verboten sind, dann kommt
der Mensch aus seinem Versteck, der wunderschöne Mensch."

Er wartete still, bevor er, nach einem Atemzug, noch sagte: „Ich glaub wenigstens. Ich glaub sicher.“

Und so traurig war seine Stimme dabei, daß er das Fräulein Annalis erbarmte. Sie stand auf, trat hinter ihn und sagte: „Nusserl, mach dir nicht unnütze Sorgen!“

„Ich nicht, sagte der Knabe. Meine sind die einzigen Sorgen, die was nützen können. Doch um Fleisch und Brot sorgt sich der Mensch, aber um seine Seele nicht! Das ist es ja, was ich nicht verstehen kann!“

„Du denkst zu viel nach, sagte Fräulein Annalis, aber das Leben läßt sich nicht erdenken. Das ist mehr als unser armer Verstand.“

Er erwiderte: „Ich denke nicht für mich nach. Was ich für mich brauche, weiß ich. Der Verstand hats mir nicht gegeben, das kann er nicht; es war in mir schon lange vor ihm da. Das Traurige ist aber, daß man, um den anderen Menschen mitzuteilen, was man weiß, dazu den Verstand benutzen muß. Drum gehts so schwer. Ich denke nicht für mich nach, sondern nur, wie man wohl den Menschen das was ich weiß, übersetzen könnte.“

„Nein, sagte Fräulein Annalis, das kann man eben nicht.“

„Kann man wirklich nie zu den anderen Menschen hinüber?“ fragte der Knabe

„Nein“, sagte sie.

„Nie?“

Fräulein Annalis ließ seine bange Frage langsam verhallen, bevor sie sagte: „Es geschehen keine Wunder mehr.“

„Dieses Wunder wird geschehen.“ Ganz leise sagte

der Knabe dies, aber in seiner Stimme war es so licht,
als wär der Christbaum angezündet.

Fräulein Annalis traute sich nichts mehr zu sagen.
Still stand sie, froh beklommen, und ließ den Knaben im
bloßen Hemd mit der kurzen Hose. Dann erwehrte sie
sich doch endlich, indem sie sprach: „Der Ignaz hat ja
recht, ein bißl verrückt bist schon."

Er antwortete: „Ja. Ich geb mir auch alle Mühe."
Aber seine Stimme war weit weg von ihren Worten.

Da stieß es draußen in den Ästen an. Und ein Rascheln,
ein Flattern, ein Prasseln war durch die schwarze Nacht
hin. Der Garten schrie zornig im Schlaf auf.

Hastig sagte der Knabe: „Ich muß fort."

Erschreckt fragte Fräulein Annalis: „Warum denn?
Wohin?" Und sie bat ihn: „Bleib doch noch ein bißl,
ich hör dich gern."

Er sagte gierig: „Ich muß fort."

Sie fragte: „Was hast denn heut noch vor?"

Er sagte wieder: „Ich muß fort."

Sie fragte wieder: „Wo willst denn noch hin?"

Er schwieg horchend. Nur seine Hand antwortete,
zum Fenster zeigend: „Hinaus!" Und er sah sie lächelnd
an und fragte: „Hören Sie nicht?"

Sie horchte.

Er fragte wieder, zärtlich lauschend: „Hören Sie die
Nacht nicht rufen?"

Schon aber war der Garten verstummt und schlief
wieder ein.

Horchend stand der Knabe, nickte zum Garten hin und
sagte froh: „Er weiß schon, daß ich komm!"

Dann trat das Menschenkind zu dieser stillen Frau.
Schüchtern stand es vor ihr da. Doch es mußte, mußte
sie bei beiden Händen nehmen. Sie lachten alle zwei.
Der Knabe sprach: „Nicht wahr, Fräulein Annalis, wie
wunderschön doch alles ist!"

Sie sagte: „Ja es is wohl wunderschön, wenn eins
so verrückt is!"

Und dann lachten sie sich an, bis im Garten die Nacht
noch einmal rief.

Er sagte: „Hören Sie? Immer kommt er jetzt um
diese Zeit! Man kann sich auf ihn verlassen, er ist sehr
pünktlich, der Herr Wind!" Seine großen Augen glommen,
seine Stimme glitzerte. „Ich hab herausgekriegt, daß er
im Tiergarten wohnen muß. Da liegt der große Kerl
den ganzen Tag und schlaft. Manchmal hört man ihn
schnarchen. Die Leute wundern sich, weil sie nicht wissen,
was es ist. Plötzlich hört mans oft. Man glaubt, es
donnert, aber die Sonne scheint und der Himmel ist blau.
Nur im Tiergarten donnerts, hinter der Mauer. Haben
Sie's nie gehört? Das ist der dicke Riese, der Herr Wind,
der unter den alten Bäumen liegt; und wenn er im Schlaf
die Brust hebt, krachts. Aber die Bäume stehen um ihn
herum, und kein Blatt mag sich regen, aus Angst, ihn zu
wecken. Abends aber wacht er auf und niest. Einmal,
zweimal. Dann dreht er sich um und will noch ein bißl
schlafen. Aber die Nacht wartet auf ihn und ist schon

ungeduldig und klopft. Er schimpft und brummt. Und
dann, bum bum, setzt er sich auf, die Nacht klopft wieder,
da flucht er. Und gähnt noch einmal und streckt sich und
schreit herum. Und dann hört man ihn dumm und schwer
zur Mauer tappen. Jetzt schaut er über die Mauer, wo
denn die Nacht eigentlich ist. Aber die lacht ihn aus und
versteckt sich, da kriegt er eine Wut. Und bum über die
Mauer, sie aber husch davon. Und jetzt gehts los, er immer
zornig schimpfend hinter ihr und kann sie nicht erwischen,
aber sie tanzt und springt und lacht. Und er brüllt und
haut und stampft herum, er stiefelt und stolpert und strudelt,
er stöhnt vor Gier, dann steht er und bittet und bettelt
und brodelt verliebt: sie soll doch gut sein, er hat sie so
lieb! Und fleht und flennt und fletscht und wimmert
und winselt und weint und schnappt und schnalzt und
schnauzt. Und fangt doch das schwarze Katzerl nie! O Fräulein Annalis, es ist wohl schändlich, wie sie's mit ihm treibt!
Hören Sie? Sie lockt ihn schon wieder, gleich wacht er
jetzt auf und es geht los! Adieu, Fräulein Annalis! Zu
wunderschön ist das! Adieu, adieu!"

Und schon war er durchs Fenster. Und nur noch
einmal: „Adieu, Fräulein Annalis, adieu!" Und die
helle Stimme verklang in der tiefen Nacht.

Still wars rings. Fräulein Annalis stand noch immer am
Fenster. Still wars rings. Kein Stern am Himmel, kein Laut
im Busch, atemlose Nacht. Ihr bangte, so still wars rings.

Da fing der Kammersänger oben wieder seine dicken
Finger zu peinigen an. Wie von ganz weit her kamen

die kleinen Klänge. Sie schienen sich zu ängstigen, in der tiefen Einsamkeit der Nacht.

Unwillkürlich sprach Fräulein Annalis bei sich die Worte zu dem alten Lied: „Mein gläubig's Herze, frohlocke, sing, scherze!"

Aber die Bangigkeit wich nicht von ihr. Zum erstenmal verstand sie jetzt Höfelinds Angst um den seltsamen Knaben. Zärtlich sprach sie, durchs Fenster in die Nacht hinaus, wie einen Segen für das schweifende Kind: „O Mensch!"

Da schlug, von der Mauer auf der Höhe her, ein Stoß ein und rüttelte zornig an der Nacht. Der Garten fuhr auf. Ein Brausen und ein Pfeifen und höhnisches Lachen war in der Luft.

Und morgen wird das letzte gelbe Laub auf allen Wegen liegen, dachte sie.

Sie ging durch das Haus, um alle Fenster zu verwahren. Dabei stellte sie sich vor, wie jetzt der verliebte Herr Wind dem flüchtigen Fräulein Nacht nachlief. Und zwischen ihnen der dumme liebe Bub!

Sechstes Kapitel

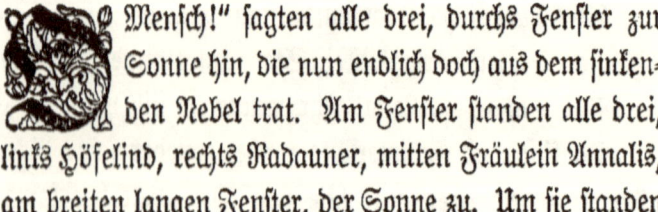

Mensch!" sagten alle drei, durchs Fenster zur Sonne hin, die nun endlich doch aus dem sinkenden Nebel trat. Am Fenster standen alle drei, links Höfelind, rechts Radauner, mitten Fräulein Annalis, am breiten langen Fenster, der Sonne zu. Um sie standen die sieben Bilder an der weißen Wand. In die Mitte des weiten Zimmers war das Bett gerückt, mit dem kranken Knaben. Und die drei Menschen und die sieben Bilder und die weiße Wand und das arme Bett und das große Zimmer sogen sich mit Sonne voll.

Zur Sonne waren die drei gekehrt und segneten sie, mit dem Zeichen, das der Knabe sie gelehrt, und sprachen dazu, wie er es sie gelehrt: „O Mensch!"

Oft hatten sie's sonst im Scherz getan, Spott in ihren Augen. Jetzt riefen sie's aus Not, und Angst in ihren Augen. Und wie der Ruf empor stieg, war's, als riefen die sieben Bilder und die weiße Wand und das arme Bett mit: „O Mensch!"

Bis sich der alte Radauner, ächzend und schnaubend, aus der Kette riß und schrie: „Trotteln sind wir! Trottelhaft ist das! Solche Trotteln!" Und er schob sich an seinem Stock wieder zum Bett.

Fräulein Annalis hielt noch immer die Hände gefaltet zur Sonne hin. Leise sagte sie: „Wer weiß? Vielleicht hilft's."

Der Alte schnaufte: „Der stirbt, und wir hupfen um die Sonn herum! Hoho! Und der stirbt!"

Höfelind rannte zur Tür. Und die Tür auf. Und hinaus. Da stand er auf dem Balkon in der Sonne. Die weiße Sonne schlug den Nebel, bis an die Stadt unten wich er zurück. Und die weiße Sonne zog in den Garten ein. Auf den starren Wiesen, in den kahlen Ästen stand Reif. Die weiße Sonne, der weiße Reif; und nur tief unten hielt der Nebel noch die bange Stadt mit seiner grauen Hand zu.

Höfelind ins Zimmer zurück. Und herum, wie ein Hund, der seinen Herrn verloren hat. Und hinaus, hinab. Dann kam er wieder mit dem großen Buch zurück. Der Alte, höhnisch: „Kannst es noch nicht auswendig?" Der Alte ließ nicht von den Augen des Knaben. „Die Sonne wird ihn wecken, gewiß!" sagte Fräulein Annalis. Höfelind schlug das Buch auf, bis er das Wort fand, und starrte das fremde Wort an. Seit es der Arzt gestern ausgesprochen hatte, ließ es ihn nicht mehr aus. Er mußte das tückische Wort immer mit seinen Augen sehen, mit seinen Ohren hören, immer wieder. Er hatte gleich, als es der Arzt gestern nannte, nachgeschlagen in dem dicken Buch. Da stand es, ein fremder, seltsamer, hämischer Name: Leukämie. Und diese geilen, sumpfigen, glitschenden Buchstaben hatten die böse Kraft, einen Menschen zu töten! Er saß stier über dem Buch auf seinen Knien. Und buchstabierte das eiternde Wort laut; jede der schwammigen und schweißigen Silben ließ er durch das weiße Zimmer rinnen. Der Alte riß ihm das Buch weg. Und schrie: „Du machst uns noch alle toll! Marsch, in den Garten!"

Höfelind antwortete höhnisch: „Leukämie."

Fräulein Annalis nahm ihn an der Hand. Gehorsam ließ er sich führen. Sie zwang ihn, sich in den Korb auf dem Balkon zu setzen. Er sagte vor sich hin: „Leukämie, Leukämie, Leukämie." Er sah die weiße Sonne scheinen und sah die verglasten Wiesen und sah Busch und Baum

vom Frost gestirnt, aber er hatte von der weiten Welt
nur noch dieses eine gräßliche Wort behalten, das er gestern
zum erstenmal gehört. Und er sah es seitdem überall
kriechen, wie einen schillernden, triefenden Wurm, und
die Welt umwinden und seine Schwären auf Busch und
Baum und Wiesen und bis an die weiße Sonne spritzen.

Vor drei Tagen war Radauner erwacht, es ging schon
auf Mittag. Der Knabe brachte sonst um sieben das
Frühstück. Radauner rief Höfelind an, der nebenan schlief.
„Euer Hochwohlgeboren, sagte er, sind verpflichtet, mir
den Kaffee zu kochen. Wenn Euer Hochwohlgeboren
einen beherbergen und Euer Hochwohlgeboren haben aber
die Laune, sich einen Koch zu halten, der nur kocht, wenn
es ihm gefällig ist, müssen Euer Hochwohlgeboren auch
die Folgen auf sich nehmen!“ Und er tobte schimpfend
um seinen Kaffee, Höfelind schimpfte mit, und beide hatten
ihren Spaß an der Wirtschaft des unverbesserlichen Knaben,
der sich einstweilen wohl wieder einmal mit dem Herrn
Wind, seinem guten Freund, irgendwo herumtrieb; sie
waren es ja gewohnt, sie wunderten sich nicht mehr, und
man hatte doch zur Aushilfe Fräulein Annalis. Die be-
nutzte gleich die Gelegenheit, wieder einmal aufzuräumen.
Wenn der Nußmensch da war, ging das ja schwer. Er war
dann immer hinter ihr her, um ihr klar zu machen, die
Menschen sollten lieber den Staub in ihren Seelen auf-
wischen als in ihren Zimmern. Er sagte: „Wenn der
Herr Höfelind einmal seinen Pinsel nicht findet, wird er
wütend. Aber daß er Gott noch nicht gefunden hat, macht

ihm nichts. Ist Gott nicht wichtiger als ein Pinsel?" Oder:
„Sie regen sich auf, wenn ein Stuhl nicht dort steht, wohin
er gehört; ist denn ein Stuhl wichtiger als ein Mensch?"
Oder, wenn sie mit dem Besen in die Spinnweben fuhr:
„Und dann sind Sie aber gegen's Militär und gegen den
Krieg! Warum denn? Entweder darf man töten oder man
darf es nicht. Wenn man Spinnen töten darf, weil sie
häßlich aussehen, da gibts doch eine Menge Menschen, die
noch viel häßlicher aussehen. Der Unterschied ist nur, daß
die Spinne nicht schreit, wenn man ihr weh tut. Und so
gehts überall: wer schreit, tut einem leid, aber der ge-
duldigen und ergebenen, still leidenden Wesen erbarmt
sich niemand, ist das nicht schrecklich ungerecht?" Und so
fortwährend hinter ihr her; es war schwer, in seiner Be-
gleitung Ordnung zu machen. So tat sie's gern, wenn
er fort war, und flog auch diesmal wieder durchs Haus.
Am andern Tag fiel ihr ein, doch auch einmal nach der
kleinen Kammer oben zu sehen, in der er schlief, wenn er
sich zuweilen entschloß, zur Abwechslung einmal daheim
zu nächtigen. Sie trat ein, da lag er im Bett. Ganz
still lag er, die großen glotzenden Augen offen, lächelnd
da. Sie erschrak. Er sagte: „Ja denken Sie, Fräulein
Annalis, ich kann nicht aufstehn! Schon seit zwei Tagen
nicht. Schon seit zwei Tagen lieg ich so. Komisch ist das!
Ich kann mich nicht rühren, nicht einmal die Hand kann
ich heben, schaun Sie!" Lächelnd hob er seine Hand, doch
gleich sank sie herab. Und er sagte, mit seinem flitternden,
flockigen, flaggenden Lachen: „Komisch, gelt? Ich weiß

nicht, was es ist. Ich muß liegen und kann mich nicht
rühren. Es macht aber nichts. Das ist auch ganz schön!
Ich habs noch gar nicht gewußt. Wunderschön ist es, so
ganz still zu liegen, und merkwürdige Sachen gehen vor,
Fräulein Annalis! Nämlich da drinnen in mir. Ein
Mordsspektakel ist da. Geigen und Harfen; und geblasen
wird auch, und stärker als es selbst der Herr Wind kann."
Er hätte noch mehr gesagt, aber seine Stimme fiel ihm
herab, wie früher seine arme Hand. Nur das Lachen in
seinen großen glotzenden Augen, das losch nicht aus.

Und Höfelind gleich um den Arzt, der ratlos stand; der
Knabe lachte. Und Höfelind in die Stadt. Ärzte, Pro-
fessoren. Einstweilen trug Fräulein Annalis mit dem
Alten das Bett in das große Zimmer. Der Knabe lachte
den Alten aus, für sein Stöhnen und Stolpern auf der
engen Stiege. Sie rückten das Bett in die Mitte des
Zimmers; rings standen die sieben Bilder an der weißen
Wand, und der Knabe wollte seine kranke Hand ein wenig
heben, zu seinem eigenen Bild hin, um mit starren Fingern
sich selbst zu begrüßen, aber die Hand blieb auf der weißen
Decke, schlaff, nur die großen gierigen Augen fanden das
Bild, und sie verließen es nicht mehr, so lag er vor diesem
gütigen Spiegel und sah sich in seiner Kraft und Lust
darin. Sie mußten das Fenster öffnen. „Sonst ist die
Sonne beleidigt", sagte er. Und er rief immer nach der
Sonne. „Was hat sie denn, wo bleibt sie denn?" Auch in
der Nacht rief er aus dem Schlaf um die Sonne. Sie kam
aber nicht, sie konnte nicht, der Nebel ließ sie nicht durch.

Alles war rings grau verschneit, von diesem unbeweglich
stehenden, still am Hause lehnenden Nebel. Und dann Höfelind aus der Stadt zurück, mit Ärzten und Professoren. Der
Knabe lachte. Und ein leises Surren und Summen
lateinischer Namen, durch das weiße Zimmer hin. Bis
unter den weisen Männern jenes Wort aufsprang. Die
weisen Männer standen im Kreis, bogen die Hälse vor und
zogen nachdenklich die Rücken an; so sahen sie, vom Bett
des Knaben aus, mit ihren runden hohen Rücken einer
Versammlung geköpfter Menschen gleich; das freute den
Knaben. Und in ihren langen schwarzen Röcken ver-
finsterten sie das Zimmer, da leuchteten die sieben Bilder
an der weißen Wand noch mehr. Jenes Wort aber, den
fremden Namen seiner Krankheit, tuschelten sie nur, als
ob sie sich schämten. Doch die hellen Ohren des Knaben
fingen es ein. Er freute sich sehr und spielte damit. Er
sagte: „So eine wunderschön klingende Krankheit hab
ich, Fräulein Annalis! Sie muß wie eine Orchidee aussehen, mit einer langen gesprenkelten Zunge, nicht? Denn
so klingts, nicht? Ja sehn Sie! Ich such mir halt immer
was Feines aus, Fräulein Annalis!" Die geköpften
Menschen gingen fort, und während Höfelind über dem
großen Buch saß und darin von der Krankheit mit dem
tückischen Namen las, schaukelte der Knabe noch immer
das seltsame Wort und ließ es tönen und freute sich. „Was
wissen denn die lateinischen Eseln? schrie der alte Radauner,
grimmig. Was wissen denn die?" Aber der Knabe bat:
„Lassen Sie mir doch das schöne Wort! Es funkelt wie ein

Türkensäbel mit eingelegten bunten Steinen. Hurra!"
Dann war er eingeschlafen. Er wachte noch einmal auf
und bat Fräulein Annalis, den Speck für die zwei großen
Amseln nicht zu vergessen, den sie sich vom Fenster zu
holen gewohnt waren, seine zwei großen Amseln. Dann
schlief er wieder ein. Nun schlief er seit zehn Stunden.
Sie wichen nicht von seinem Bett. Jetzt aber hatte die
weiße Sonne den Nebel zerschlagen, und die weiße Sonne
stand an seinem Bett.

Die zwei großen Amseln saßen auf dem Fensterbrett
beim Speck. Die eine kam manchmal ganz frech herein,
bis ans Bett. Zu den Füßen des schlummernden Knaben,
oben auf der Stange des Betts, stand sie dann, ein wenig
schief, mit eingezogenem Hals, erhobenem Schnabel,
steifen Flügeln und sah den Knaben an und ließ heimlich
ein paar dunkle Töne tropfen, wie Tränen. Dann rief
die andere vom Fenster her, und nun stürzten beide
hinaus, um die Spatzen von den Drähten fortzujagen.
Die Drähte des Telephons waren ganz vereist, wie aus
Schnee gesponnen. Die Spatzen zerstoben, scheltend und
schimpfend. Die silbernen Fäden schwangen. Die zwei
großen Amseln setzten sich wieder aufs Fensterbrett zum
Speck.

Nun hatte die weiße Sonne den Nebel hinab bis an
den Fluß gedrängt, und der alte Turm der lieben Kirche
trat hervor, in der weißen Sonne leuchtete das Kreuz.

Der Alte schlich hinaus. Er kam zurück, behutsam einen
Teller mit Nußbutter in seiner unsicheren Hand. Er sagte

leise zu Fräulein Annalis: „Das wird ihn freuen. Er
hat sichs immer gewünscht, mich zur Nußbutter zu bekehren." Er kostete davon und sagte dann: „Sie schmeckt
übrigens wirklich gut."

Fräulein Annalis bat: „Gehn Sie doch noch einmal
hinüber und sagens dem Ignaz, er soll nicht toben, daß
ich noch immer nicht komm, aber ich kann nicht!" Unentschlossen stand sie. Dann wiederholte sie: „Ich kann
nicht, ich kann nicht weg von hier!"

Der Alte stellte den Teller hin und ging. Sie trat ans
Bett, die Hand auf der Stange. Die dicke von den zwei
großen Amseln kam wieder und saß auf der Stange neben
ihrer Hand. Und beide sahen still den schlafenden Knaben
an. Die Sonne streichelte mit ihren weißen Fingern sein
banges Gesicht.

Höfelind trat vom Balkon herein und stand, nach seinen
sieben Bildern sehend, irr vom einen zum anderen. Auf
dem Bild des Knaben blieb sein Blick. Plötzlich vergaß
er sich und sagte laut, mit seinem ziellosen Grimm: „Ein
Maler kann doch mehr! Was man einmal gemalt hat,
das ist da, das bleibt. Dagegen die berühmte Natur!
Nichts kann sie, und was sie macht, zerfällt!" Und immer
noch vor dem Bild des Knaben: „Da, Fräulein Annalis,
der da, der von mir! Der ist unsterblich! Während der
dort —" Er wendete sich, aufs Bett zeigend, auf den
Knaben: „Der dort!" Da brach seine Stimme. Fräulein
Annalis bat ihn durch einen warnenden Blick auf den
Knaben. Er nickte nur und schwieg und biß sein Weinen

zusammen. Und er trat ans Fenster. Überall der gleißende
Reif in der sonnigen Weite, von den Bergen rings ein
Starren wie von blinkenden Lanzen und überall wie ein
Klirren in den silbernen Wellen der sonnbewegten Luft!

Fräulein Annalis mit der Amsel am Bett, Höfelind
am Fenster in seinem zornigen Hohn, der Alte, von drüben
zurück, müd und still in der Ecke, verschnaufend. Und die
sieben Bilder an der weißen Wand. Und auf dem armen
Gesicht des Knaben die Sonne.

Da schlug der Knabe die großen glotzenden Augen auf.
Sie schienen sich zu wundern und mußten erst suchen, bis
sie das Zimmer erkannten. Dann grüßten sie die dicke
Amsel und Fräulein Annalis und den wankenden Höfelind.
Und die frohe Stimme des Knaben sagte: „Das is lieb
von Ihnen, Herr Radauner! Und Sie werden sehen, Sie
werden sich an die Nußbutter so gewöhnen, daß Sie nichts
anderes mehr mögen! Und es is doch viel vernünftiger,
gesünder und besser. Dank schön, Herr Radauner! Dank
schön!"

Und er nickte mit der Hand grüßend der dicken Amsel
zu. „Jetzt sagens selbst, Fräulein Annalis, ob sie nicht
lacht! Weil Sie mirs immer nicht glauben wollen! Schaun
Sie's nur an! Ganz deutlich lacht sie! Wie ein Mensch,
nur ein bißl ernster; denn die Tiere denken halt mehr nach!
Ja du, du! Dir wird schon leid sein um mich, und ein
bißl bang nach mir! Aber tröst dich, es gibt noch mehr
Speck auf der Welt!" Der Vogel lief die Stange lang,
sprang herab und dann auf dem Boden tripp und trapp

ans Fenster, und hinauf und in den flirrenden Schein
hinaus, mit der Schwester zusammen. Der Blick des
Knaben mit und ihnen nach. Da fand er die silbernen Blumen in den Ästen, an den Drähten. Es taute jetzt. Der
Reif ging langsam auf, Flocken trieben von den Bäumen,
wie Blüten im Wind schwammen die zergehenden weißen
Sterne.

„Es blüht", sagte der Knabe.

Er schien wieder einzuschlafen. Plötzlich aber fing dann
seine Stimme zu streiten an, heftig widersprechend: „Nein.
O nein. Das beweist noch gar nichts gegen mich, damit
bin ich noch lang nicht widerlegt! Wenn ich sterbe, folgt
daraus noch lang nicht, daß der Mensch sterben muß. Ich
weiß, daß der Mensch nicht sterben muß. Ganz gewiß
nicht. Ich habs nur nicht rechtzeitig erfahren, das ist es.
Es war schon zu spät. Gleich müßt mans den Menschen
sagen!"

Er lag mit geschlossenen Augen und nickte lächelnd.
An seinem Mund war ein Sonnenstrahl. In diesen floß
der Klang seiner dunkelnden Stimme, die mitleidig sagte:
„O Mensch!"

Aus dem stummen Garten schrien die Spatzen auf
den Drähten, verschreckt; und ihr auffliegender Schwarm
glich einer Wolke, das Fenster entlang. Gleich aber wars
wieder still und licht. Aus dem zerrinnenden Reif er-
schienen die braunen Äste.

Der Knabe sagte: „Gleich müßt mans halt wissen,
vom Anfang an. Ich habs zu spät erfahren. Da war ich

schon an den Tod gewöhnt, man läßt sich zu leicht was einreden! Ist es aber einmal im Kopf, da hilft nichts mehr, dann ist es da. Denn was der Mensch denkt, das wird dann auch. So stark ist der Mensch! Darum muß ich sterben, weil ich als kleines Kind schon geglaubt hab, daß ich einmal sterben werd. Ich hab das Richtige zu spät erfahren, und so nutzt's mir nix mehr, obwohl ich jetzt weiß, daß es ja gar nicht nötig wär! Aber, Herr Höfelind, ich behalt ja doch recht! Glauben Sie nur deswegen nicht, daß Sie recht haben, Herr Höfelind, mit dem Tod! Es kommt bloß daher, weil ich halt überhaupt ein bissel schlampert bin, der Herr Rabauner hat mirs ja immer gesagt." Und er sah den Alten zärtlich an, und seine liebe Stimme sagte, streichelnd und schmeichelnd: „Ja der gute Herr Rabauner, ja, ja!"

Der Alte kniete vor dem Ofen und schob Holz hinein. Sie heizten Tag und Nacht, weil der Knabe nicht litt, daß sie die Fenster schlossen. Die großen Scheite krachten im Ofen.

Höfelind sagte barsch: „Red keinen Unsinn! Du hast dich verkühlt; das ist alles, man treibt sich nicht ungestraft in der Winternacht herum! Schwitz noch ein bißl, schlaf dich ordentlich aus, und morgen wird alles wieder gut sein!"

Der Knabe sagte lächelnd: „Das weiß ich schon, daß morgen alles gut sein wird. Ganz gewiß! Morgen wird alles gut sein! Nur der erste Schritt ist halt nicht so leicht, da hinüber. Aber morgen wird dann alles gut sein. Ja,

Herr Höfelind!" Seine Stimme tat ihnen so weh, daß
keines ein Wort sprechen konnte. Aber der Knabe sagte,
lächelnd: „Seid nicht betrübt! Es macht nichts. Ich
bleib ja doch da. Der Mensch geht nicht weg, er zieht sich
nur um. Ich werd halt anders aussehen, das nächste Mal.
Was liegt dran? Aber wir werden sicher beisammen sein.
Immer wieder. Schad ist nur, daß man sich dann nicht erinnert. Aber vielleicht werden die Menschen das auch noch
lernen. Das wär dann freilich schön!"

Er nickte, seine Wangen glänzten, und er sagte noch:
„Der Mensch kann nicht verloren gehen. Nichts geht verloren. Der liebe Gott gibt schon acht. O der ist sehr
genau! Fast wie die Fräuln Annalis!" Ein wenig zog er
die schweren Lider von seinen Augen auf, und ein Strahl
glitt zum Fräulein Annalis hin. Und seine frohe Stimme
sprach: „Seid nicht betrübt! Mir ist nicht bang. Wohin
mich's auch verwehen wird, Gott findet mich, er läßt
nichts verloren gehen, er findet mich schon. Seid nicht
betrübt! Warum denn? Er verwandelt mich nur. Das
macht ihm halt Spaß! Er dreht die Welt, er gibt ihr
keine Ruh, heute bist du Mensch und morgen Wurm,
damit du dich nur nicht zu langweilen brauchst. Seid
nicht betrübt, das wär doch dumm!"

Er sagte noch: „Ich bin müd, aber schön müd. Schön
is es, so gut müd zu sein. Es is halt alles schön!"

Er schlief wieder ein.

Jetzt waren die Blüten des Reifs zerronnen. Die
Wiese grünte, der Garten bräunte. Und die kahlen Äste

tränten. Die Sonne war blaß. Die Vögel schwiegen.
Und kein Hauch, kein Laut als das langsame leise Tropfen
von den braunen Ästen.

Bis tief in den Nachmittag hinein schlief er.

Schon hatte die Sonne den Rand des Waldes oben
erreicht. Der Nebel stand jetzt schwarz auf der Stadt,
einer Mauer gleich, die langsam in die Höhe wuchs, immer
empor, über der Stadt. Aber er wagte nicht, aus der Stadt
auszufallen, ins Land hinein. Dieses blieb im Schutz
des Sonnenscheins. Irgendwo hinter der Welt blies Wind;
es war zu hören, aber noch standen alle Bäume still und
ließen ihn klopfen, hinter den Bergen. In den nassen
Wegen bohrten die schwarzen Amseln nach Regenwürmern.
Spatzen schwirrten schrillend. Bis dann irgendwo, weit,
auf einmal wieder der Wind ungeduldig ans Tor schlug,
weit. Da schienen Amseln und Spatzen aufzuhorchen,
und der triefende Garten mit allen Bäumen und rings
das ganze Land bis zur Stadt hinab, an der großen Mauer
des schwarzen Nebels; und alles schwieg in Furcht. Noch
aber war das letzte Licht der lieben Sonne da.

Spät am Nachmittag erwachte der Knabe noch einmal.
Die Scheite krachten im Ofen, es sprang rot durchs Zimmer,
bis zur weißen Wand. Die Luft ergraute, nun wurden
auch die sieben Bilder still. Aber die kahlen Bäume schienen
auf einmal größer und ganz nah. Sie sahen zum Fenster
herein und lauschten. Hinter ihnen aber stand unbeweglich
der schwarze Nebel auf der Stadt. Und kein Laut als
das leise Tropfen in den tränenden Ästen. Bis dann

hinter den Bergen wieder der Wind ans Tor schlug. Und im Ofen krachten die Scheite wieder, und der rote Schein sprang auf. Dann war es wieder still. Und wieder nur das leise Weinen der kahlen Äste.

Der Knabe versuchte sich aufzusetzen, um sein Bild besser zu sehen. Lange sah er's an. Und nickte dann und sagte: „Ja das war mein Fehler. Deshalb muß ich sterben. In meinem Bild steht schon der Tod geschrieben." Seine Stimme war heiß, die großen Augen stierten. Er sank zurück. „Warum haben Sie mich so gemalt? O lieber Herr Höfelind, drum muß ich sterben! Weil ich auch hab ein eigenes Gesicht haben wollen!" Und er quälte sich, es ihnen besser zu sagen. „Das ist der Fehler. Jetzt weiß ich es. Dem Menschen ist es nicht genug, daß er das Menschengesicht hat. Er will noch ein eigenes für sich. Aber da kränkt sich Gott und wird zornig. Gott hat den Menschen erschaffen, um an ihm einen Menschen zu haben, aber der Mensch will mehr sein, der Mensch macht einen Herrn aus sich, den Herrn Rabauner oder Höfelind. Und da sagt Gott dann: Nein, das will ich ja nicht, den kann ich gar nicht brauchen, ich will meinen Menschen, den ich erschaffen hab! Und voll Zorn zerschlägt er den Menschen. Nämlich das, was daran nicht von Gott ist, zerschlägt er, das was der Mensch in seiner Eitelkeit selbst aus sich gemacht hat. Das was hier gemalt ist, Herr Höfelind! Und Sie sind noch stolz darauf, o weh! Der Mensch schämt sich des göttlichen Menschengesichts, jeder will sein eigenes Gesicht, eigens eins für sich allein. Und Sie helfen

ihm noch dabei, Herr Höfelind! O weh! Denn da schickt
Gott dann den Tod, der wischt ihm das eigene Gesicht
wieder weg. Bis einst alle Menschen dasselbe Gesicht
haben werden, das eine göttliche Menschengesicht! Dann
braucht der liebe Gott den guten Tod nicht mehr. Das
sollten Sie malen, Herr Höfelind, das eine göttliche
Menschengesicht! So ein Bild, wo nichts drauf ist als
der bloße Mensch! Denn mit diesen da, was soll man
denn mit diesen da machen? Da wird man nur traurig
davon! Wenn aber der Mensch einmal das Menschengesicht erblickt, das wird noch schöner als die Sonne sein!"
Und seine kranken Hände faltend sprach er noch: „Ja
komm nur, guter Tod, und wisch mich ab, ich freu mich
schon!" Dann schlief er wieder ein.

Fräulein Annalis nahm seine Hand. „Er fiebert",
sagte sie.

„Nein", sagte Höfelind, an seinen roten Borsten nagend,
vor den sieben Bildern an der weißen Wand.

Der alte Radauner nahm ihn und zog ihn von den
Bildern weg, knurrend: „Das Fieber schwätzt aus ihm.
Das ist ja sehr gut für ihn, vielleicht schwitzt er seine Dummheit aus! Auch Euer Hochwohlgeboren sollten einmal
schwitzen!"

Aus dem Schlaf sprach der Knabe: „Was liegt dran?
Der Mensch lebt." Und mit seinem glitzernden Lachen
sprach er noch: „Schön wars! Und jetzt erst! Immer
schöner!" Dann schlief er wieder fort.

Die beiden Amseln kamen aufs Fensterbrett und

sangen. Im Garten war Lärm, die Spatzen schrien so.
Und der Wind wieder am fernen Tor, hinter den Bergen.
Und dann ein Stoß, der Wind brach in den Garten ein.
Und plötzlich wieder alles still. Die Amseln schwiegen.
Die Spatzen fort. Die Sonne schwand. Und wieder
nur noch das leise langsame Tropfen in den nassen Ästen.

Da hatte Fräulein Annalis auf einmal Angst und nahm
die Hand des toten Knaben.

Es kratzte an der Tür. Sie fürchteten sich. Freudenbecher, von der Ungeduld des Kammersängers hergeschickt,
schob sein Bocksgesicht herein. Sie machten ihm ein
Zeichen. Er trat an das Bett, die dünnen gelben Haare
sträubend, schlug die Hacken zusammen und sagte, die
Hand auf seinem Herzen: „Meine Devotion!“ Der Alte
schlich aus dem Zimmer.

Fräulein Annalis zog den schluchzenden Höfelind auf
den Balkon. Sie hörten im Garten Schritte. Der Alte
kam, ein kleines Brett unterm Arm. Und er setzte sich hin
und fing zu malen an. Es dunkelte schon. Aber er malte.

Höfelind lachte höhnisch. „Er hat recht. Morgen wirft
er's wieder weg, aber heute malt er. Es ist das Einzige.“

Und Fräulein Annalis sprach, in Tränen lächelnd:
„O Mensch!“

Ende